위대한 개츠비

The Great Gatsby

아로파 세계문학 02

위대한 개츠비
The Great Gatsby

F. 스콧 피츠제럴드
F. Scott Fitzgerald

이수인 옮김

아로파

차례▮

다시 한 번

젤다에게

ONCE AGAIN

TO

ZELDA

그럼 황금 모자를 써보시오, 그녀 마음을 움직일 수 있다면.

높이 뛰어오를 수 있다면, 그녀를 위해 뛰어 보시오.

마침내 그녀가 이렇게 외칠 때까지.

"내 사랑, 황금 모자를 쓰고 높이 뛰어오르는 내 사람,

당신을 내 사람으로 해야겠어요!"

— 토마스 파크 딘빌리어스*

---

* 실존 인물이 아닌 피츠제럴드의 첫 번째 소설 《천국의 이쪽 This Side of Paradise》의 등장 인물이다.

Then wear the gold hat, if that will move her;

If you can bounce high, bounce for her too,

Till she cry "Lover, gold-hatted, high-bouncing lover,

I must have you!"

— THOMAS PARKE D'INVILLIERS

1

No — Gatsby turned out all right at the end;
it is what preyed on Gatsby, what foul dust floated
in the wake of his dreams that temporarily
closed out my interest in the abortive sorrows
and short-winded elations of men.

무슨 일에든 쉽게 상처 받던 어린 시절, 나는 지금까지도 그때 아버지
께서 해주신 조언을 마음속 깊이 되새기고 있다.

"네가 만약 누군가를 비판하고 싶을 때는 이 세상 모든 사람이 너와 같
이 유리한 조건을 타고나지는 않았다는 점을 명심하여라."

아버지는 그 이상 말씀하지 않으셨지만 우리는 늘 이런 식으로 많은
말을 하지 않고도 잘 소통했던 터라 나는 아버지의 말 속에 담긴 그 이상
의 의미를 알 수 있었다. 그래서 나는 판단을 유보하는 습관이 생겼고,

그 습관 덕에 호기심을 갖고 다른 사람의 이야기에 귀를 기울이게 되었다. 그러다 보니 때로는 지독하게 지루한 사람들의 희생양이 되기도 했다. 비정상적인 사람들은 정상적인 사람들이 이러한 특성을 보이면 재빨리 알아채고 달라붙는다. 그런 탓에 나는 대학 시절 부당하게도 정치적이라는 비난을 받기도 했다. 내가 다른 이들은 잘 모르는 거친 사람들의 비밀과 고민까지 알고 있었기 때문이다. 하지만 그러한 고민들은 대부분 내가 원해서 알게 된 것이 아니었다. 사실 은밀하게 비밀을 드러내려는 조짐이 보이면 나는 오히려 자는 척하거나 다른 데에 몰두하는 척했고 그도 아니면 일부러 경망스럽게 굴며 반감을 드러내곤 했다. 젊은 친구들이 비밀을 공개하거나 고민을 드러낼 때는 대개 다른 사람의 표현을 그대로 따오게 마련이고, 또 그것을 억지로 감추려 하다 보니 그 자체로 결함이 많기 때문이다. 판단을 유보하는 것은 무한한 희망을 갖게 한다. 아버지는 오만하게 인간의 근본적인 품격은 태어날 때 이미 불공평하게 분배되었다고 조언했고 나 역시 오만한 태도로 그러한 사고를 되풀이하고 있는 셈이다. 그렇게 하지 않으면 무엇인가 놓치는 것이 있을까 봐 두렵기 때문이다.

나는 이런 식으로 나의 관대함을 과시해 왔지만 곧 그 관대함에도 한계가 있다는 것을 깨달았다. 인간의 행위는 단단한 바위나 질퍽질퍽한 늪지대 위에 기반을 둘 수 있지만, 특정 시점이 지나면 나는 그것이 어디에 발을 내려놓았는지 신경 쓰지 않게 된다. 지난가을 동부에서 돌아왔을 때 나는 이 세상이 영원히 똑같은 제복을 입고 일종의 도덕적 차렷 자세를 취했으면 좋겠다고 생각했다. 방종과 무절제로 가득한 여행을 하는 동안 인간의 마음을 우월한 시선으로 들여다보는 일은 더 이상 하고 싶지 않다는 것을 깨달았다. 오직 개츠비, 이 책에 이름을 제공한 개츠비만이 나에게서 이러한 반응을 이끌어 내지 않은 유일한 인물이었다. 그는 내가 극도로 혐오하는 모든 것을 대표하는 인물이었다. 그러나 만약 성공을 향한 행동이 연속적으로 이어진 존재가 인간이라는 사실을 이해한다면 개츠비에게는 매혹적인 무엇인가가 있었다. 마치 1만 6천 킬로미터 밖에서 일어난 지진을 감지하는 정교한 기계에 연결된 것처럼 그에게는 삶의 가능성을 알아채는 예민한 감각이 있었다. 이 고도의 감각은 '창조적 기질'이라는 이름으로 높이 평가받는 과도한 감상주의적 감수성과는 전혀 다른 것이었다. 그것은 희망을 찾아내는 특별한 재능이자 그것을 위해 기꺼이 무엇이든 하는 낭만적인 감수성이었다. 결코 다른 사람들에게서는 찾아볼 수 없었고 앞으로도 없을 그런 것이었다. 그렇다. 결국 개츠비가 옳았다. 나는 인간이 겪는 실패로 인한 슬픔과 순간 사라져 버리고 말 기쁨에 관심을 갖고 있었지만, 개츠비를 희생양으로 삼고 그가 꿈꿨던 것들이 떠난 자리에서 흩날리는 더러운 잿빛 먼지들을 보면서 그 관심을 일시적으로 거두었다.

우리 집안은 이곳 중서부 도시에서 삼대에 걸쳐 살아온 꽤 유명한 부잣집이다. 캐러웨이 집안은 일종의 문중(門中)으로 버클루 공작의 후손이다. 그러나 우리 가계(家系)의 실질적인 창시자는 할아버지의 형님이다. 그분은 쉰한 살에 이곳에 왔으며 남북 전쟁에 다른 사람을 대신 보낸 뒤 철물 도매업을 시작했고, 그 사업을 오늘날까지 아버지가 이어 가고 있다.

나는 큰할아버지를 뵌 적은 없지만 아버지 사무실에 걸려 있는 딱딱하고 사실적인 분위기의 초상화를 보고 내가 그분을 많이 닮았다는 것을 알았다. 나는 1915년 뉴헤이번에 있는 대학[1]을 졸업했다. 아버지가 그곳을 졸업한 지 정확히 25년 뒤의 일이었다. 졸업하고 얼마 지나지 않아 게르만 민족의 뒤늦은 대이동, 즉 제1차 세계 대전에 참전했다. 연합군의 반격을 속 시원히 즐겼던 나는 전쟁에서 돌아온 후 가만히 있을 수 없었다. 중서부는 나에게 더 이상 세상의 따뜻한 중심이 아니라 너덜너덜해진 끝자락과 같았다. 나는 동부로 가서 증권 일을 배우기로 결심했다. 내가 아는 모든 사람이 증권업에 종사하고 있었기 때문에 그 일이 적어도 총각 하나 정도는 충분히 먹여 살릴 수 있을 거라 믿었다. 집안 어른들은 마치 내게 예비 학교를 골라 주는 것처럼 계속 그 일을 의논하더니 결국 '왜 그런 일을……. 뭐 해보든지.' 하는 매우 어둡고 마땅치 않은 표정으로 허락했다. 아버지는 1년 동안은 경제적 지원을 해주겠다고 약속했다. 이후 출발 일정이 몇 차례 미뤄지다가 마침내 1922년 봄, 나는 영원히 머무를 생각으로 동부로 왔다.

현실적인 문제는 도시에서 방을 구하는 것이었다. 때는 바야흐로 따뜻한 계절이었고, 나는 넓은 잔디밭과 친근한 나무들이 어우러진 지방에서 방금 온 촌뜨기일 뿐이었다. 그렇기 때문에 같은 사무실의 젊은 동료가 통근할 수 있는 지역에 같이 살 집을 구하면 어떻겠냐고 제안했을 때 꽤 괜찮은 생각이라고 여겼다. 그는 세월의 흔적이 역력한 나무 방갈로를 월세 80달러에 구했다. 하지만 이사 가기 바로 전 그는 워싱턴으로 발령을 받았고 결국 나 혼자 그곳으로 가야 했다. 나는 며칠 후에 도망쳐 버린 개 한 마리와 오래된 닷지 자동차 한 대, 그리고 침실을 정리하고 아침 식사를 준비해 주는 핀란드인 가정부와 함께 지냈다. 아주머니는 가

---

1) New Haven에 있는 예일 대학교를 지칭한다.

끔 스토브 앞에서 혼잣말로 핀란드 속담을 중얼거리곤 했다.

하루 이틀쯤을 적적하게 보내던 어느 날 아침, 나보다 더 늦게 이곳에 온 듯한 한 남자가 길 위에서 나를 불러 세웠다.

"웨스트에그에 어떻게 갑니까?"

그가 난감하다는 듯 물었다.

나는 그에게 길을 알려 주었다. 그러고 나서 다시 길을 걷던 중 나는 더 이상 혼자가 아님을 깨달았다. 나는 안내자이자 길잡이이고 초기 개척자인 셈이었다. 그는 의도치 않게 나에게 이 지역 주민으로서의 권리를 부여한 셈이다.

나는 마치 고속 촬영한 영화 속 식물들이 크듯 무럭무럭 자라는 나뭇잎과 햇살을 바라보며, 여름과 더불어 나의 삶이 다시 시작되고 있음을 확신했다.

우선 읽어야 할 책이 너무 많았고, 새 숨을 불어넣어 주는 신선한 공기를 마시며 활기를 얻었다. 나는 은행, 신용, 채권 투자에 관한 책을 열 권 넘게 사서 책장에 꽂았다. 책들은 마치 갓 찍어 낸 새 화폐처럼 빨간색과 황금색을 띤 채 미다스 왕[2]이나 모건[3], 마이케나스[4]만이 알고 있는 빛나는 비밀을 언젠가 알려 주겠다고 약속하는 듯했다. 나는 그 외의 책도 많이 읽어야겠다는 강한 의지에 불탔다. 대학 시절의 나는 꽤나 문학적이었다. 어느 해에는 《예일 뉴스》에 진지하고 분명한 논조의 글을 연재한 적도 있다. 지금 나는 그러한 것들을 다시 내 삶에 되돌려서 전문가 중에

---

2) Midas. 그리스 신화에 나오는 왕으로 손에 닿는 것은 전부 황금으로 변하게 하는 힘을 가지고 있다.
3) Morgan. 미국의 금융 자본가 John Pierpont Morgan을 말한다.
4) Maecenas. 고대 로마 시대의 정치가이자 외교관으로, 베르길리우스와 호라티우스 등 많은 예술인을 후원했다.

서도 극히 드문 '자기완성형 인간'이 되려고 한다. '삶은 결국 하나의 창으로 들여다볼 때 훨씬 더 잘 볼 수 있다'는 말이 결코 단순한 경구로만 그치는 것은 아니다.

　내가 북아메리카 대륙에서 가장 기이한 동네 중 한 곳에 집을 얻은 것은 분명 우연이었다. 그 집은 뉴욕에서 정확히 동쪽으로 쭉 뻗어 나간 길쭉한 섬에 자리 잡고 있었다. 그 섬에는 흥미로운 자연 특성 몇 가지 중에서도 특히 눈에 띄는 독특한 지형 한 쌍이 있다. 뉴욕 시에서 32킬로미터 정도 떨어진 곳에 거대한 달걀처럼 생긴 동일한 지형 한 쌍이 만(灣)이라고 하기에는 너무 좁은 바다를 사이에 두고, 서반구에서 가장 잘 다듬어졌다는 롱아일랜드 해협의 거대한 앞마당을 향해 툭 튀어나와 있었다. 두 지역은 정확히 타원형은 아니고, 콜럼버스 이야기에 등장하는 달걀처럼 만나는 끝 지점이 납작한 모양이었다. 두 지역이 너무 닮아서 하늘 위를 날아다니는 갈매기들이 끝없이 헷갈릴 것은 분명했다. 그러나 날개가 없는 이들, 즉 인간에게 이 지역이 흥미로운 이유는 외형과 크기가 유사한 것 외에는 두 지역의 모든 부분이 완전히 다르기 때문이다.

　나는 두 지역 중에서 조금 덜 화려한 웨스트에그에 살았다. 덜 화려하다는 표현은 두 지역 간의 기묘하고 다소 불길한 차이를 가장 피상적으로 드러낸 표현이지만 말이다. 내가 살던 집은 웨스트에그의 가장 끝 쪽에 있었는데, 롱아일랜드 해협에서 겨우 45미터 정도 떨어져 있었고 계절마다 1만 2천 또는 1만 5천 달러씩은 지불해야 빌릴 수 있는 두 저택 사이에 끼어 있었다. 오른쪽에 있는 저택은 어떤 기준으로 봐도 어마어마한 규모로, 노르망디 시청을 그대로 옮겨 놓은 모습이었다. 저택 한쪽에는 가느다란 수염 모양의 담쟁이넝쿨로 뒤덮인 탑이 있었고, 다른 쪽에는 대리석으로 된 수영장과 16만 제곱미터가 넘는 잔디와 정원이 있었다. 바로 개츠비의 저택이었다. 아니, 그 당시엔 개츠비를 몰랐을 때니 그런 이름을 가진 신사가 사는 저택이라고 해야 할 것이다. 내가 살던 집은 풍경을 해치긴 했지만 존재감이 미미하여 눈에 띄지는 않았다. 그래서 나는 바다가 보이는 전망과 이웃집 잔디밭 경관 약간, 그리고 백만장자들과 가까이 사는 즐거움을 한 달에 80달러로 누릴 수 있었다.

이름뿐인 만 저편에는 화려한 이스트에그의 하얀 궁전들이 해변을 따라 빛났다. 그리고 진정한 의미에서 그해 여름의 이야기는 톰 뷰캐넌과 저녁 식사를 하기 위해 그곳으로 운전해 갔던 그날 저녁에 시작되었다고 볼 수 있다. 데이지는 나의 먼 친척이고, 톰은 대학 때 알게 된 사이였다. 전쟁에서 돌아온 직후 나는 시카고에서 이들과 이틀을 같이 보낸 적이 있었다.

데이지의 남편 톰은 스포츠 쪽에서 여러모로 두각을 나타냈는데 특히 뉴헤이번의 미식축구 선수 중 역대 가장 뛰어난 엔드[5]로 활약했다. 어떤 면에서 그는 전국적으로 알려진 인물이었지만, 스물한 살에 이미 뛰어난 기량에 도달하는 바람에 그 후에는 하락세를 경험해야 했다. 그의 집안은 엄청나게 부유했지만 그는 대학 시절에 돈을 물 쓰듯 써서 사람들의 질책을 받기도 했다. 이제는 시카고를 떠나 동부로 왔지만 그 과정 또한 사람들의 입을 떡 벌어지게 했다. 예를 들어 그는 레이크포리스트[6]에서 폴로용 말을 떼로 운반해 왔다. 나와 같은 또래가 저런 짓을 할 만큼 부자라는 사실을 인정하기가 쉽지 않았다.

나는 그들이 왜 동부로 왔는지는 모른다. 그들은 특별한 이유 없이 프랑스에서 1년을 보냈고, 그러고 나서 폴로 경기를 할 만큼 부유한 사람

---

5) ends. 미식축구에서 주로 공격을 담당하는 tight end를 의미한다.
6) Lake Forest. 시카고 북쪽 근교의 부유한 동네이다.

들이 있는 곳이라면 어디로든 쉴 새 없이 떠돌아다녔다. 데이지는 나와 통화할 때 이곳에 영원히 정착할 거라고 이야기했지만, 나는 곧이듣지 않았다. 데이지의 심중은 알 수 없었지만, 톰은 미식축구 경기의 흥분 가득하고 격동적인 느낌, 다시 돌이킬 수 없는 그 느낌을 좇아 영원히 떠돌 위인이라는 생각이 들었다.

그래서 나는 따뜻한 바람이 불던 어느 날 저녁 그다지 잘 안다고 할 수 없는 옛 친구 두 명을 만나기 위해 이스트에그로 차를 몰았다. 그들의 집은 예상보다 훨씬 더 공들인 모습이었다. 밝은 느낌의 붉은색과 흰색이 조화를 이룬 조지 왕조 식민지 시대풍 저택으로 바다가 내려다보였다. 해변에서 정문까지 400미터 정도 이어지던 잔디는 해시계와 벽돌로 된 벽을 지나 찬란하게 빛나는 정원을 넘어 다시 이어지더니 마침내 포도 줄기로 둘러싸인 저택과 만났다. 저택 정면은 프랑스식 창들이 일렬로 나 있었다. 창문은 햇볕에 반사된 금빛을 띠며 따스한 바람이 부는 오후를 맞이하여 활짝 열려 있었다. 톰 뷰캐넌은 승마복 차림으로 현관 포치[7]에 다리를 딱 벌리고 서 있었다.

그는 뉴헤이번 시절과는 많이 달라져 있었다. 지금 그는 윤기 잃은 금발 머리에 다소 단단한 입매를 한 거만한 태도의 건장한 서른 살 남자였다. 그의 얼굴에서 가장 두드러지는 모습은 거만하게 빛나는 눈빛이었다. 그 때문에 마치 위협하듯 몸을 앞으로 기울인 인상을 주곤 했다. 그가 입고 있는 승마복의 여성스러운 우아함도 그 안에 가려진 육체의 거대한 힘을 숨기기에는 역부족이었다. 반질반질하게 윤이 나는 부츠는 발에 딱 맞도록 끈을 꽉 조였음을 알 수 있었고, 얇은 코트 속에서 어깨가

---

7) porch. 건물 입구나 현관에 지붕을 갖추어 잠시 차를 대거나 사람들이 비바람을 피하도록 만든 곳이다.

움직일 때마다 근육이 꿈틀거림을 느낄 수 있었다. 그것은 거대한 힘을 행사할 수 있는 육체, 다시 말해 위협적인 육체였다.

거칠고 높은 톤의 허스키한 목소리는 그의 오만함을 더욱 두드러지게 만들었다. 그의 목소리에는 가부장적으로 경멸하는 듯한 어조가 담겨 있었는데, 그가 좋아하는 사람들을 대할 때도 예외는 아니었다. 그래서 뉴헤이번 시절에는 그의 이런 무례함을 혐오하는 사람들이 많았다.

그는 마치 "자, 이 문제들에 대한 내 의견이 최종 결론이라고 생각하지는 말게. 단지 내가 너희보다 덩치가 좋고 남자답기 때문에 그렇다고 생각하지 말라는 거야."라고 말하려는 듯 보였다.

그와 나는 졸업반 때 같은 사교 클럽[8]의 회원이었다. 결코 속마음까지 터놓는 사이는 아니었지만 그는 나를 인정하고 있었고 거칠고 저돌적인 방식이지만 내가 호감을 가져 주길 바란다는 느낌을 받았다.

우리는 햇살 가득한 포치에서 몇 분간 이야기를 나눴다.

"참 마음에 드는 곳이야."

그가 눈을 반짝이며 부지런히 주위를 둘러보았다.

그는 한 팔로 나를 돌려세운 후 커다란 손으로 눈앞에 보이는 풍경을 가리켰다. 그곳에는 움푹 들어간 이탈리아식 정원과 짙은 향이 코를 찌르는 2천 제곱미터가량의 장미 들판, 물가에서 출렁대는 납작코 모양의 모터보트 등이 차례대로 보였다.

"원래 이 집은 석유 재벌 드메인의 소유였지."

그는 정중하면서도 갑작스럽게 다시 나를 돌려세웠다.

"안으로 들어가자고."

---

8) senior society. 예일 대학교에는 4학년 사교 클럽이 모두 6개가 있었고, 모두 가입이 까다로운 비밀 조직이었다.

우리는 천장이 높은 복도를 지나 밝은 장밋빛 공간으로 들어갔다. 양쪽 끝이 프랑스식 창문으로 연결되어 있어서 다소 불안정한 구조였다. 반쯤 열린 창문은 집 안으로 기어 들어오려고 애쓰는 듯한 파릇파릇한 잔디를 배경으로 하얗고 눈부시게 빛났다. 부드러운 바람이 불어오자 마치 빛바랜 깃발이 날리듯 커튼 한쪽은 안으로, 다른 쪽은 밖으로 휘날리다가 비비 꼬여 천장까지 닿는 하얀 웨딩 케이크 같은 모양을 이루었다. 그렇게 감겨 올라간 커튼은 바다 위에서 바람이 춤을 추며 물결을 일으키듯, 와인빛 양탄자 위에 그림자를 드리웠다.

그 방에서 유일하게 움직이지 않는 물체는 커다란 소파였다. 거기에는 젊은 여인 둘이 바닥에 매어 놓은 풍선을 타고 있는 것처럼 붕 떠 있었다. 두 여인은 하얀 드레스를 입고 있었는데, 그 드레스는 마치 방금 저택을 한 바퀴 돌고 돌아온 듯 잔물결 모양으로 펄럭였다. 나는 아마도 몇 분 동안 커튼이 부딪치는 소리, 벽에 걸린 그림이 흔들리며 삐걱거리는 소리를 듣고 서 있었던 것 같다. 그리고 곧이어 뒤쪽에서 톰 뷰캐넌이 쾅 하고 문을 닫는 소리가 들렸다. 그러자 방 안을 휘돌던 바람은 점차 잦아들었고, 커튼과 양탄자도 서서히 제 모습을 찾아갔으며, 붕 떠 있던 두 여인도 서서히 차분해졌다.

두 여인 중 나이 어린 쪽은 처음 보는 얼굴이었다. 그녀는 소파 한쪽에 몸을 꼿꼿이 세우고 앉아 미동도 하지 않았다. 턱을 약간 치켜든 모습은 마치 무엇인가를 턱 위에 올려놓고 떨어뜨리지 않으려고 균형을 잡고 있는 것 같았다. 그녀의 시야에 내가 잡혔을 텐데 그런 기색은 전혀 내비치지 않았다. 사실 나는 그 광경에 놀라 갑자기 나타나 방해해서 미안하다는 사과의 말을 웅얼거릴 뻔했다.

또 다른 여인인 데이지가 자리에서 일어나려고 했다. 몸을 살짝 앞으로 기울이고 있다가 갑자기 매혹적인 웃음을 터뜨렸고, 나 또한 웃음을 터뜨리며 방 안으로 성큼성큼 들어갔다.

"행복해서 몸이 마, 마비됐나 봐요."

데이지는 재치 있는 말이라도 한 것처럼 다시 웃었다. 그러고는 잠시 내 손을 잡고 이 세상에서 가장 보고 싶었던 얼굴이라는 듯한 표정으로 나를 바라보았다. 데이지는 항상 이런 식이었다. 그러고는 턱으로 몸의 중심을 잡고 있는 여자가 베이커 양이라고 속삭였다. (데이지가 속삭이듯 말하는 이유는 듣는 사람이 자기 쪽으로 몸을 기울이게 하기 위해서라는 말을 전에 들은 적이 있다. 적절치 못한 험담에 불과했지만 그게 사실이라고 하더라도 데이지의 매력이 줄어드는 것은 아니었다.)

아무튼 베이커 양은 살짝 떨리는 입술로, 나를 향해 거의 느끼지 못할 정도로 살짝 고개를 끄덕이더니 재빨리 원위치로 고개를 돌렸다. 턱 위에서 균형을 잡고 있던 어떤 것이 휘청거리자 그녀도 흠칫 놀란 듯했다. 이번에도 나는 사과를 할 뻔했다. 자기만족감이 충만한 사람을 보면 나도 모르게 감탄하게 된다.

나는 다시 낮고 매혹적인 목소리로 나에게 질문하기 시작한 사촌에게 시선을 돌렸다. 다시는 연주되지 않을 음의 향연인 것 같은 그녀의 목소리를 따라 내 귀는 오르락내리락했다. 반짝반짝 빛나는 두 눈과 열정적인 입술이 활짝 피어 있는 그녀의 얼굴에는 슬픔과 사랑스러움이 공존했다. 무엇보다 그녀의 목소리에는 그녀를 좋아하는 사람들이라면 결코 잊지 못할 어떤 흥이 묻어 있었다. 노래하듯 강요하는 속삭임, "있잖아요……." 하는 속삭임, 조금 전까지 즐겁고 유쾌했으며 또 앞으로도 이러한 기분 좋은 일들이 가득할 거라고 약속하는 듯했다.

나는 동부로 오는 도중에 시카고에 들러 하룻밤을 묵었던 일이며 그때 만난 사람들 여럿이 그녀에게 안부를 전해 달라고 했던 일들을 이야기해 주었다.

"저를 그리워하던가요?"

그녀가 들뜬 목소리로 말했다.

"도시 전체가 썰렁하더군. 모든 차가 애도의 표시로 왼쪽 뒷바퀴를 검게 칠했고, 노스쇼[9] 지역에서는 밤새 울음소리가 그치질 않았어."

"대단하네요! 톰, 우리 내일 돌아가요, 내일 당장!"

이렇게 말한 다음 그녀는 뜬금없이 이렇게 덧붙였다.

"우리 아기 봐야죠!"

"물론이지."

"지금 자고 있어요. 두 살인데, 우리 딸 아직 본 적 없죠?"

"아직 못 봤지."

"오, 그럼 꼭 봐야 해요. 우리 아이는……."

방 안에서 쉼 없이 왔다 갔다 하던 톰 뷰캐넌이 다가와서는 내 어깨에 손을 올려놓았다.

"닉, 요즘 어떤 일을 하나?"

"증권 쪽 일을 하고 있어."

"누구랑?"

나는 이름을 말해 주었다.

"한 번도 들어 본 적이 없는 이름이군."

그가 단호하게 말했다. 나는 그 말에 기분이 언짢았다.

"듣게 될 걸세."

---

9) north shore. 시카고 북쪽 지역으로 상류층 주거 지역이 밀집해 있다.

나는 짧게 대꾸하고 다시 덧붙였다.

"만약 자네가 계속 동부에 머문다면 말이야."

"계속 동부에 머물 테니 걱정 말게나."

그가 이렇게 말하면서 데이지를 힐끗 쳐다보고는 다시 내게 시선을 돌렸다. 마치 내가 알지 못하는 무엇인가를 경계하고 있는 듯했다.

"이렇게 좋은 곳을 두고 다른 곳에 가서 산다면 나는 바보 중의 바보일 걸세."

그때 갑자기 베이커 양이 말했다.

"당연하죠!"

너무나 갑작스러운 반응이었다. 생각해 보니 내가 이 방 안에 들어온 후 그녀가 내뱉은 첫 단어였다. 놀란 건 나뿐만이 아니었던 모양이다. 그녀 또한 놀랐는지 하품을 하더니 날렵하고 익숙한 몸동작으로 자리에서 일어났다.

"몸이 찌뿌둣하네요."

그녀가 푸념을 했다.

"소파에 너무 오래 누워 있었던 거 같아요."

"내 탓은 하지 마. 오후 내내 널 뉴욕으로 데려가려고 애썼으니까."

데이지가 대꾸했다.

"사양할게요. 열심히 훈련 중이거든요."

베이커 양이 주방에서 내온 칵테일 넉 잔을 보며 말했다.

그녀를 초대한 집주인이 믿을 수 없다는 듯 그녀를 쳐다보았다.

"그렇겠지!"

톰은 칵테일이 딱 한 방울밖에 남아 있지 않았던 것처럼 단숨에 들이켜고는 잔을 내려놓았다.

"당신 같은 여자가 어떻게 그런 일을 해내는지 아무리 생각해 봐도 모르겠단 말이야."

나는 베이커 양이 과연 어떤 일을 '해낸' 것일까 생각하며 그녀를 바라보았다. 그녀를 보는 것은 즐거운 일이었다. 날씬한 몸매에 가슴이 작고 자세가 꼿꼿했는데, 어린 사관생도처럼 어깨선 뒤쪽으로 몸을 젖히고 있는 모습이 더욱 돋보였다. 그녀는 나의 눈빛에 정중히 응수하듯 햇빛에 바랜 듯한 잿빛 눈으로 나를 호기심 있게 쳐다보았다. 그녀의 얼굴은 창백하지만 매력적이었고 뭔가 불만족스러운 표정을 짓고 있었다. 그때 문득 그녀를 전에 본 적이 있거나 아니면 사진을 본 적이 있다는 생각이 떠올랐다.

"웨스트에그에 사신다고요? 거기에 사는 사람을 알고 있어서요."

그녀가 거만하게 말했다.

"저는 아직 아는 사람이 없습니다만……."

"개츠비 씨는 알 텐데요?"

"개츠비? 어떤 개츠비를 말하는 거야?"

데이지가 물었다.

개츠비 씨가 내 이웃이라고 말하려는 순간 저녁 식사가 준비되었다는 소리가 들렸다. 톰 뷰캐넌은 단단한 팔을 내 팔에 억세게 끼더니 마치 체스 판에서 말을 옮기듯 데리고 나갔다.

두 여인은 손을 엉덩이에 가볍게 얹은 채, 나긋나긋한 발걸음으로 석양을 향해 있는 장밋빛 포치 쪽으로 앞장서서 걸어갔다. 식탁 위에 놓인 네 개의 초가 잦아든 바람에 흔들리며 빛을 내고 있었다.

"웬 촛불이죠?"

데이지가 얼굴을 찡그리며 말한 후 손가락으로 촛불을 꺼버렸다.

"이제 2주만 있으면 1년 중 낮이 가장 긴 날이 온답니다."

그녀가 눈을 반짝이며 우리를 쳐다보았다.

"늘 1년 중 낮이 가장 긴 날을 기다리다가 정작 그날이 되면 지나치고 말지 않나요? 제가 그렇거든요."

"뭔가 계획을 세워야 해요."

베이커 양이 하품을 하면서 마치 자러 들어가려는 사람처럼 탁자에 앉았다.

"맞아. 무엇을 하면 좋을까?"

데이지가 막막하다는 듯 나를 쳐다봤다.

"다른 사람들은 대체 무슨 계획을 세울까요?"

내가 대답하기도 전에 데이지는 놀란 표정으로 자신의 손가락에 시선을 고정했다.

"여기 좀 봐요! 다쳤어요."

데이지가 툴툴거렸다.

모두의 시선이 한곳으로 향했다. 손가락 마디에 멍이 들어 있었다.

"톰, 당신 작품이에요. 일부러 그러지 않았다는 건 알지만 여하튼 당신이 이렇게 만들었죠. 이게 다 야수 같은 남자와 결혼한 탓이에요. 무지막지하게 몸집이 큰 거인 같은 남자와……."

데이지가 이르듯이 말했다.

"농담이라도 무지막지하다는 말 좀 쓰지 마."

톰이 불쾌하다는 듯이 말했다.

"무지막지해요."

데이지가 다시 고집스럽게 말했다.

데이지와 베이커 양은 종종 거리낌 없이 말을 내뱉기도 했는데, 그다지 눈에 띌 정도도 아니고 아무 의미 없이 이야기여서 과히 수다스럽다고도 할 수 없었다. 그것은 마치 그들이 입고 있는 하얀 드레스 혹은 열정이라곤 찾아볼 수 없는 그들의 냉담한 눈빛만큼이나 건조했다. 그들은 그 자리에서 나와 톰에게 예의를 갖추면서, 그 시간을 즐겁게 만들거나 즐기려는 최소한의 정중한 노력을 계속할 뿐이었다. 그들은 식사가 끝나면 곧 어둑어둑한 저녁 시간도 순식간에 끝나리라는 것을 알고 있었다. 서부의 저녁과는 사뭇 달랐다. 기대와 실망이 반복되는 가운데, 또는 순간의 두려움에서 오는 순수한 긴장감 속에 시시각각 끝을 향해 달려가는 것이 서부의 저녁이었다.

"데이지, 너랑 있으니까 내가 마치 미개인 같단 생각이 들어."

나는 코르크 향이 좀 나지만 맛은 훌륭한 프랑스산(産) 포도주 클라레를 한 잔 더 마시면서 속마음을 털어났다.

"농사일이나 다른 거 얘기하면 안 될까?"

나는 특별한 의미 없이 한 말이었는데 이 말은 예상치 못한 방향으로 흘러갔다.

"문명이 산산조각 나고 있네."

톰이 격분하며 말을 시작했다.

"지금 벌어지는 일들을 보면서 난 완전히 비관론자가 되어 버렸어. 고다드가 쓴《유색 인종 제국의 발흥》[10]이란 책 읽어 봤나?"

"아니, 아직 안 읽어 봤는데. 그런데 왜?"

나는 그의 격앙된 말투에 다소 놀라며 대답했다.

"좋은 책이야. 모두 읽어야 할 책이고. 우리가 주의하지 않으면 백인

---

10) The Rise of the Colored Empires. 작가와 책 모두 피츠제럴드가 지어낸 것이지만, 로스롭 스토더드의《유색의 밀물 The rising tide of color》을 염두에 둔 것으로 보인다.

들은…… 백인들은 완전히 좌초될 거라는 내용이네. 매우 과학적인 데다 증거까지 제시하고 있어."

"톰은 생각이 점점 난해해지고 있어요."

데이지는 슬픈 표정으로 아무렇지 않게 말했다.

"긴 단어가 나오는 심오한 책만 읽고 있죠. 그게 무슨 단어였더라? 우리……."

"다 과학적인 책들이야."

톰은 거듭 강조하면서 참을 수 없다는 듯 그녀를 쳐다보았다.

"작가 양반이 전체 상황을 잘 분석했어. 우리에게 달렸다는 거야. 지배 인종이 주의하지 않으면 다른 인종이 모든 것을 지배한다는 거지."

"우리가 그들을 쳐부숴야 해요."

뜨겁게 작렬하는 태양 탓인지 데이지가 심하게 눈을 깜박거리면서 속삭였다.

"두 사람은 캘리포니아에 살아야 하는 건데……."

베이커 양이 말을 시작했지만 톰이 의자에서 몸을 심하게 움직이는 바람에 그녀의 말이 그만 끊기고 말았다.

"요지는 우리가 북유럽 인종이라는 거야. 나도 그렇고 자네와 베이커 양도 그렇지. 그리고……."

그는 잠시 망설이다가 고개를 약간 끄덕이며 데이지까지 포함시켰다. 그러자 데이지는 나를 보며 다시 눈을 깜박였다.

"그리고 문명을 이루는 모든 것을 우리가 만들어 냈다는 거야. 과학과 예술, 학문 등 모든 것을 말이야. 그렇다고 생각하지 않나?"

이전보다 더욱 심해진 자만심으로도 충분하지 않은지 저토록 집중해서 말하는 모습이 왠지 안쓰러웠다. 그때 전화벨이 울리고 집사가 자리를 비웠다. 이때를 놓칠세라 데이지가 내 쪽으로 몸을 기울여 왔다.

"이 집안 비밀을 하나 알려 줄게요."

데이지는 매우 신이 나서 속삭였다.

"집사의 코에 관한 이야기예요. 들어 보실래요?"

"물론이지. 그 얘기 들으려고 오늘 여기 온 거잖아."

"저분 원래는 집사가 아니었어요. 뉴욕에서 은그릇 닦는 일을 했는데 고객이 200명 정도 되었다고 해요. 아침부터 밤까지 은그릇을 닦다 보니 그만 코가 변하기 시작해서⋯⋯."

"점점 더 안 좋아졌겠군요."

베이커 양이 거들었다.

"맞아. 상태가 점점 나빠져서 결국 그 일을 그만둬야 했죠."

데이지의 빛나는 얼굴에 잠시 석양이 물들더니 낭만을 남기고는 지평선 너머로 사라졌다. 그녀의 목소리에 이끌려 나도 모르게 숨을 죽이며 그녀 쪽으로 몸을 기울였다. 어둠이 찾아오면 즐겁게 놀던 아이들이 하나둘 집으로 돌아가는 것처럼 그녀의 얼굴을 물들이던 빛도 아쉬움을 남기며 점차 사라져 갔다.

집사가 다시 돌아와 톰에게 무언가를 소곤거리자 톰이 인상을 찌푸렸다. 그러더니 급기야 의자를 박차고 일어나 아무 말 없이 안으로 들어가 버렸다. 그가 자리를 뜨자 데이지는 마음속 무언가에 자극을 받았는지 다시 내 쪽으로 몸을 기울이며 노래하듯 말했다.

"닉, 우리 집에서 함께 식사를 하게 돼서 정말 좋아요. 오빠를 보면 장미, 순수한 장미가 생각나요. 그렇지 않아?"

데이지가 동의를 구하듯 베이커 양을 보았다.

"순수한 장미?"

이 말은 절대 사실이 아니었다. 나는 장미와는 거리가 먼 사람이었다. 데이지는 그저 즉흥적으로 던진 표현이었겠지만, 그 말에서는 사람 마음을 움직이는 따스함이 흘러나왔다. 마치 숨이 막히도록 황홀한 그 말 속에 그녀의 마음이 숨어 있다가 밖으로 나오려 애쓰는 것처럼 말이다. 그런데 갑자기 그녀가 냅킨을 탁자에 던지고 잠시 실례하겠다면서 집 안으로 들어가 버렸다.

베이커 양과 나는 잠시 의미 없는 시선을 의식적으로 주고받았다. 내가 막 뭔가 말하려는 순간 그녀가 의자에서 등을 일으키며 "쉿!" 하고 주의를 주었다. 감정을 억누르기 위해 애쓰는 듯한 말소리가 방 저편에서 들렸고, 베이커 양은 부끄러움도 잊은 채 몸을 기울여 그 소리를 들으려고 애썼다. 말소리는 알아들을 만하면 가라앉았다가, 곧 다시 흥분한 듯 커지더니 이윽고 완전히 사라졌다.

"당신이 말한 그 개츠비 씨가 저의 이웃입니다."

내가 말했다.

"조용히 해보세요. 무슨 말을 하는지 들어 봐야겠어요."

"무슨 문제라도 있나요?"

나는 순진하게 물었다.

"설마 정말 모른다고 말하는 건 아니겠죠?"

베이커 양이 놀란 듯이 말했다.

"전 사람들이 다 알고 있는 줄 알았어요."

"전 모릅니다."

"어떻게……."

그녀가 주저하듯 말했다.

"톰은 뉴욕에 여자가 있어요."

"다른 여자가 있다고요?"

나는 멍하게 그녀의 말을 따라 했다.

베이커 양이 고개를 끄덕였다.

"적어도 저녁 식사 시간에 전화하지 않을 만큼의 예의는 있어야 할 텐데요. 안 그래요?

그 말이 무슨 의미인지 미처 이해하기도 전에 드레스가 펄럭이고 가죽 부츠가 저벅거리는 소리가 들리더니 톰과 데이지가 탁자로 돌아왔다.

"사정이 좀 있었어요!"

데이지가 애써 쾌활한 목소리로 외쳤다.

그녀는 자리에 앉아 베이커 양과 나의 표정을 살피더니 계속 말을 이어 나갔다.

"잠깐 밖을 내다보았는데 아주 낭만적이에요. 잔디밭에 새 한 마리가 앉았는데 내 생각에 커나드나 화이트 스타 해운 회사의 배를 타고 건너온 나이팅게일이 분명해요. 그 새가 신나게 지저귀고 있어요……."

그녀가 노래하듯 말을 이었다.

"아……. 정말 낭만적이다. 그렇죠, 톰?"

"그렇군. 아주 낭만적이야."

톰은 그렇게 답하더니 괴로운 표정을 지으며 내게 말했다.

"저녁 식사 후에도 날이 완전히 저물지 않는다면 자네에게 마구간을 보여 주고 싶군."

그때 집 안에서 전화벨이 깜짝 놀랄 정도로 크게 울렸다. 그러자 데이지는 톰을 보며 고개를 단호히 저었다. 마구간 이야기는 물론이고 모든 이야기가 허공으로 사라져 버렸다. 저녁 식사의 마지막 5분 동안 내가 기억하는 파편적인 내용은 양초에 다시 불을 붙였다는 쓸데없는 것뿐이었다. 나는 그들을 똑바로 보려 의식적으로 노력했고, 모두의 눈을 피하지 않을 수 있었다. 데이지와 톰이 무슨 생각을 하고 있는지는 짐작할 수 없었다. 하지만 어떤 회의적인 상황에도 꿈쩍할 것 같지 않은 베이커 양도 이 다섯 번째 손님이 내는 날카로운 금속성의 긴박한 재촉 소리를 마음에서 완전히 걷어 낼 수 있을지는 의문이었다. 기질에 따라서 이 상황이 흥미진진한 사람도 있겠지만, 나의 본능에 따르자면 즉시 경찰에 전화하고 싶은 심정이었다.

말할 것도 없이 마구간 이야기는 다시 나오지 않았다. 톰과 베이커 양은 황혼을 받으며 몇 걸음 간격을 둔 채 천천히 서재로 걸어갔다. 눈앞에 놓인 시체를 밤새 지키러 가는 사람들 같았다. 한편 나는 적당히 못 알아들은 척, 즐거운 척하려고 애쓰며 데이지를 따라 저택을 둘러싼 테라스 주위를 걸어 현관 앞 포치로 나갔다. 우리는 깊게 내려앉은 어둠 속에서 고리버들로 만든 의자에 나란히 앉았다.

데이지는 자신의 아름다운 얼굴 모양을 느끼기라도 하려는 듯 두 손으로 얼굴을 감싸고는 벨벳 같은 어둠 속으로 시선을 서서히 옮겼다. 나는 감정에 요동치는 그녀를 진정시키기 위해 딸에 관해 물었다.

"닉, 우린 서로를 너무 몰라요. 사촌이라고 하지만 오빠는 내 결혼식에도 안 왔잖아요."

데이지가 갑자기 말했다.

"그땐 아직 전쟁터에서 돌아오기 전이었잖아."

"아 참, 그랬죠."

데이지가 주저하다 말을 이었다.

"닉, 그동안 난 뭐랄까 무척 힘든 시간을 보냈어요. 이젠 모든 일에 냉소적으로 변했죠."

분명히 그녀에게 그럴 만한 이유가 있어 보였다. 나는 계속 말하기를 기다렸으나 그녀는 더 이상 아무 말이 없었다. 나는 잠시 뒤에 힘없이 그녀의 딸에게로 다시 화제를 돌렸다.

"이젠 말도 하고…… 밥도 잘 먹고, 못하는 게 없겠네."

"네, 맞아요."

데이지가 공허한 눈빛으로 나를 보았다.

"있잖아요, 닉. 그 애가 태어났을 때 내가 뭐라고 했는지 알아요? 들어 볼래요?"

"물론이지. 얘기해."

"이 이야기를 들으면 내가 왜 매사를 이렇게 생각하게 되었는지 이해할 거예요. 음, 딸이 태어나고 한 시간도 안 됐는데 톰이 보이지 않는 거예요. 마취에서 깨어났을 때 난 정말 버려진 느낌이었어요. 간호사에게 아들인지 딸인지 물었지요. 딸이라고 하더군요. 나는 고개를 돌리고 울었어요. '괜찮아. 딸이라서 기뻐. 차라리 그 애가 바보가 되면 좋겠어. 그게 이런 세상에서 여자가 살 수 있는 가장 좋은 방법이니까. 작고 아름다운 바보가 되는 것…….' 하면서요."

그녀가 확신에 차서 이야기를 계속 이어 나갔다.

"이제 왜 내가 모든 걸 엉망이라고 생각하는지 아시겠죠. 모든 사람이 그렇게 생각하죠. 가장 앞서 있다는 사람들 말이에요. 나는 알아요. 난 안 가본 데가 없고, 못 본 게 없고, 안 해본 게 없거든요."

그녀의 두 눈이 저돌적으로 빛났다. 마치 톰의 눈을 보는 듯했다. 그러고 나서는 오싹할 정도로 경멸에 찬 웃음을 터뜨렸다.

"난 더 이상 순진하지 않아요. 이제 닳고 닳아 버렸다고요!"

그녀의 목소리가 멈춘 순간 나의 관심과 믿음을 끌어내던 힘도 같이 멈췄고, 나는 그녀의 말에서 기본적인 진심이 결여되어 있음을 느꼈다. 그러자 이날 저녁 시간 전체가 나에게 어떤 동조를 구하기 위한 일종의 사기극이 아닌가 하는 생각이 들어 기분이 불편해졌다. 나는 다음 이야기를 기다렸고, 그녀는 이내 사랑스러운 얼굴로 능글맞은 미소를 지으며 나를 지긋이 보았다. 마치 자신과 톰이 상류 사회의 꽤 유명한 비밀 단체에 속한 구성원으로서 남들과 다르다는 것을 보여 주려는 것 같았다.

진홍빛 서재가 불빛에 환하게 반짝였다. 톰과 베이커 양은 긴 소파의 양쪽 끝에 앉아 있었고, 베이커 양이 《새터데이 이브닝 포스트》를 소리 내어 읽어 주고 있었다. 굴곡 없이 중얼거리듯 읊는 목소리에 단어들이 부드럽게 전달되었다. 실내등 불빛에 톰의 부츠가 반짝반짝 빛났고 베이커 양의 머리카락은 단풍처럼 빛바랜 느낌이 났다. 베이커 양이 가녀린 팔 근육을 움직이며 페이지를 넘길 때마다 불빛을 받은 종이는 반짝반짝 빛났다.

우리가 방 안에 들어서자 그녀가 손을 치켜들고 잠시 조용히 하라는 신호를 보냈다.

"다음 호에 계속."

베이커 양이 잡지를 탁자 위에 던졌다. 그리고 무릎을 쉴 없이 움직여 몸을 펴더니 자리에서 벌떡 일어났다.

"10시네요. 이 착한 아가씨는 잠자리에 들 시간이에요."

베이커 양이 벽에 걸린 시계를 보았다.

"조던은 내일 경기가 있어요."

데이지가 설명했다.

"웨스트체스터에서요."

"아, 당신이 바로 그 조던 베이커군요."

나는 그제야 그녀의 얼굴이 왜 그렇게 낯익었는지 알게 되었다. 거만해 보였지만 느낌만은 좋았던 저 얼굴을 애슈빌, 핫스프링스, 팜비치의 스포츠 소식을 담은 수많은 사진 기사에서 본 적이 있었다. 그녀에 관한 비판적이고 유쾌하지 않은 이야기도 들은 기억이 있지만 오래전에 잊어버렸다.

"잘 자요. 그리고 8시에 깨워 주세요, 그럴 수 있죠?"

그녀가 나긋한 목소리로 부탁했다.

"일어날 수 있으면."

"일어날 수 있어요. 캐러웨이 씨도 잘 자고 나중에 봐요."

"물론, 또 보게 될 거야."

데이지가 확신에 차서 말했다.

"사실 내가 중매를 설까 생각 중이거든. 닉, 자주 와요. 내가 뭐랄까…… 그래요, 나는 두 사람을 함께 묶어서 던져 버릴까 생각 중이에요. 그러니까 린넨 옷장 같은 데에 가둬 버리거나 보트에 실어 바다로 보내 버리는 일 같은 거죠."

"잘 자요. 난 하나도 못 들은 걸로 할게요."

베이커 양이 계단에서 인사하며 말했다.

"좋은 여자야. 이런 식으로 전국을 떠돌며 경기나 뛰게 해서는 안 되는데 말이야."

잠시 후에 톰이 말했다.

"누가 그런단 말이에요?"

데이지가 냉랭하게 물었다.

"그녀의 가족이지."

"가족이라고 해봤자 나이가 천 살은 된 이모님 한 분뿐이에요. 이젠 닉이 조던을 돌봐 줄 거예요, 그렇죠, 닉? 저 애는 이번 여름에 거의 여기에서 주말을 보낼 거예요. 가족적인 분위기가 조던에게 큰 도움이 될 거라고 생각해요."

데이지와 톰은 잠시 침묵하며 서로를 쳐다봤다.

"베이커 양은 뉴욕 출신인가?"

내가 재빨리 물었다.

"루이빌 출신이에요. 우리는 그곳에서 소녀 시절을 보냈죠. 아름답고 순수한……."

"당신, 테라스에서 닉에게 뭔가 속마음을 털어놓기라도 한 건가?"

톰이 갑자기 물었다.

"내가요?"

그녀가 나를 보았다.

"벌써 기억이 가물가물하지만 아마 북유럽 인종에 대해 얘기했던 것 같아요. 맞아요, 분명히 우린 그 이야기를 했어요. 뭔가 그 기억이 스멀스멀 떠오르는 게 당신도 알다시피 우선……."

"닉, 자네가 들은 말을 전부 믿지는 말게."

톰이 내게 충고했다.

나는 전혀 들은 게 없다고 가볍게 말하고는 몇 분 뒤 집으로 가기 위해 나섰다. 그들은 문까지 따라 나와 화사하게 빛나는 사각 모양의 가로등 아래에 나란히 섰다. 자동차 시동을 켜자 데이지가 단호하게 외쳤다.

"잠깐만요! 물어볼 게 있었는데 깜박하고 있었어요. 중요한 일이에요. 서부에서 닉이 어떤 여자랑 약혼했다는 얘길 들었어요."

"맞아. 나도 들었네."

톰이 친절하게 맞장구를 쳐주었다.

"그건 헛소문이야. 난 결혼하기엔 가진 게 너무 없는 걸."

"하지만 분명히 들었어요. 그것도 세 사람한테요. 그러니 틀림없죠."

놀랍게도 다시 이야기를 시작한 데이지의 얼굴은 꽃이 피어나듯 활짝 피어나고 있었다.

물론 나는 그들이 무슨 말을 하는지 알고 있었다. 하지만 나는 결코 약혼한 적이 없다. 동부에 온 이유 중 하나는 내가 살던 곳의 교회에서 결혼 예고[11]를 했다는 소문이 났기 때문이기도 했다. 소문 때문에 오랜 친구와 관계를 끊을 수도 없고, 그렇다고 소문에 휩쓸려 결혼할 생각은 추호도 없었다.

나는 톰과 데이지가 보여 준 관심에 나름 감동을 받았고 그들이 결코 가까이 하기엔 너무 먼 부유층만은 아니라는 생각이 들기도 했다. 그럼에도 나는 혼란스러웠고 운전을 하면서 조금 역겨운 생각도 들었다. 내 생각에 데이지는 지금 당장 아이를 안고 그 집을 나와야 했다. 그러나 그녀는 전혀 그럴 생각이 없어 보였다. 톰에 대해서는, '뉴욕에 다른 여자가 있다'는 사실보다 그가 책 한 권 때문에 우울해한다는 사실이 더 놀라웠다. 그동안 견고했던 육체적 자만심이 더 이상은 단호한 오만함에 영향을 주지 못하게 된 양, 어떤 이유에선지 그는 고루한 사상의 곁가지를 조금씩 맛보고 있었던 것이다.

길가에 즐비한 가게 지붕과 새로 들여놓은 붉은색 주유기가 불빛을 한껏 받으며 서 있는 주유소 앞은 이미 여름이 깊어 가고 있었다. 웨스트에그에 있는 집에 도착해 그늘진 차고에 차를 주차한 후 나는 한동안 마당

---

11) banns. 결혼이 임박하면 교회에서 두 사람의 결혼 예정 사실을 알리며 이 결혼에 문제가 되는 사유가 있는지 확인하는 절차이다.

에 널브러져 있던 잔디 고르는 기계 위에 앉아 있었다. 달이 휘영청한 한밤에 바람이 휙 하고 지나가자 나뭇가지가 서로 부딪쳤고, 대지의 울림을 한껏 받아 생기 가득한 개구리들이 오르간 소리를 끝없이 울려 댔다. 지나가던 고양이의 검은 윤곽이 달빛을 갈랐다. 그 모습을 보려고 고개를 돌린 순간, 나는 그곳에 나만 있는 것이 아님을 알았다. 20미터도 채 안 되는 거리에 있는 이웃 저택의 어둑한 곳에 흐릿한 사람의 모습 하나가 보였다. 그는 주머니에 양손을 넣은 채 은빛 가루처럼 빛나는 별을 응시하고 있었다. 여유 있어 보이는 몸짓과 잔디를 밟고 서 있는 모양새로 보아 그가 바로 개츠비임을 알 수 있었다. 그는 마치 이 지역 하늘에서 자신이 차지하고 있는 부분이 어느 정도인지 확인하려는 듯했다.

나는 아주 잠깐 그를 부르려고 했다. 베이커 양이 저녁 먹을 때 그를 언급했고, 그것만으로도 서로 첫인사를 나누기에는 충분하다고 생각했다. 그러나 나는 그렇게 하지 않았다. 순간 그가 혼자 있고 싶어 한다는 암시를 받았기 때문이다. 그는 특이하게도 어두운 바다를 향해 팔을 뻗은 채 떨고 있었다. 비록 거리는 멀었지만 그는 분명히 떨고 있었다. 나도 무심결에 바다를 응시했지만 아무것도 보이지 않았다. 다만 저 멀리 미세하게 빛나는 한 줄기 초록색 불빛이 보였는데, 아마도 선착장 끝에서 나오는 것 같았다. 다시 개츠비를 보려고 그가 있던 자리로 고개를 돌렸을 때 그는 이미 사라지고 없었고, 소란스러운 어둠 속에 나만 혼자 덩그러니 남았다.

2

I was him too, looking up and wondering.
I was within and without,
simultaneously enchanted and repelled
by the inexhaustible variety of life.

웨스트에그와 뉴욕 중간쯤에는 도로가 철도와 만나 400미터 정도를 나란히 달리는 구간이 있는데, 마치 어떤 황량한 지역에서 멀어지려는 듯한 모습이다. 그 황량한 곳이 바로 재의 골짜기이다. 마치 재가 밀처럼 자라서 산등성이와 언덕, 기괴하게 생긴 정원을 이루는 환상적인 농장 같은 곳이다. 재는 집과 굴뚝, 하늘로 오르는 연기 모양이 되기도 하고, 어쩔 때는 사람의 형태를 보이기도 하는데, 이들은 보일 듯 말 듯 움직이다가 어느새 먼지투성이 공기 속으로 분해되어 사라져 버린다. 때때로 잿빛 차들이 보이지 않는 선로를 따라 줄줄이 엉금엉금 기어 와서 소름 끼치는 소리를 내며 잠시 멈춰 서기도 한다. 그러면 즉시 회색빛 사람들이 납빛 삽을 들고 떼로 몰려와 앞을 구분할 수 없는 자욱한 먼지구름을 일으키고 그 먼지구름은 누구도 잘 알지 못하는 그들의 작업을 더욱 비밀스럽게 만들어 버리고 만다.

그러나 잿빛 땅과 그 위에서 끊임없이 유영하며 모습을 드러내는 음산한 먼지 그 너머로 시선을 돌리면 곧 T. J. 에클버그 박사의 눈이 보인다. T. J. 에클버그 박사의 눈은 파랗고 어마어마하게 커다랗다. 망막의 지름이 90센티미터나 된다. 그 두 눈은 얼굴도 없이, 존재하지 않는 코에 걸린 거대하고 노란 안경 너머로 이쪽을 바라본다. 어느 안과 의사가 퀸스 지역에서 한몫 크게 챙기기 위해 재기발랄한 발상으로 이 한 쌍의 눈을 설치했는데 정작 본인은 영원히 눈이 멀었거나 아니면 광고판을 세운 사실도 잊어버린 채 이 지역을 떠난 게 분명했다. 그래서 에클버그 박사의 눈은 햇볕을 쬐고 비를 맞고도 더 이상 채색을 하지 않아 색이 다소 바랜 모습으로 우울한 잿빛 땅덩어리를 사색하듯 내려다보고 있다.

재의 골짜기는 한쪽으로 작고 더러운 강을 접하고 있는데, 화물선들이 통과할 수 있도록 개폐교가 올라갈 때면 기차는 멈춰 서고 승객들은 반 시간 정도 그 우울한 장면을 보게 된다. 그렇지 않은 때에도 기차는 그곳에 적어도 1분은 정차하게 되어 있다. 바로 그 덕분에 나는 톰 뷰캐넌의 정부(情婦)를 처음으로 만나게 되었다.

톰에게 정부가 있다는 사실은 그를 알고 있는 곳이라면 어디에서든 공공연한 사실이었다. 그의 지인들은 그가 그녀와 함께 이름난 식당에 와서는 그녀를 탁자에 남겨 둔 채 여기저기 돌아다니며 누구든 아는 사람과 잡담을 나눈다는 사실에 치를 떨었다. 나는 그녀를 보고 싶은 호기심이 일기는 했지만 그렇다고 만날 생각은 없었다. 그럼에도 나는 그녀를 만나게 되었다. 어느 날 오후, 나는 톰과 함께 뉴욕행 열차에 올라탔다. 기차가 재의 골짜기 옆에 잠시 정차했을 때 그가 벌떡 일어서서 내 팔꿈치를 잡고 말 그대로 나를 강제로 차에서 끌어냈다.

"우린 여기서 내리자고!"

그가 고집하듯 말했다.

"난 자네가 내 여자를 만났으면 하네."

그는 점심 식사 때 술을 과하게 마셨던 게 분명했다. 나를 자신의 애인에게 데려가겠다는 결정은 거의 폭력에 가까웠다. 오만하게도 나에게는 일요일 오후에 이보다 더 좋은 일이 없다고 생각한 모양이었다.

나는 그를 따라 하얗게 칠이 된 낮은 철길 담장을 넘었다. 그리고 우리는 에클버그 박사가 계속 주시하는 가운데 길을 따라 100미터를 걸어 내려갔다. 눈에 보이는 유일한 건물은 황무지[12] 끄트머리에 있는 조그만 노란 벽돌 건물 하나였다. 이 지역의 작은 중심가 역할을 하는 곳이지만 주변에는 아무것도 없었다. 건물에는 가게가 세 개 있었는데 그 가운데 하나는 세를 구하고 있었고 다른 하나는 재의 골짜기와 맞닿아 있는 심야 식당이었다. 세 번째 가게는 '자동차 수리. 조지 B. 윌슨. 자동차 매매'라는 간판을 단 정비소였다. 나는 톰을 따라 안으로 들어갔다.

내부는 황량했다. 보이는 거라고는 어둠침침한 구석에 쪼그리듯 서 있는 먼지 가득한 고물 포드 자동차 한 대가 전부였다. 이 어두운 정비소는 눈속임에 불과하고 그 위에 휘황찬란한 방이 숨어 있을지도 모른다고 생각하고 있을 즈음, 정비소 주인이 더러운 헝겊 조각으로 손을 닦으면서

---

12) the waste land. 앞에서 묘사된 '재의 골짜기'에 대한 다른 표현이며, T. S. 엘리엇의 〈황무지 The Waste Land〉가 연상되는 부분이기도 하다.

사무실 문에 모습을 드러냈다. 금발의 주인은 핏기라곤 찾아볼 수 없는 얼굴이었지만 그런대로 잘생긴 편이었다. 우리를 보자 생기를 잃고 늘어져 있던 그의 푸른 눈에 희망의 빛이 번쩍하고 일어섰다.

"안녕하신가, 윌슨."

톰이 인사를 건네며 그의 어깨를 유쾌하게 톡 쳤다.

"사업은 잘 되는가?"

"나쁘진 않아요."

윌슨이 자신 없게 대답했다.

"그나저나 나한테 차는 언제 팔 겁니까?"

"다음 주에. 지금 일하는 사람이 고치고 있는 중이네."

"그 사람 너무 느린 거 아닌가요."

"전혀. 자네가 그렇게 생각한다면 다른 사람에게 파는 게 나을지도 모르겠군."

톰이 차갑게 대답했다.

"아니, 그런 의미는 아니었어요. 단지 내 말은……."

윌슨이 재빨리 설명하며 말끝을 흐리자 톰이 조바심 내듯 정비소를 둘러보았다. 그때 계단에서 발소리가 들리더니 몸집이 좋은 여자가 사무실 문에서 흘러나오는 빛을 가리고 섰다. 그녀는 30대 중반으로 약간 통통한 편이었지만 몇몇 여자들이 그러하듯 그 통통한 몸을 육감적으로 움직일 줄 알았다. 물방울무늬로 된 진청색 실크 드레스 위로 보이는 그녀의 얼굴은 아름답다고 할 만한 면이 전혀 없었다. 그러나 그녀에게는 마치 몸의 신경이 끊임없이 타오르는 것 같은 생명력이 있었다. 그녀는 살며시 웃으면서 마치 남편은 유령이라도 되는 양 그 옆을 지나쳐 톰과 악수하며 눈을 반짝였다. 그리고 나서는 입술을 축이면서 뒤도 돌아보지 않은 채 남편에게 부드럽고 허스키한 목소리로 말했다.

"이분들 앉을 수 있게 의자 좀 가져오지 그래요?"

"아, 맞다."

급히 맞장구치며 작은 사무실 쪽으로 걸어가는 윌슨은 금세 시멘트 색깔의 벽과 하나가 되어 뒤섞였다. 하얀 잿빛의 먼지가 그의 어두운 옷과 빛바랜 머리까지 덮어 버리며, 근처의 모든 것을 덮어 버릴 듯했다. 다만 그의 아내는 예외였다. 그녀는 톰에게 가까이 다가왔다.

"보고 싶었어. 다음 기차를 타."

톰이 열정적으로 말했다.

"좋아요."

"지하 신문 가판대 옆에서 만나자고."

그녀는 고개를 끄덕였고 조지 윌슨이 사무실에서 의자 두 개를 들고 나타날 때쯤 톰에게서 멀리 떨어졌다.

우리는 남들이 잘 보지 않는 길 아래에서 그녀를 기다렸다. 때는 독립 기념일 며칠 전이었고, 비쩍 마른 이탈리아계 아이가 선로를 따라 폭죽을 죽 늘어놓고 있었다.

"끔찍한 곳이지 않나?"

톰이 찌푸린 얼굴로 에클버그 박사를 바라보며 말했다.

"끔찍하네."

"그러니까 그녀도 이곳을 벗어나는 게 좋아."

"남편이 반대하지 않나?"

"윌슨? 그는 아내가 뉴욕에 있는 여동생을 만나러 간다고 생각해. 어찌나 아둔한지 자신이 살아 있는지조차 모를걸."

그렇게 해서 톰 뷰캐넌과 그의 여자, 그리고 나는 함께 뉴욕으로 갔다.

아니, 윌슨 부인은 용의주도하게도 다른 칸에 타고 왔기 때문에 엄밀히 말하면 '함께'는 아니었다. 톰은 혹시 그 기차에 탔을지도 모르는 이스트 에그 사람들의 감정을 꽤나 배려한 것이었다.

그녀는 갈색 모슬린 드레스로 갈아입고 왔는데, 뉴욕에 도착해 톰이 그녀가 플랫폼에서 내리는 것을 도와줄 때 그 드레스는 풍만한 엉덩이에 딱 달라붙어 있었다. 그녀는 신문 가판대에서 《타운 태틀》 한 부와 영화 잡지 한 권을 사고, 역내 약국에서는 콜드크림과 작은 향수 한 병을 샀다. 지상에 올라와서는 차 소리가 요란하게 울리는 차도에서 택시 네 대를 그냥 보내고 나서야 회색 시트가 깔린 연보라색 새 차를 잡아탔다. 우리는 택시를 타고 붐비는 역에서 빠져나와 반짝이는 햇빛 속으로 향했다. 그런데 갑자기 그녀가 창 쪽에서 고개를 돌리며 앞쪽으로 몸을 기울여 자동차 앞 유리를 톡톡 쳤다.

"저런 강아지 한 마리 갖고 싶어요. 아파트에서 키우면 좋잖아요."

그녀가 간절하게 말했다.

우리는 존 D. 록펠러와 매우 흡사한 은발 노인 쪽으로 차를 돌렸다. 노인의 목에 걸려 있는 바구니에는 종(種)을 알 수 없는 갓 태어난 열두어 마리 강아지가 웅크리고 있었다.

"무슨 종인가요?"

윌슨 부인이 관심 있게 물어보자 노인이 택시 창문 쪽으로 다가왔다.

"다 있습죠. 어떤 종류를 찾으십니까, 부인?"

"저기 보이는 경찰견 같은 종이오. 저런 종류는 없겠죠?"

노인은 확실치 않은 표정으로 바구니를 들여다보고 손을 넣어 살짝 뒤적이더니 목덜미를 잡아 강아지 한 마리를 들어올렸다.

"경찰견은 아니군."

톰이 말했다.

"네, 정확히 경찰견은 아닙니다. 에어데일 종에 가깝지요."

노인이 실망한 목소리로 말하며 갈색 수건 같은 강아지 등을 손으로 쓰다듬었다.

"이 털을 보십쇼. 이런 개는 감기에 걸려서 주인을 성가시게 하는 일이 결코 없습지요."

"귀여워요."

윌슨 부인이 신이 나서 말했다.

"얼마죠?"

"이 개요? 10달러는 주셔야 하는데요."

노인이 개를 쳐다보며 감탄하듯 말했다.

에어데일에 가깝다던 그 개는 분명히 에어데일 같은 구석이 있었지만 놀랍게도 발가락은 하얀색이었다. 강아지가 새 주인 윌슨 부인의 무릎에 앉자, 그녀는 황홀하다는 듯이 감기를 막아 준다는 강아지 털을 쓰다듬었다.

"수놈인가요, 암놈인가요?"

그녀가 부드럽게 물었다.

"그놈요? 수놈입죠."

"암놈이야."

톰이 단호하게 말했다.

"돈 여기 있소. 그 돈이면 열 마리는 더 살 거요."

우리는 차를 몰고 5번가까지 갔다. 한여름의 일요일 오후, 목가적이라고 할 만큼 날씨가 따뜻하고 부드러워서 하얀 양떼가 길가 모퉁이를 돌아 나온다고 해도 전혀 놀랍지 않을 정도였다.

"잠깐만. 난 여기서 내려야겠네."

내가 말했다.

"아, 그건 안 될 말이지."

톰이 재빨리 말을 막았다.

"자네가 아파트까지 안 간다면 머틀이 서운해할 거야. 그렇지, 머틀?"

"같이 가요. 동생 캐서린에게 전화할 거예요. 그 애를 본 사람들은 하나같이 그 애가 아름답다고 하죠."

그녀가 졸랐다.

"글쎄, 저도 그러고 싶지만⋯⋯."

우리는 센트럴 파크를 돌아 웨스트 100번대 거리를 향해 계속 갔다. 158번가에 이르자 택시는 하얀 케이크처럼 길게 늘어선 아파트 중 한 곳에 정차했다. 윌슨 부인은 궁전으로 돌아온 여왕처럼 주변을 돌아보더니 강아지와 쇼핑한 물건들을 끌어안고 서둘러 안으로 들어갔다.

"매키 부부를 불러야겠어요. 아, 물론 동생에게도 전화할 거예요."

그녀가 엘리베이터에 타자마자 말했다.

그들의 아파트는 꼭대기 층에 있었다. 조그마한 거실과 주방, 작은 침실과 욕실이 있었다. 거실은 태피스트리[13]로 장식한 가구 한 세트가 문까지 빽빽하게 자리를 차지하고 있어서 복잡했다. 가구가 방에 비해 너무 큰 나머지 거실에서 움직이다 보면 태피스트리에 수놓인 베르사유 정원의 그네를 타는 여인들에게 계속 걸려 넘어질 지경이었다. 벽에는 사진 액자 하나가 유일하게 걸려 있었는데 너무 크게 확대한 바람에 바위에 앉은 암탉의 모습이 흐릿하게 보였다. 그러나 좀 거리를 두고 보니 암

---

13) tapestry. 여러 가지 색실로 그림을 짜 넣은 직물. 벽걸이나 가리개 따위의 실내 장식품으로 쓰인다.

닭은 모자로 변했고 사진 전체는 햇살을 받으며 아래를 내려다보고 있는 통통한 노부인으로 변했다. 탁자 위에는 낡은《타운 태틀》몇 부와《베드로라 불리는 시몬》이란 책, 브로드웨이 스캔들이 실린 작은 잡지 몇 권이 놓여 있었다. 윌슨 부인은 무엇보다 개를 먼저 챙겼다. 내키지 않는 표정으로 볏짚 한 상자와 우유를 사러 나갔던 엘리베이터 보이는 시키지도 않은 애완견용 비스킷 한 통까지 사왔다. 비스킷 한 개는 오후 내내 무관심 속에 우유 접시에서 흐물흐물 녹아내렸다. 한편 톰은 잠겨 있던 책상 서랍에서 위스키 한 병을 꺼내 왔다.

나는 지금까지 살면서 딱 두 번 취했는데, 그 두 번째가 그날 오후였다. 8시가 지났어도 아파트에는 기분 좋은 햇살이 가득했지만 그날 있었던 일들은 어두운 안개에 덮인 것처럼 희미했다. 윌슨 부인은 톰의 무릎에 앉아 여기저기 전화를 했다. 나는 담배가 떨어져서 길모퉁이에 있는 가게로 담배를 사러 나섰다. 내가 돌아왔을 때 그들은 어디론가 사라져 버리고 없었다. 나는 거실에 조용히 앉아서《베드로라 불리는 시몬》의 첫 장을 읽었다. 책 내용이 형편없던 탓인지 아니면 위스키 때문에 사고가 뒤틀린 탓인지 도무지 내용이 이해되지 않았다.

톰과 머틀(첫 잔을 마신 후부터 윌슨 부인과 나는 서로 이름을 부르기로 했다.)이 다시 나타났을 때 다른 사람들도 아파트에 속속 도착했다.

머틀의 여동생 캐서린은 늘씬하고 세속적인 서른 살 가량의 여자였다. 탄력 있어 보이는 빨간 단발머리에 얼굴은 파우더를 발라 우유처럼 뽀얬다. 눈썹을 다듬어 새로 그렸지만 그 위로 삐뚤삐뚤하게 다시 자란 눈썹 때문에 인상이 또렷해 보이지는 않았다. 그녀가 방 안을 돌아다닐 때마다 수십 개의 사기 팔찌가 서로 부딪쳐 계속 틱틱 소리를 냈다. 갑자기 들어와 마치 자기 것인 양 가구를 둘러보기에 나는 문득 그녀가 여기 살

앉던 게 아닌가 하는 생각이 들었다. 내가 그렇게 묻자 그녀는 크게 웃으며 내 질문을 똑같이 따라 하더니 자신은 호텔에서 친구와 같이 살았다고 대답했다.

아래층에 사는 매키 씨는 얼굴이 창백하고 여성스러운 느낌을 주는 남자였다. 방금 면도를 했는지 광대뼈에 하얀 비누 거품 자국이 남아 있었다. 그는 예의를 갖추어 방 안에 있던 사람들과 정중히 인사를 나누었다. 내게 '예술 활동'을 한다고 말했는데, 나중에 알고 보니 그는 사진작가였다. 벽에 걸려서 심령체처럼 흔들리던 머틀 어머니의 침침한 사진이 그의 작품이었다. 그의 아내는 목소리가 째질 듯 날카로웠지만 맥이 없어 보였고, 외모는 반듯했지만 어딘지 모르게 끔찍한 여자였다. 그녀는 결혼 후에 남편이 사진을 127번이나 찍어 주었다고 자랑했다.

언제 갈아입었는지 머틀은 공들여 지은 티가 나는 크림색 시폰 드레스를 입고 있었는데 방 안을 휩쓸듯 돌아다닐 때마다 옷에서 계속 사각거리는 소리가 났다. 옷을 바꿔 입은 탓인지 그녀의 태도도 변했다. 정비소에서 그토록 눈에 띄던 강렬한 생명력은 거만함으로 변해 있었다. 그녀의 웃음소리, 몸짓, 말투는 순간순간 급격히 가식적으로 변해 갔고, 그럴수록 방 안은 그녀를 중심으로 점점 더 작아졌다. 그녀는 마치 연기 가득한 공기 속에서 시끄럽게 삐걱거리는 회전축 위를 쉼 없이 돌고 있는 것만 같았다.

"얘."

머틀이 점잔 빼며 동생에게 소리 높여 말했다.

"여기 사람들 대부분이 매 순간 네 뒤통수를 칠 거야. 그들이 생각하는 거라곤 오로지 돈이지. 지난주 내 발을 봐주러 온 여자가 청구서를 내밀었는데 난 맹장 수술이라도 해준 줄 알았다니까."

"그 여자 이름이 뭐였어요?"

매키 부인이 물었다.

"에버하트 부인이오. 사람들 집을 다니면서 발 관리를 해주고 있죠."

"드레스 마음에 드는데요? 아주 멋져요."

매키 부인이 말했다.

머틀이 거만하게 눈썹을 치켜세우며 칭찬을 받아들이지 않았다.

"꽤 오래된 드레스인 걸요. 신경 쓰고 싶지 않을 때 아무 생각 없이 종종 입곤 하는 옷이죠."

"그런데도 당신한테 잘 어울리네요. 무슨 말이냐 하면요."

매키 부인이 말을 계속 이어 갔다.

"만약 체스터가 그 자세 그대로 당신을 카메라에 담는다면 아마 걸작이 되지 않을까 하는 생각이 든다는 거예요."

모두 침묵하며 머틀을 바라보았다. 그녀는 눈을 가리던 머리카락을 쓸어 올리며 빛나는 미소로 우리를 바라보았다. 매키 씨가 고개를 한쪽으로 기울인 채 그녀를 유심히 관찰하다가 손을 자기 얼굴 앞으로 뻗어 앞으로 내밀었다 당겼다 했다.

잠시 후 그가 말했다.

"조명을 바꿔야겠어요. 인물의 입체감을 살리고 싶어요. 그래서 뒷머리 부분도 다 잡아낼 겁니다."

"조명을 바꿀 필요는 없을 것 같은데요. 내 생각에 그건……."

매키 부인이 소리 높여 말했다.

그녀의 남편이 "쉿!" 하면서 조용히 하라고 하자 우리는 다시 작품의 주인공에게로 시선을 돌렸다. 그러자 톰 뷰캐넌이 소리가 들리게 하품을 하면서 일어섰다.

"매키 부부께 마실 것을 좀 드려야겠군."

그가 말했다.

"머틀, 이분들이 졸려서 가버리시기 전에 얼음과 탄산수를 좀 더 갖다 드려."

"얼음 갖다 달라고 이미 말해 뒀어요."

머틀은 느려 터진 아랫사람들의 태도에 질려 버렸다는 듯 눈썹을 추켜 올렸다.

"사람들 하고는! 항상 지켜보고 있어야 한단 말이야."

그녀가 나를 보고 의미 없이 웃었다. 그러고는 과장된 동작으로 강아 지에게 몸을 낮춰 열렬하게 입을 맞춘 뒤 부엌으로 휘젓듯 들어갔다. 마 치 10명이 넘는 요리사들이 그녀의 지시를 기다리고 있기라도 한 것처럼 말이다.

"롱아일랜드에서 멋진 작품 몇 점을 찍었어요."

매키 씨가 말했다.

톰이 그를 무심하게 쳐다보았다.

"그중 두 개를 액자로 만들어 아래층에 걸어 놨지요."

"두 개라면 뭘 말하는 건지……."

톰이 물었다.

"작품 두 개 말이에요. 하나는 '몬토크 갑(岬)14)−갈매기', 다른 하나에 는 '몬토크 갑−바다'라고 제목을 붙였어요."

머틀의 여동생 캐서린이 내가 앉아 있는 소파에 나란히 앉았다.

"당신도 롱아일랜드에 살아요?"

---

14) Montauk Point. 롱아일랜드 동쪽 끝의 곶이다.

그녀가 물었다.

"전 웨스트에그에 삽니다."

"정말요? 한 달 전에 그곳 파티에 갔었는데. 개츠비란 남자 집에서 열린 파티였어요. 그 사람을 아세요?"

"그 사람 옆집에 삽니다."

"음, 사람들 말이 그가 빌헬름 황제의 조카 아니면 사촌이라던데요. 그 사람 돈이 다 거기서 나온대요."

"정말입니까?"

그녀가 고개를 끄덕였다.

"난 그 사람이 무서워요. 그 사람이 나에 대해 뭐라도 알고 있다면 싫을 것 같아요."

이웃에 대한 흥미로운 정보를 듣고 있을 때 매키 부인이 갑자기 캐서린을 지목하며 이야기에 끼어들었다.

"체스터, 캐서린과도 근사한 사진 작업을 함께할 수 있을 거란 생각이 드네요."

매키 부인은 불쑥 이야기를 꺼냈지만, 매키 씨는 지루하다는 듯 그저 고개만 끄덕이며 주의를 톰에게로 돌렸다.

"기회가 된다면 저는 롱아일랜드에서 다시 한 번 작업하고 싶습니다. 전 그저 누군가가 시작할 기회라도 주었으면 하는 거죠."

"머틀에게 말해 보시오."

머틀이 쟁반을 들고 들어오는 것을 보고 톰이 짧게 웃으며 말했다.

"그녀가 당신에게 소개장을 써줄 거요, 그렇지, 머틀?"

"뭘 하라고요?"

그녀가 놀라서 물었다.

"매키 씨가 당신 남편을 모델로 작품을 할 수 있도록 그에 관한 소개서를 써주라는 말이야."

그의 입술이 제목을 생각하느라 조용히 움직였다.

"'주유소의 조지 B. 윌슨', 뭐 그런 비슷한 거."

캐서린이 내 쪽으로 몸을 기울여 귓가에 속삭였다.

"두 사람 모두 자기 배우자를 참을 수 없어 해요."

"참을 수 없어 한다고요?"

"못 견뎌 하죠."

캐서린이 머틀을 쳐다본 뒤 다시 톰을 보았다.

"내가 말하고 싶은 건 그러면서 왜 계속 같이 사냐는 거죠. 나라면 이혼하고 둘이 당장 결혼하겠어요."

"머틀도 윌슨 씨를 좋아하지 않나요?"

이 질문에 대한 대답은 뜻밖의 곳에서 나왔다. 머틀이 우연히 이 말을 듣고는 직접 그렇다고 말했기 때문이다. 그 대답은 거칠고 저속하기까지 했다.

"봤죠?"

캐서린은 자신이 이겼다는 듯이 소리 높여 말했다. 그녀는 목소리를 다시 낮췄다.

"저 둘이 계속 떨어져 있는 건 톰의 부인 때문이에요. 그 여자가 가톨릭 신자라서 이혼을 받아들일 수 없는 거죠."

사실 데이지는 가톨릭 신자가 아니었다. 나는 이 정교한 거짓말에 약간 충격을 받았다.

"그들은 결혼하면 잠잠해질 때까지 서부로 가서 한동안 살 거래요."

캐서린이 말했다.

"유럽으로 가는 게 좀 더 나을 텐데요."

"오, 유럽을 좋아하시나요?"

그녀가 갑자기 탄성을 질렀다.

"저 몬테카를로에 다녀온 지 얼마 안 됐거든요."

"그렇군요."

"작년이었어요. 친구와 함께 갔었죠."

"오래 있었나요?"

"아뇨, 우린 몬테카를로에만 갔다 왔어요. 마르세유를 경유해서요. 출발할 때 1,200달러 넘게 가져갔는데 이틀 만에 도박장에서 사기를 당해 다 잃고 말았어요. 돌아올 때 상당히 힘들었다고요. 세상에나, 전 그 도시가 정말 싫어요!"

창문으로 보이는 늦은 오후의 하늘이 잠시 동안 지중해의 푸른 바다처럼 빛났다. 그때 매키 부인의 째질 듯 날카로운 목소리가 나를 다시 방안의 현실로 불러들였다.

"저도 실수할 뻔했지요."

그녀가 신이 나서 말했다.

"몇 년 동안 저를 쫓아다닌 땅딸보 유대인이랑 결혼할 뻔했어요. 저보다 수준이 낮은 사람이란 건 알고 있었어요. 모두 제게 계속 말했거든요. '루실, 그 남자는 너보다 수준이 낮아!' 하지만 만약 체스터를 만나지 않았더라면 분명 그가 저를 차지했을 거예요."

"그렇군요. 하지만 제 말 좀 들어 봐요."

머틀 윌슨이 고개를 연신 끄덕거리며 말했다.

"적어도 당신은 그 남자와 결혼하지는 않았잖아요."

"맞아요."

"흠, 나는 결혼했죠."

머틀이 모호하게 말했다.

"그게 바로 당신과 나의 차이죠."

"왜 그랬어, 언니? 아무도 언니에게 결혼하라고 등 떠밀지 않았잖아."

캐서린이 묻자 머틀이 곰곰이 생각했다.

"그가 신사라고 생각했기 때문이야. 교양 있다고 생각했는데 알고 보니 내 신발을 핥기에도 모자란 사람이었지."

머틀이 마침내 대답했다.

"하지만 언니, 한동안은 형부한테 미쳐 있었잖아."

캐서린이 말했다.

"미쳐 있었다고……? 내가 그 사람에게 미쳤었다고 누가 그래? 저기 있는 저분에게 아무 감정이 없는 것처럼 지금껏 그에게 어떤 감정도 가져 본 적이 없어."

머틀이 믿을 수 없다는 듯이 말하며 갑자기 나를 가리켰고 모든 사람이 나를 비난하듯 쳐다봤다. 나는 내 나름대로 과거 머틀과는 전혀 상관이 없다는 것을 보여 주려 애썼다.

"내가 유일하게 미쳤던 때는 그와 막 결혼했을 때였죠. 결혼하자마자 바로 실수라는 걸 알았어요. 그는 결혼식 때 입을 최고급 정장을 다른 사람에게 빌렸는데 그걸 지금까지도 내게 말하지 않았어요. 어느 날 남편이 외출했을 때 누가 옷을 찾으러 왔더라고요."

그녀는 이야기를 하다가 누가 자신의 말을 듣고 있는지 보려고 주위를 한번 둘러보았다.

"'오, 이게 당신 옷인가요? 전혀 몰랐어요.' 나는 그렇게 말한 후 그 옷을 주인에게 돌려주었고 오후 내내 누워서 울었어요."

"언니는 진짜 형부에게서 벗어나야 해."

캐서린이 다시 나에게 말했다.

"언니와 형부는 그 정비소에서 11년 동안 살고 있어요. 그리고 톰은 언니가 처음으로 사랑한 남자죠."

'술을 안 마셔도 마신 거나 마찬가지로 기분이 좋은' 캐서린만 제외하고는 방에 있는 사람들은 모두 끊임없이 위스키를 찾았다. 벌써 두 병째였다. 톰이 벨을 눌러 건물 관리인에게 그 자체로도 식사가 되기에 충분한 샌드위치를 사오라고 시켰다. 나는 밖으로 나가 동쪽 공원을 향해 걸으며 부드럽게 해가 지는 모습을 보고 싶었다. 하지만 나가려고 할 때마다 거칠고 날 선 논쟁에 휩싸이고 말았다. 마치 그 논쟁이 나를 밧줄로 당겨서 다시 의자에 앉히는 느낌이었다. 도시 위 높은 곳에서 노란 빛으로 반짝이는 창문 행렬은 어둑어둑해지는 거리를 걷다가 우연히 위를 보게 된 사람들에게 자신들이 알고 있는 인간의 비밀을 알려 주었을 것이다. 나도 무슨 일이 벌어지고 있는지 궁금해하며 위를 올려다보는 보통의 사람들 중 하나였다. 나는 지칠 줄 모르고 변화무쌍하게 흘러가는 삶에 매혹되었다가도 동시에 신물을 느끼면서, 안에 속해 있기도 했고 밖에 있기도 했다.

머틀이 의자를 내 쪽으로 끌어당겼다. 그러더니 갑자기 뜨거운 숨을 내뿜으며 자신이 톰을 어떻게 처음 만났는지 이야기하기 시작했다.

"그를 처음 만난 건 서로 마주 보고 앉는 조그마한 기차 좌석에서였어요. 이런 자리는 늘 가장 마지막까지 남기 마련이죠. 나는 동생과 하룻밤을 같이 보낼 생각으로 뉴욕에 가던 길이었어요. 그는 신사복 차림에 에나멜가죽 구두를 신고 있었는데 난 그런 그에게서 눈을 뗄 수가 없었어요. 그가 나를 볼 때마다 나는 그의 머리 위로 보이는 광고를 보는 척했죠. 기차가 역에 도착했을 때 그는 내 옆에 있었고 하얀 셔츠 앞가슴으로 내 팔을 누르고 있었죠. 난 경찰을 부르겠다고 했지만 그는 그게 거짓말인 걸 알고 있었어요. 난 너무나 흥분해서 그와 택시를 탔을 때조차 내가 지하철역으로 가고 있지 않다는 걸 깨닫지 못했어요. 그 순간에 떠오른 것은 '어차피 한 번 사는 인생이야. 어차피 한 번 사는 인생이라고.' 하는 생각뿐이었어요."

그렇게 말한 후 머틀은 매키 부인을 향해 몸을 돌려 큰 소리로 웃었다. 방 안에는 머틀의 가식적인 웃음소리가 한가득 울려 퍼졌다.

"이봐, 이 드레스 벗는 대로 바로 자기 줄게. 난 내일 다른 거 살 거야. 이참에 내일 살 것들을 정해야겠다. 마사지 기구, 웨이브 헤어 롤, 개 목걸이, 봄이 느껴지는 작고 귀여운 재떨이, 여름 내내 엄마 무덤에 놓을 검정색 비단 리본 장식 화환…… 까먹지 않게 목록을 적어 놓아야겠어."

그녀가 큰 소리로 말했다.

이때가 9시였고, 그 후 다시 시계를 들여다봤을 때는 이미 10시였다. 매키 씨는 주먹을 불끈 쥔 손을 무릎 위에 올려놓고 소파에서 잠들었는데 그 모습이 마치 싸움질하는 남자를 담은 사진 같았다. 나는 손수건을 꺼내 오후 내내 신경을 거슬리게 했던, 그의 뺨 위에 말라붙어 있는 거품 자국을 닦아 냈다.

조그만 강아지는 탁자 위에 앉아 연기 때문에 잘 보이지도 않는 눈으로 방 안을 바라보다가 때때로 희미한 신음 소리를 냈다. 사람들은 사라졌다가 다시 나타나기도 하고, 어디론가 떠날 계획을 짜기도 하고, 이내 서로를 잃어버렸다가 겨우 몇 발자국 떨어진 곳에서 찾기도 했다. 자정이 가까워질 무렵 톰 뷰캐넌과 윌슨 부인은 얼굴을 맞대고 윌슨 부인이 데이지의 이름을 거론할 권리가 있는지를 두고 격렬하게 다퉜다.

"데이지! 데이지! 데이지!"

윌슨 부인이 소리를 질렀다.

"난 내가 부르고 싶을 때 그 이름을 부를 거예요! 데이지! 데……."

순간 톰 뷰캐넌이 손을 들어 머틀의 코를 날쌔게 때렸다.

잠시 후 욕실 바닥에 피 묻은 수건들이 널브러졌고, 여자들이 나무라는 소리가 들렸다. 그리고 이러한 혼란보다 더 큰 소리로 아프다는 울부짖음이 끊어질 듯 이어졌다. 매키 씨는 선잠에서 깨어나 멍하게 문 쪽으로 걸어갔다. 반쯤 가다 주변을 돌아 봤을 때 그 장면을 보게 되었다. 자기 아내와 캐서린이 톰을 나무라는 동시에 머틀을 위로하면서 구급약을 들고 번잡한 가구들 사이를 위태롭게 지나다니고 있었고, 절망의 주인공 머틀은 소파에서 피를 흘리면서도 베르사유 정원 풍경을 담은 태피스트리가 피로 얼룩지지 않게 《타운 태틀》 한 부를 펼치느라 용을 쓰고 있었다. 매키 씨는 다시 몸을 돌려 현관문을 향해 계속 걸어갔다. 나도 샹들리에에 걸어 둔 모자를 집어 들고 그 뒤를 따랐다.

"나중에 점심이나 같이 합시다."

매키 씨가 끼익 소리를 내며 내려가는 엘리베이터 안에서 제안했다.

"어디가 좋을까요?"

"어디든 상관없습니다."

"손잡이에서 손을 떼십시오."

엘리베이터 보이가 갑자기 끼어들며 말했다.

"미안합니다. 잡고 있는지 몰랐소."

매키 씨가 점잖게 말했다.

"좋습니다. 기대가 되는군요."

나는 그 제안에 맞장구를 쳤다.

……나는 그의 침대 옆에 서 있었다. 그는 속옷만 입은 채 거대한 포트폴리오를 손에 들고 침대에 앉아 있었다.

　"〈미녀와 야수〉, 〈고독〉, 〈식품 가게의 늙은 말〉, 〈브루클린 다리〉……."

　그런 다음 나는 어느새 펜실베이니아 역의 추운 지하 대합실에서 반쯤 잠이 든 채로 누워 조간《트리뷴》을 보며 4시 기차를 기다렸다.

3

He smiled understandingly —
much more than understandingly.
It was one of those rare smiles
with a quality of eternal reassurance in it,
that you may come across four or five times in life.

여름밤 내내 이웃집에서는 음악이 흘러나왔다. 개츠비의 푸른 정원에서는 많은 남녀가 서로 속삭이며 샴페인과 별들 사이를 불나방처럼 자유롭게 오갔다. 오후 만조 때에는 그의 손님들이 다이빙대에서 다이빙을 하거나 해변의 뜨거운 모래 위에서 일광욕을 하는 모습을 볼 수 있었다. 한편에서는 수상 스키를 끌고 가는 그의 모터보트 두 대가 바닷물을 가르며 물보라를 일으키고 있었다. 주말이면 그의 롤스로이스 자동차는 승합차가 되어 아침 9시부터 밤 12시가 넘어서까지 도시에서 오가는 손님들을 태우러 다녔고, 그의 스테이션 왜건은 기차로 오는 손님들을 태우려고 바삐 날아다니는 노란 곤충처럼 여기저기를 누볐다. 월요일에는 추가로 고용한 정원사를 포함한 8명의 하인들이 대걸레, 바닥 솔, 망치, 정원용 가위를 들고 하루 종일 전날 밤 망가진 것들을 수리하며 정돈했다.

매주 금요일에는 뉴욕의 과일 가게에서 오렌지와 레몬이 다섯 궤짝씩 도착했고, 매주 월요일에는 그 오렌지와 레몬이 반쪽으로 쪼개진 채 껍질만 남아 피라미드처럼 쌓여 뒷마당을 통해 떠났다. 부엌에는 집사가 엄지손가락으로 조그만 버튼을 200번만 누르면 30분에 200개의 오렌지 주스를 추출할 수 있는 과즙기가 있었다.

적어도 2주에 한 번은 파티를 준비하는 사람들 한 무리가 수백 미터의 연회용 천막과 갖가지 색깔 전구들을 가져와 거대한 개츠비의 정원을 크리스마스트리처럼 장식했다. 뷔페 탁자에는 화려하게 빛나는 전채 요리와 구운 양념 햄 옆으로 알록달록하게 장식한 샐러드, 돼지 모양의 페이스트리, 짙은 황금빛으로 구운 칠면조가 빼곡히 차려져 있었다. 중앙 홀에는 진짜 청동 레일로 된 바를 설치하여 진을 비롯한 각종 술, 특히 코디얼을 준비해 놓았다. 코디얼은 오랫동안 잊힌 술이라서 젊은 여자 손님들은 대부분 다른 술과 구분하지 못했다.

7시쯤에는 오케스트라가 도착했다. 단순한 5중주 악단이 아닌 오보에, 트롬본, 색소폰, 비올라, 코넷, 피콜로에 고음과 저음 드럼까지 다 갖춘 완벽한 재즈 오케스트라였다. 해변에서 늦게까지 수영을 즐기던 손님들도 2층으로 올라가 옷을 갈아입었다. 뉴욕에서 온 차들이 집 앞 차도에 다섯 열로 주차되어 있었다. 홀과 살롱, 테라스는 이미 휘황찬란한 색으로 가득했고 희한하게 자른 최신 유행 머리, 카스티야 왕국 사람들조차 상상하지 못했을 고급 숄로 현란한 모습이었다. 분위기가 한껏 무르익은 바는 사람들로 붐볐고 칵테일 잔을 담은 쟁반들이 몇 판째 정원 곳곳을 떠다니듯 돌아다녔다. 잡담과 웃음소리, 그 자리에서 곧 사라지고 말 가벼운 비밀 이야기와 인사말, 서로 이름도 모르는 여자들이 나누는 열광적인 대화로 공기는 활기찼다.

　태양이 대지에서 멀어지자 불빛은 더욱 밝아졌다. 오케스트라는 황금빛 칵테일 음악을 연주했고, 사람들의 목소리는 갈수록 높아지고 있었다. 웃음은 시시각각으로 흔해져서 유쾌한 단어 하나에도 아주 헤프게 터져 나왔다. 사람들은 더욱 빨리 바뀌었다. 새로 도착한 이들로 갑자기 불어났다가 동시에 흩어지고 또 새로운 무리가 형성되기도 했다. 이미 여기저기 돌아다니는 자신만만한 여자들도 있었다. 이들은 묵직하게 모여 있는 무리들 사이를 누비고 다녔다. 그리고 흥이 최고조에 달한 순간에 무리의 중심이 되기도 했다가, 어느 순간 승리감에 고조된 채 수시로 바뀌는 불빛 아래에서 변화무쌍한 얼굴과 목소리, 색깔 사이를 유유자적 돌아다녔다.

　그때 요란하게 흔들리는 오팔 의상을 입은 집시 한 명이 갑자기 공중에서 칵테일 잔을 낚아채더니 용기를 얻으려는 듯 단숨에 마시고는 단상에 올라가 프리스코[15]처럼 손을 움직이며 춤을 췄다. 순간 정적이 흘렀다. 그러나 이내 오케스트라 지휘자가 그녀에게 맞춰 리듬을 변주하기 시작했다. 그녀가 뮤지컬 쇼 〈폴리스〉에 나온 질다 그레이의 대역 배우라는 헛소문이 돌면서 갑자기 여기저기 쑥덕거리는 소리가 들렸다. 바야흐로 파티가 시작된 것이다.

　내가 개츠비 집에 처음 갔던 날 밤, 나는 정식으로 초대받은 얼마 안

---

15) Joe Frisco. 당시 미국에서 유명했던 댄서이자 코미디언으로, 찰리 채플린과 닮았다.

되는 손님 중 하나였을 것이다. 사람들은 초대받아서 온 것이 아니라 그냥 그곳에 왔다. 그들은 롱아일랜드로 실어다 주는 차를 탔을 뿐이고 어쩌다 보니 개츠비의 저택 문 앞에 서 있었던 것이다. 일단 도착하면 개츠비를 아는 누군가가 그들을 소개할 것이고, 그런 후에 그들은 놀이공원의 규칙에 따라 스스로 알아서 행동했다. 때때로 그들은 개츠비를 전혀 만나지 않고 가기도 했는데, 오직 파티에 오고 싶은 그 마음이 바로 입장권인 셈이었다.

나는 정식으로 초대를 받았다. 그날 토요일 아침 일찍, 청록색 제복을 입은 운전기사가 놀라울 정도로 격식을 갖춘 초대장을 들고 내 집 잔디밭을 가로질러 왔다. 그 초대장에는 그날 있을 그의 '조촐한 파티'에 내가 참석해 준다면 무한한 영광일 것이라고 쓰여 있었다. 그는 나를 여러 번 봤고 그전부터 만나고 싶었지만 늘 피치 못할 사정이 생겨 번번이 그러지 못했다고 했다. 초대장 가장자리에는 위엄 있는 필체로 쓴 '제이 개츠비'라는 서명이 적혀 있었다.

7시가 조금 넘었을 즈음 나는 하얀 플란넬 정장을 차려입고 그 집 잔디밭을 건너가 천천히 주변을 둘러보며 걸었다. 모르는 사람들이 이리저리 오가는 분위기 속에 있으려니 다소 불편했다. 물론 교외 통근 열차에서 본 적이 있는 얼굴이 있긴 했지만 말이다. 나는 여기저기에 젊은 영국인들이 꽤 많이 흩어져 있는 것을 보고 순간 놀랐다. 그들은 잘 차려입었지만 어딘가에 굶주린 듯 보였고 하나같이 낮고 진지한 목소리로 듬직하고 부유한 미국인들과 이야기를 나누고 있었다. 그들은 무언가를, 아마도 채권이나 보험 아니면 자동차를 팔고 있는 것이 분명했다. 적어도 그들은 가까이에 눈먼 돈이 있음을 씁쓸할 정도로 정확하게 인지하고 있었으며, 구미에 맞는 말 몇 마디면 그 돈이 자신들의 것이 될 수 있다고 확신했다.

나는 그곳에 도착하자마자 파티에 초대한 주인을 찾아다녔다. 서너 명에게 그가 어디에 있는지 물었지만 그들은 의아한 눈빛으로 나를 쳐다보며 전혀 모른다고 단호히 말했다. 할 수 없이 나는 뒷걸음치며 칵테일 탁자 쪽으로 갔다. 그곳은 일행이 없는 사람이 할 일 없어 보이거나 외로워 보이지 않고 머물 수 있는 유일한 곳이었다.

너무나 어색해서 차라리 취할 때까지 마셔 볼까 하던 참에 조던 베이커가 집 안에서 나와 대리석 계단 꼭대기에 서서는 몸을 약간 뒤로 젖힌 채 경멸 어린 호기심으로 정원을 바라보는 모습이 보였다.

환영을 받든 못 받든 지나가는 사람에게 가벼운 말이라도 건네려면 누군가와 함께 있어야겠다는 생각이 들었다.

"안녕하십니까?"

나는 우렁차게 말하며 그녀 쪽으로 갔다. 내 목소리는 정원 저쪽에서도 들릴 만큼 부자연스럽게 컸다.

"여기 계실지도 모른다고 생각했어요. 내가 기억하기로는 당신이 옆집에 산다고……."

내가 계단으로 올라가자 그녀가 멍하니 대꾸했다.

그녀는 조금 있다가 나를 상대해 주겠다는 약속이라도 하는 듯 내 손을 형식적으로 쥐고는 계단 아래에서 노란 드레스를 똑같이 입고 서 있는 두 여자의 말에 관심을 기울이고 있었다.

"안녕하세요! 경기에 져서 유감이에요."

그녀들이 한꺼번에 외쳤다.

골프 경기를 말하는 것이었다. 베이커 양은 일주일 전 열린 결승전에서 패했다.

"당신은 우리가 누군지 모르겠지만 저는 한 달 전에 여기서 뵌 적이 있어요."

노란 옷을 입은 여자 중 한 명이 말했다.

"그사이 머리를 염색했군요."

조던의 말에 나는 걸음을 옮기기 시작했다. 그러나 여자들이 무심하게 걸어가는 바람에 그녀의 말은 요리사의 바구니에서 아무렇게나 꺼낸 저녁 음식이 되어 하늘에 뜬 달에게로 날아가 버렸다. 조던이 늘씬한 황금빛 팔로 내 팔을 살포시 감았고, 우리는 계단을 내려가서 정원을 유유히 걸었다. 노을빛 사이로 칵테일 쟁반이 떠다니듯 우리에게 왔고, 우리는 아까 만난 노란 드레스를 입은 두 여자, 다른 세 남자와 함께 탁자에 앉았다. 그들은 각각 우리에게 이름을 말했지만 난 그저 '웅얼거림'으로 기억할 뿐이다.

"이 파티에 자주 오시나요?"

조던이 자기 옆에 앉은 여자에게 물었다.

"마지막으로 왔던 게 지난번 당신을 만났던 그 파티였어요."

그 여자가 경쾌하고 확신에 찬 목소리로 대답했다. 그러고는 같이 온 여자에게 몸을 돌렸다.

"루실, 너도 그렇지?"

그것은 루실도 마찬가지였다.

"난 이런 파티를 좋아해요. 원래 뭘 해도 신경 쓰지 않는 편이라 늘 재밌죠. 지난번 여기 왔을 때 의자에 앉아 있다가 그만 이브닝드레스가 찢어졌는데 그가 내 이름과 주소를 물은 지 일주일도 안 되어 소포를 받았지 뭐예요. 거기에는 크루아리에 의상실에서 보낸 새 이브닝드레스가 들어 있었지요."

루실이 말했다.

"그걸 받았나요?"

조던이 물었다.

"물론이죠. 원래는 오늘 밤 입고 오려고 했는데, 가슴 부위가 너무 커서 수선해야 하더라고요. 옅은 푸른색에 연보라색 구슬이 달린 265달러짜리 드레스였어요."

"그렇게 행동하는 사람에게는 무언가 이상한 점이 있죠. 그는 어떤 누구와도 곤란한 상황을 만들고 싶지 않은 거예요."

다른 여자가 열심히 이야기했다.

"누굴 말하는 겁니까?"

내가 물었다.

"개츠비 씨요. 누가 내게 말해 줬는데……."

두 여자와 조던은 은밀하게 서로 몸을 가까이 했다.

"누가 말해 줬는데 예전에 그가 사람을 죽였대요."

순간 어떤 전율이 우리를 훑고 지나갔다. 세 명의 '웅얼거림 씨'들은 몸을 앞으로 당기며 열심히 들었다.

"내 생각에는 그건 정말 아닌 것 같아."

루실이 회의적인 반응을 보이며 말했다.

"그보단 전쟁 때 독일 스파이였다는 게 더 맞을 것 같아."

세 남자 중 한 명이 확신에 차서 고개를 끄덕였다.

"그를 속속들이 잘 알고, 그와 독일에서 함께 자란 사람에게 들은 말이에요."

그가 확신에 차서 말했다.

"오, 아니에요. 그럴 리가 없어요. 왜냐하면 전쟁 때 그는 미군에 있었거든요.”

첫 번째 여자가 말했다. 우리가 그녀가 하는 말에 더 솔깃해 하자 그녀는 더욱 적극적으로 몸을 숙였다.

“아무도 자기를 보고 있지 않다고 믿는 무방비 상태일 때의 개츠비 씨 모습을 당신들이 한번 봐야 해요. 사람을 죽인 게 틀림없다니까요.”

그녀가 눈을 가늘게 뜨고 몸서리를 쳤다. 루실도 마찬가지였다. 우리는 몸을 돌려 개츠비가 있는지 주변을 살폈다. 세상에서 은밀히 말해야 할 일이 거의 없다고 하는 사람들조차 그에 대해 수군거린다는 것은 그만큼 개츠비가 세상 사람들에게 낭만적인 상상을 불러일으킨다는 증거였다.

첫 번째 저녁 식사가 나왔다. (자정 이후에 식사가 한 번 더 나올 예정이었다.) 조던은 정원 반대쪽 탁자에 둘러앉은 일행과의 식사에 나를 초대했다. 거기에는 세 쌍의 부부와 조던의 파트너로 온 남자가 있었다. 그는 노골적으로 성적 암시를 던지는 버릇이 있는 대학생이었는데 조만간 조던이 자신에게 어떤 식으로든 굴복할 거라고 여기는 것 같았다. 이 일행은 쓸데없는 말을 하지 않으며 한결같은 고귀함을 유지했고 스스로가 교외 지역의 고결한 품격을 대표하여 그 자리에 있다고 생각했다. 이스트에그 사람들은 웨스트에그 사람들을 아래로 내려다보면서, 웨스트에그의 흥청망청한 분위기에 휩쓸리지 않으려고 조심스럽게 경계했다.

“여기서 나가요. 여기는 내가 있기엔 너무 고상한 곳이에요.”

어떻게 보면 시간 낭비에 가까웠던 반 시간을 보낸 후 조던이 나에게 속삭였다.

우리는 자리에서 일어나며 파티의 주인장을 찾으러 갈 거라고 설명했다. 내가 개츠비를 한 번도 만난 적이 없다고 그녀가 말했고, 그 말에 나는 마음이 편치 않았다. 대학생은 냉소적이고 우울한 표정으로 고개를 끄덕였다.

우리가 처음에 시선을 돌린 바에는 사람들이 바글바글했지만 개츠비는 거기에 없었다. 계단 맨 위에 올라가서도, 테라스에서도 그를 찾을 수 없었다. 그러던 중 우연히 꽤나 의미심장해 보이는 문을 열고 천장이 높은 고딕 양식의 서재 안으로 들어가게 되었다. 서재 벽면은 문양이 조각된 영국산 참나무로 되어 있었는데 마치 외국의 어느 유적지를 통째로 옮겨 놓은 것 같았다.

커다란 올빼미 안경을 쓴 작고 다부지게 생긴 중년 남자가 약간 취한 상태로 큰 탁자 끝에 걸터앉아 불안정하지만 집중해서 책장을 응시하고 있었다. 우리가 들어가자 그는 흥분한 채 우리 쪽으로 몸을 돌리더니 조던을 머리에서 발끝까지 훑어보았다.

"어떻게 생각하시오?"

그가 성급하게 물었다.

"뭘 말입니까?"

그가 책장을 손으로 가리켰다.

"저것 말이오. 사실 굳이 확인할 필요도 없소. 내가 확신하건대 저것들은 진짜요."

"저 책들 말입니까?"

그가 고개를 끄덕였다.

"완벽하게 진짜요. 페이지가 여러 장이고 그 외의 모든 것도 다 있소. 난 저 책들이 질 좋고 단단한 마분지로 만든 가짜일 뿐이라고 생각했소. 그러나 완벽하게 진짜였던 거요. 페이지도 있고…… 여기 좀 보시오! 당신들에게 직접 보여 주겠소."

우리가 당연히 의심할 거라 생각했는지 그는 책장 선반으로 재빨리 가서 《스토더드 강연집》[16] 제1권을 꺼내 들고 왔다.

"보시오!"

그가 의기양양하게 소리쳤다.

"이건 진짜 인쇄물이라고. 나도 속았지 뭐요. 이 친구는 벨라스코[17]나 다름없소. 대단하단 말이야. 대단히 철두철미해! 이보다 더 사실주의적일 수 있을까! 그리고 언제 멈춰야 할지도 안단 말이야. 페이지를 자르지도 않았으니 말이오.[18] 그나저나 무슨 일이오? 여기 왜 들어온 거요?"

그는 내게서 책을 뺏어가듯 낚아채 책장에 재빨리 꽂아 넣더니 벽돌 하나라도 없어진다면 서재 전체가 무너질 수 있을 거라고 중얼거렸다.

"누가 여기로 데려왔소?"

그가 물었다.

"아니면 어쩌다 보니 들어온 거요? 난 누군가의 안내를 받고 왔소. 여기 온 대부분의 사람들이 그렇소."

조던은 유쾌하게 그를 쳐다보았지만 대꾸하지는 않았다.

"난 루스벨트라는 여자가 데려다주었소."

그가 계속 말을 이었다.

"클로드 루스벨트 부인 말이오. 혹 그 부인을 아시오? 난 그녀를 지난 밤 어딘가에서 만났소. 난 지금 일주일 내내 취한 상태여서 서재에 앉아 있으면 정신이 좀 맑아질까 하고 여기로 왔지."

---

16) Stoddard Lectures. 미국의 저술가 존 L. 스토더드가 출간한 강연집으로 총 15권이다.

17) Belasco. 매우 정교하고 사실적인 무대 장치로 유명한 브로드웨이의 연극 감독인 David Belasco를 말한다.

18) 예전에는 인쇄 속도를 높이기 위해 책보다 네 배 더 큰 종이에 인쇄한 뒤 이를 접어서 책을 만들었기 때문에, 책을 읽기 위해서는 종이를 잘라야 했다.

"효과가 있던가요?"

"아주 조금은. 하지만 아직은 잘 모르겠소. 이제 겨우 한 시간 정도 있었으니. 저 책들에 대해 내가 이야기했던가? 저것들은 진짜요. 저것들은⋯⋯."

"이미 말씀하셨어요."

우리는 진지하게 악수를 나누고 밖으로 나왔다.

정원에서는 한창 사람들이 천막 위에 올라가 춤을 추고 있었다. 나이 든 남자들이 우스꽝스러운 원을 끊임없이 그리며 젊은 아가씨들을 뒤쪽으로 밀어냈고, 춤을 잘 추는 커플들은 몸을 비틀어 가면서도 서로를 잡고 멋지게 춤을 추며 구석 자리를 지켰다. 혼자 온 여자들은 홀로 춤을 추거나 잠시 오케스트라의 밴조나 타악기 연주자를 보조해 주기도 했다. 자정이 되자 파티의 흥은 더욱 고조되었다. 유명한 테너가 이탈리아어로 노래를 불렀고 평판이 그다지 좋지 않은 콘트랄토[19] 가수는 재즈풍의 노래를 불렀다. 사람들은 정원 곳곳에서 '묘기'를 부렸다. 그사이 행복하지만 공허한 웃음소리가 여름 밤하늘로 퍼져 올라갔다. 알고 보니 무대 위 '쌍둥이'는 아까 노란 옷을 입고 있던 바로 그 여자들이었다. 그들은 시대극 의상을 입고 아기 흉내를 내고 있었다. 핑거볼[20]보다 더 큰 유리잔에 샴페인이 채워졌다. 달은 더 높이 떠올라 삼각형 모양의 은빛 비늘처럼 해협 위에 떠 있었는데, 잔디밭에서 울리는 서툴고 거친 밴조 소리에 조금씩 흔들리고 있었다.

나는 여전히 조던 베이커와 같이 있었다. 우리가 앉아 있는 자리에는 내 또래의 남자와 아주 사소한 것에도 시끄럽게 웃음을 터뜨리는 어린

---

19) contralto. 테너와 메조소프라노의 중간에 해당하는 음역의 노래를 부르는 성악가이다.
20) finger-bowls. 만찬 중간에 손을 닦는 물을 담아 놓은 조그만 그릇으로 쓰인다.

소녀가 동석했다. 나는 이제 파티를 즐기고 있었다. 핑거볼보다 큰 잔에 샴페인을 두 번 마시자 눈앞에 보이는 장면이 뭔가 의미 있고 중요하고 심오한 것으로 바뀌어 갔다.

이런 분위기가 약간 잠잠해질 즈음 그 남자가 나를 쳐다보며 웃음을 지었다.

"얼굴이 낯익네요. 혹시 전쟁 중에 제3사단에 있지 않았나요?"

그가 정중하게 말했다.

"네, 제9기관총 대대에 있었습니다."

"저는 1918년 6월까지 제7보병 대대에 있었습니다. 어쩐지 전에 당신을 봤을 때 어디선가 본 적이 있다고 생각했어요."

우리는 잠시 습하고 잿빛으로 가득한 프랑스의 작은 마을에 대해 이야기를 나눴다. 그가 수상 비행기를 산 지 얼마 안 되었고 아침에 그걸 타볼 생각이라고 말하는 걸로 봐서 근처에 살고 있는 게 분명했다.

"친구, 같이 해보겠소? 해협 주변 해변을 따라 돌 거요."

"몇 시가 좋겠습니까?"

"당신이 편한 시간이면 아무 때나 좋소."

그에게 이름을 물어보려던 찰나에 조던이 이쪽으로 고개를 돌리며 웃었다.

"이제 좀 재밌어요?"

그녀가 물었다.

"훨씬 낫군요."

나는 그렇게 말한 후 다시 새로 알게 된 사람 쪽으로 고개를 돌렸다.

"내게는 좀 익숙지 않은 파티입니다. 아직 주인도 만나지 못했거든요. 나는 저쪽에 살고 있어요."

나는 멀어서 보이지 않는 울타리 쪽을 향해 손짓하면서 말했다.

"파티 주인 개츠비 씨가 운전사에게 초대장을 들려 보냈죠."

잠시 동안 그가 나를 이해할 수 없다는 표정으로 쳐다보았다.

"내가 개츠비요."

그가 갑자기 말했다.

"이런!"

내가 소리쳤다.

"오, 실례했습니다."

"난 당신이 알고 있다고 생각했소, 친구. 내가 주인 노릇을 잘 못한 것 같아 걱정이군."

그가 이해한다는 듯이, 아주 많이 이해한다는 듯이 웃었다. 그 미소는 평생을 살면서 손가락에 꼽을 정도로 만나기 힘든, 그 자체로 영원한 확신이 담긴 보기 드문 미소였다. 그 미소는 한순간 외부 세계를 마주했고, 아니 마주한 듯 보였고, 곧 당신에 대한 거부할 수 없는 애정을 담아 당신에게만 집중하는 미소였다. 또한 그것은 당신이 원하는 대로 당신을 이해하고 당신 자신이 스스로를 믿는 만큼 당신을 믿으며, 사람들이 당신에 대해 느꼈으면 하는 그대로 당신에 대한 인상을 갖고 있음을 확인시켜 주는 미소였다. 그런데 바로 그 순간 그 미소는 사라지고 어느새 내 눈앞에는 서른한두 살 먹은, 젊고 품격 있지만 거친 사내가 서 있었다. 그의 격식을 갖춘 수려한 말들은 터무니없는 수준을 겨우 벗어난 정도였다. 그가 자신을 소개하기 전에 이미 나는 그가 매우 심혈을 기울여 단어를 고르고 있음을 강하게 느끼고 있었다.

개츠비가 자기가 누구인지 밝혔을 때 집사가 급히 달려와 시카고에서 전화가 왔다고 알렸다. 그는 우리를 향해 일일이 고개를 숙이며 양해를 구했다.

"친구, 필요한 것이 있으면 바로 요청하시게."

그가 부추기듯 내게 말했다.

"실례하겠습니다. 곧 다시 뵙죠."

그가 떠나자마자 나는 곧바로 조던 쪽으로 몸을 돌렸다. 내가 얼마나 놀랐는지를 알려야 할 것 같아서였다. 난 개츠비가 중년쯤 되었고, 얼굴이 불그스름하고 살집이 있는 남자일 거라고 상상했었다.

"대체 어떤 사람입니까? 혹시 알아요?"

내가 물었다.

"그는 그냥 개츠비라는 사람이에요."

"내 말은 그가 어디 출신이냐고 묻는 겁니다. 그리고 직업은 뭐죠?"

"드디어 당신도 그 주제에 관심이 생겼군요. 예전에 내게 자기가 옥스퍼드 출신이라고 말한 적이 있어요."

그녀가 희미하게 웃으며 대답했다.

그의 배경이 흐릿하게나마 모습을 드러내기 시작했지만 그녀가 그다음 한 말 때문에 바로 사라져 버렸다.

"하지만, 전 그 말을 믿지 않아요."

"왜죠?"

"잘 모르겠어요. 그냥 그가 그 학교에 다녔을 것 같지 않아요."

그녀가 주장했다. 그녀의 어조에서 왠지 "난 그가 사람을 죽였을 거라고 생각해요."라고 한 여자의 말이 떠올라 호기심이 발동했다. 개츠비가 루이지애나 습지대나 혹은 뉴욕의 이스트사이드 아래쪽 출신이라 해도 나는 아무 의심 없이 받아들였을 것이다. 이해할 수 있는 부분이었기 때문이다. 그러나 적어도 시골에 살아 경험이 부족할 수밖에 없는 내가 생각하기에는, 갑자기 어디선가 툭 튀어나온 젊은 사람이 롱아일랜드 해협으로 유유자적 흘러들어와 궁전 같은 저택을 사지는 않는다.

"아무튼 그는 성대한 파티를 많이 열어요."

조던은 구체적으로 파고드는 것을 싫어하는 도시인의 성향을 드러내며 주제를 바꿨다.

"그리고 전 큰 파티가 좋아요. 비밀이 보장되면서도 친밀감이 느껴지거든요. 작은 파티에서는 사생활이 보장되지 않지요."

그때 갑자기 베이스 드럼 소리가 들리더니 오케스트라 지휘자가 정원의 시끄러운 분위기를 가라앉히며 큰 소리로 외쳤다.

"신사 숙녀 여러분, 개츠비 씨의 요청으로 지난 5월 카네기 홀에서 이목을 끌었던 블라디미르 토스토프의 최신작을 연주하겠습니다. 신문을 읽으셨다면 큰 반향을 불러일으켰다는 것을 아실 겁니다."

그가 유쾌한 듯 웃으며 다시 "그야말로 센세이션이었죠!" 하고 덧붙이자 모든 사람이 웃음을 터뜨렸다.

"작품명은 블라디미르 토스토프의 〈세계 재즈의 역사〉입니다."

그가 힘차게 말을 끝맺었다.

토스토프 작품의 매력이 나에게는 전혀 통하지 않았다. 연주가 시작되자마자 내 눈은 개츠비에게서 떨어질 줄 몰랐기 때문이다. 그는 대리석 계단에 홀로 서서 만족스러운 눈빛으로 사람들 무리를 둘러보고 있었다. 햇볕에 그을린 그의 피부는 매력적으로 팽팽했고 짧은 머리는 매일 손을 보는 것 같았다. 그에게서 어떤 불길한 기운도 느껴지지 않았다. 그가 술을 마시지 않아서 다른 손님과 다르게 보이는 것이 아닌가 하는 생각이 들기도 했다. 파티의 즐거움이 커질수록 그는 더욱더 꼿꼿해졌기 때문이다. 〈세계 재즈의 역사〉가 끝났을 때 여자들은 강아지처럼 친근하게 남자들의 어깨에 머리를 기대거나, 누군가는 받쳐 줄 거라 생각하며 남자들의 팔이나 사람들 무리로 장난스럽게 쓰러졌다. 그러나 어느 누구도 개츠비에게는 그렇게 하지 않았다. 어떤 프랑스풍 단발머리도 개츠비의 어깨에 기대지 않았으며 노래하는 무리 중 그 누구도 개츠비와 함께 노래를 부르지 않았다.

"실례합니다."

개츠비의 집사가 갑자기 우리 뒤에 서 있었다.

"베이커 양?"

그가 물었다.

"실례합니다만 개츠비 씨께서 따로 이야기를 나누고 싶어 하십니다."

"저랑요?"

그녀가 놀라서 소리를 질렀다.

"네, 그렇습니다."

그녀는 조용히 일어서더니 놀랍다는 듯 나를 향해 눈썹을 추켜올린 후 집사를 따라 집 쪽으로 갔다. 나는 그제야 그녀가 이브닝드레스를 입고 있음을 깨달았다. 그녀는 모든 드레스를 운동복처럼 입었다. 그녀는 마치 맑고 청량한 아침에 골프 코스를 처음 배우는 사람처럼 날아갈 듯 경쾌하게 걸었다.

나는 다시 혼자가 되었고 시간은 거의 2시였다. 한동안 알아들을 수 없지만 흥미로운 소리가 테라스 위쪽의 창이 많은 긴 방에서 흘러나왔다. 조던을 따라왔던 대학생이 합창단에 있는 여자 두 명과 산부인과에 관한 대화에 열중하다가 내게 합석을 권했다. 나는 그를 피할 겸 안으로 들어갔다.

커다란 방 안에는 사람들이 가득했다. 노란 옷을 입은 한 여자가 피아노를 치고 있었고 그 옆에 유명 합창단 출신의 키가 크고 붉은 머리를 한 젊은 부인이 서서 노래에 열중하고 있었다. 그녀는 샴페인을 꽤 마신데다가 세상 모든 일이 다 슬프다는 부적절한 결론을 내렸는지 노래를 하다 흐느끼기까지 했다. 노래 중 쉬는 부분을 숨이 넘어가듯 헐떡이는 소리로 채우다가 다시 떨리는 소프라노로 가사를 노래했다. 눈물이 뺨을 타고 살짝 흘러내렸는데, 두껍게 칠한 새까만 속눈썹과 눈물이 만나 검은 실개천을 이루며 천천히 흘러내렸다. 누군가가 그녀에게 얼굴에 그려진 음표를 노래하고 있다고 농담을 던지자 그녀는 이내 양손을 들어 올리고 의자에 푹 꺼지듯 앉더니 취기에 빠진 듯 깊이 잠들어 버렸다.

"아까 어떤 남자랑 싸우던데, 남편이라고 하더라고요."

내 팔꿈치 쪽에 있던 여자가 설명해 주었다.

나는 주위를 둘러보았다. 남아 있는 여자들 대부분은 남편이라고 하는 남자들과 싸우고 있었다. 심지어 이스트에그에서 온 조던의 일행 네 명도 말다툼 끝에 따로 떨어져 있었다. 그중 한 남자가 젊은 여배우에게 호기심 어린 열정으로 말을 걸었고, 교양 있게 무심한 듯 그 상황을 웃어넘기려던 그의 부인은 결국 이성을 잃고 측면 공격을 했다. 그녀가 갑자기 그의 옆에 날이 선 다이아몬드처럼 나타나서는 귀에 대고 "약속했잖아요!" 하며 씩씩거렸다.

집에 가기 싫은 마음이 변덕스러운 남자들에게만 생기는 것은 아니었다. 홀은 이제 아쉽게도 술에 취하지 않아 정신이 멀쩡한 두 남자와 몹시 화가 난 부인들이 차지하고 있었다. 부인들은 살짝 높아진 목소리로 서로를 위로했다.

"내가 즐거운 시간을 보내고 있는 모습을 볼 때마다 저이는 집에 가고 싶어 해요."

"내 평생 저렇게 이기적인 사람은 본 적이 없어요."

"우리는 늘 자리를 제일 먼저 뜬다니까요."

"우리도 그래요."

"그런데 오늘 밤은 우리가 거의 늦게까지 남은 손님이겠는데. 오케스트라가 떠난 지 벌써 30분이나 지났소."

두 남자 중 한 명이 소심하게 말했다.

부인들은 그런 못된 마음을 이해할 수 없다고 입을 모았지만, 논쟁은 곧 짧은 다툼 수준으로 끝나 버렸고 그녀들은 남편 어깨에 들쳐 업힌 채 발버둥을 치면서 어둠 속으로 사라져 갔다.

홀에서 모자를 가져다주기를 기다리고 있는데 서재 문이 열리고 조던 베이커와 개츠비가 같이 나왔다. 그는 그녀에게 마지막으로 뭔가 말하고 있었는데 몇몇 사람이 다가가 작별 인사를 건네자 열정이 넘치던 그의 태도는 돌연 형식적으로 바뀌었다.

조던 일행이 현관에서 그녀를 부르며 재촉했지만 그녀는 악수를 하려고 좀 더 머뭇거렸다.

"방금 정말 놀라운 이야기를 들었어요. 제가 그 안에서 얼마나 있었던 거죠?"

그녀가 속삭였다.

"뭐 때문에 그걸 묻죠? 대략 한 시간 정도 됐어요."

"정말 말 그대로 놀라운 이야기였어요."

그녀가 정신이 나간 표정으로 같은 말을 반복했다.

"하지만 이야기하지 않겠다고 맹세했어요. 괜히 당신을 이렇게 애태우고 있군요."

그녀가 내 얼굴에 대고 우아하게 하품을 했다.

"언제 저를 찾아오세요. 전화번호부에서…… 시고니 하워드 부인이라는 이름을 찾으면…… 제 숙모님이세요."

그녀는 그렇게 말하면서 급히 자리를 떴다. 그러고는 갈색 손을 경쾌하게 흔들며 인사를 한 후 문에서 기다리는 일행 속으로 녹아들어 갔다.

파티에 처음 왔으면서 늦게까지 머문 것이 다소 겸연쩍었지만 나는 개츠비 주변에 마지막까지 모여 있는 손님들 무리에 합류했다. 그날 저녁 일찍부터 그를 찾아다녔다고 설명하면서 정원에서 그를 못 알아본 것을 사과하고 싶었다.

"별말을 다 하는군."

그가 강하게 말했다.

"그런 생각 할 필요 없다네, 친구."

이런 표현도 친근했지만, 안심시키듯 내 어깨를 가만히 쓸어 주는 손길이 훨씬 더 친밀하게 느껴졌다.

"그리고 내일 아침 9시에 수상 비행기 타기로 한 거 잊지 말게나."

그때 집사가 그의 어깨 뒤에 나타났다.

"주인님, 필라델피아에서 전화가 왔습니다."

"알겠어. 내가 곧 간다고 전해. 그럼 안녕히들 가십시오."

"안녕히 계십시오."

"잘 들어가게나."

그가 미소를 지었다. 갑자기 마지막까지 남은 것이 무언가 기분 좋은 의미가 있는 일처럼 느껴졌다. 마치 그가 항상 마지막까지 남아 주기를 바라는 것처럼 말이다.

"잘 가게, 친구……. 잘 자게나."

그러나 계단을 내려갔을 때 나는 그날 밤이 아직 끝나지 않았음을 알았다. 정문에서 20미터도 안 되는 거리에서 열두 개의 전조등이 기이하고 소란스러운 장면을 비추고 있었다. 오른쪽 차체가 위로 들려 있고 바퀴 하나가 빠진 신형 쿠페 자동차가 길가 도랑에 처박혀 있었다. 2분 전에 개츠비의 집 앞 차고를 떠난 차였다. 날카롭게 튀어나온 벽이 바퀴가 빠진 이유를 설명해 주었다. 여섯 명의 운전사들이 호기심 가득한 시선으로 사고 현장을 구경하고 있었다. 그들이 세워 둔 차가 길을 막는 바람에 뒤에 서 있는 차들이 거칠게 경적을 울려 대서 사고 현장은 더욱 정신이 없었다.

긴 외투 차림의 남자가 부서진 차에서 내려 길 한가운데에 섰다. 그는 당황한 가운데 차체에서 타이어로, 그리고 그 현장을 구경하는 사람들에게로 시선을 차례차례 옮겼다.

"이런! 도랑에 빠지고 말았군."

그가 설명하듯 말했다. 그는 매우 놀란 것 같았다. 처음에는 놀라는 표정이 특이하다고 생각했는데 잠시 후 그 남자가 바로 개츠비 서재를 찬양했던 사람임을 깨달았다.

"어떻게 된 일입니까?"

그가 어깨를 으쓱했다.

"난 기계에 대해서는 전혀 몰라서 말이오."

그가 단호하게 말했다.

"하지만 어쩌다 그렇게 되었는지는……. 벽을 들이박았나요?"

"나에게 묻지 마시오."

올빼미 눈이 이 모든 일에 대해 아는 게 없다는 듯이 말했다.

"운전에 대해서는 아는 것이 없소. 거의 모른다고 하는 편이 맞지요.

그냥 사고가 났고, 그게 내가 아는 전부요."

"흠, 그렇다면 밤에는 운전할 생각을 하지 말았어야죠."

"운전은 시도조차 하지 않았소."

그가 분개하며 말했다.

"시도조차 하지 않았단 말이오."

구경꾼들은 두려움에 휩싸여 입을 다물었다.

"죽을 작정이라도 한 거요?"

"바퀴 하나만 빠진 것이 그나마 다행인 줄 아시오. 운전을 못하면 운전대 자체를 잡지 말아야지!"

"내 말을 이해하지 못하는군."

사고의 주범이 말했다.

"내가 운전한 게 아니란 말이오. 차 안에 다른 사람이 있소."

그의 말에 충격을 받고 있을 때 곧이어 "아아." 하는 신음 소리가 들리더니 차 문이 살짝 열렸다. 어느새 군중을 이룬 사람들이 저도 모르게 뒷걸음질 쳤고, 다시 문이 활짝 열리자 마치 유령이라도 나타난 듯 순간 정적이 흘렀다. 그러더니 찌그러진 차에서 창백한 한 남자가 비틀거리며 조금씩 조금씩 기어나와 모습을 드러냈다. 그는 지나치게 큰 무용화를 신은 발로 땅을 더듬더듬 딛고 있었다.

눈부신 전조등 빛에 눈을 제대로 뜨지 못하고 연신 울려 대는 경적 소리에 정신을 차리지 못하던 그 사람은 한동안 비틀거리며 서 있더니 긴 외투를 입은 남자를 알아봤다.

"무슨 일이 생긴 거요? 기름이 떨어졌소?"

그가 침착하게 물었다.

"이보쇼! 저기 좀 보시오!"

주변에 있던 어섯 명의 손가락이 떨어져 나간 바퀴를 가리켰다. 그는 잠시 그것을 쳐다보더니 하늘에서 떨어뜨렸나 의심하는 사람처럼 위를 쳐다보았다.

"떨어져 나간 거요."

누군가가 설명해 주었다.

그는 고개를 끄덕였다.

"처음에 난 우리 차가 멈췄는지도 몰랐단 말이오."

그리고 잠시 말을 멈췄다. 그런 다음 긴 숨을 들이마시고 어깨를 쭉 펴더니 단호한 목소리로 말했다.

"주유소가 어디 있는지 알려 주실 수 없겠소?"

적어도 열두 명의 남자들이, 사실 그들 중 몇몇은 이 남자보다 그다지 더 나을 것도 없어 보였지만 그 남자에게 빠진 바퀴를 다시 차체에 붙이는 일은 물리적으로 불가능하다고 설명했다.

"차를 뒤로 빼요. 후진 기어를 넣으시오."

잠시 후 그가 제안했다.

"하지만 바퀴가 빠졌다고요!"

"한번 해본다고 해될 건 없잖소."

그가 잠시 주저하다 말했다.

여기저기서 울리는 고양이 울음소리 같은 경적 소리가 극에 달하자 나는 뒤돌아 잔디밭을 가로질러 집으로 향했다. 그리고 다시 한 번 뒤를 돌아보았다. 얇은 비스킷 모양의 달이 개츠비의 집 위에서 환하게 빛나고 있었다. 달빛은 오늘도 여느 날과 마찬가지로 멋진 밤을 만들어 주면서, 여전히 밝게 빛나는 그의 정원에서 흘러나오는 웃음소리와 소란스러움을 잘 견디고 있었다. 창문과 거대한 문에서 갑자기 공허함이 밀려 나오는 듯하더니 현관에 서서 격식을 갖춘 채 배웅하는 집주인의 모습을 완전한 고독으로 둘러싸고 있었다.

　지금까지 쓴 글을 읽어 보면 내가 지난 몇 주간 단지 3일 밤 동안 일어난 사건들에 관심을 온통 빼앗긴 것 같은 인상을 줄지도 모르겠다. 그러나 그 일들은 그저 사람들로 들썩이는 여름날 흔히 볼 수 있는 사건에 불과했다. 그 뒤 시간이 한참 지날 때까지도 나는 그 사건들보다는 내 개인적인 일에 더 관심을 두고 있었다.

　나는 거의 모든 시간을 일을 하면서 보냈다. 이른 아침, 태양이 내 그림자를 서쪽으로 드리울 때 서둘러 뉴욕 아래쪽[21]의 하얀 빌딩 사이를 지나 프로비티 신탁 회사로 갔다. 나는 그곳 사무실 직원이나 젊은 채권 영업 담당자들과 이름을 알고 지낼 정도로 친해져서, 점심시간에는 그들과 같이 북적이는 어두운 식당에서 돼지고기 소시지 조각과 으깬 감자, 커피를 먹었다. 나는 저지시티에 사는 회계부서 여직원과 잠시 교제하기도 했다. 하지만 그녀의 오빠가 나를 못마땅한 표정으로 보기 시작했기 때문에, 그녀가 여름휴가를 떠난 7월 1일자로 나는 우리의 관계를 조용히 정리했다.

　나는 보통 예일 클럽에서 저녁을 먹었는데, 몇 가지 이유로 이때가 나의 하루 중 가장 우울한 시간이었다. 그런 뒤에는 위층 도서관으로 올라가 한 시간 동안 투자와 채권에 관해 열심히 공부했다. 주변에 소란을 피우는 사람들이 몇몇 있기는 했지만 그들이 도서관까지 오지는 않았기에 그곳은 일하기에 좋은 장소였다. 그 후 밤이 깊어지면 매디슨 가(街)를

---

21) 월스트리트(Wall Street) 지역을 말한다.

유유히 걷다가, 오래된 머리 힐 호텔을 지나 33번가를 거쳐 펜실베이니아 역으로 갔다.

나는 뉴욕이 좋아지기 시작했다. 생기 넘치고 모험적인 뉴욕 특유의 밤 분위기가 좋았고, 남자와 여자, 기계가 끊임없이 너울대면서 쉼 없이 움직이는 눈을 만족시켜 줘서 좋았다. 나는 5번가를 걸어가다 군중 속에서 낭만적인 여자를 골라 몇 분 후 내가 그의 삶 속으로 들어가는 모습을 그려 보았다. 누가 알 리도 없고 못마땅해할 일도 없었다. 때로는 그 여자들을 따라 구석진 거리 모퉁이에 있는 아파트까지 가서는 그들이 뒤돌아서 나를 보고 미소 지은 뒤 문을 열고 따뜻한 어둠 속으로 사라지는 것을 상상하기도 했다. 매혹적인 대도시의 황혼 녘에서 나는 때때로 떨쳐 낼 수 없는 외로움을 느꼈고, 다른 사람들에게서도 그것을 느꼈다. 식당에서 외로이 저녁 먹을 시간을 기다리며 창문 앞을 서성거리는 가난한 젊은 직원들, 어둠 속에서 밤과 삶의 가장 매혹적인 순간을 허비하고 있는 그 젊은 직원들에게서 말이다.

다시 8시가 되어 40번가의 어두운 차도에 극장가로 가려는 택시들이 부릉부릉 소리를 내며 다섯 겹으로 서 있을 때면 내 마음이 가라앉는 느낌이었다. 택시에 탄 사람들은 출발을 기다리는 동안 서로 기대고, 노래를 부르기도 하며, 알 수 없는 농담을 듣고 웃기도 했다. 담뱃불만이 안에서 벌어지는 알 수 없는 몸짓을 대략 그려 주었다. 나 또한 그런 환락을 향해 서둘러 달려 들어가 그들과 은밀한 흥분을 공유한다고 상상하면서 그들에게 행운을 빌어 주었다.

나는 한동안 조던 베이커를 보지 못하다가 여름 중반이 되어서야 다시 만났다. 처음에는 그녀와 같이 다니면 마음이 우쭐했다. 모든 사람이 골프 챔피언인 그녀를 알았기 때문이다. 그러다가 그 이상의 감정이 생겼다. 내가 그녀를 진짜로 사랑한 것은 아니었지만 말하자면 애정 어린 호기심 같은 느낌이었다. 그녀는 오만하지만 권태가 가득한 얼굴로 세상을 바라보며 무엇인가를 감추고 있었다. 물론 남을 의식한 가식적인 행동은 대부분 처음에는 그렇지 않다고 해도 결국에는 무엇인가 감추고 있기 마련이다. 그리고 어느 날 나는 그것이 무엇인지 알게 되었다. 우리가 워릭에서 열린 어느 파티에 갔을 때의 일이다. 그녀는 비가 내리는데도 빌려온 차의 지붕을 열어 놓은 채 차에서 내렸다. 그러고는 그 일에 대해 거짓말을 했다. 그러자 문득 데이지의 집에 갔을 때는 떠오르지 않았던 그녀에 대한 소문이 생각났다. 그녀가 처음 참가한 경기에서 거의 신문에 실릴 뻔할 정도로 시끄러웠던 사건이 있었다. 그녀가 준결승전 때 불리한 위치에 놓인 공을 옮겨 놓았다는 소문이었다. 그 일은 굉장히 불명예스러운 사건이 될 뻔했지만 곧 사그라들었다. 캐디가 자신이 뱉은 말을 번복했고 또 다른 목격자가 자신이 잘못 봤을지도 모른다고 시인했기 때문이다. 하지만 그 사건과 이름은 내 마음에 남아 있었다.

조던 베이커는 예민하고 영악한 남자들을 본능적으로 피했다. 이제 나는 그 이유를 알 것 같았다. 그녀는 규범에서 벗어나는 행동이 일어날 수 없는 공간에 있을 때 훨씬 더 안전하다고 느꼈기 때문이었다. 그녀는 구제불능일 정도로 정직하지 못했고 불리한 입장에 처하는 것을 참을 수 없어 했다. 이런 성격 때문에 세상에는 차갑고 무례할 정도로 도도한 미소를 보내고 자신의 단단하고 쾌활한 몸의 욕망을 채우기 위해 아주 어렸을 때부터 속임수와 거래하기 시작했을지도 모른다는 생각이 들었다.

하지만 그것은 내게 전혀 문제가 되지 않았다. 여성에게 부정직함이란 그다지 책망할 것이 못 되었다. 나는 그저 유감스럽다고 생각했을 뿐 곧 잊어버렸다. 우리가 운전에 관한 대화를 흥미롭게 나눈 것도 같은 날 파티에서였다. 그녀가 노동자들과 너무 가깝게 차를 몰아서 자동차 흙받기 부분에 어떤 남자의 겉옷 단추가 걸려 떨어져 나갔을 때 이 대화는 시작되었다.

"운전을 너무 난폭하게 하는군. 좀 더 조심해서 운전을 하든가 아니면 아예 하지 마요."

내가 나무랐다.

"조심하고 있어요."

"아니, 전혀 그렇지 않소."

"글쎄요, 다른 사람들이 조심하겠죠."

그녀가 가볍게 말했다.

"그게 이거랑 무슨 상관이오?"

"사람들이 계속 길을 비켜 줄 거예요. 사고는 원래 쌍방이 일으키죠."

그녀가 고집스럽게 말했다.

"당신이 당신처럼 부주의한 사람을 만났다고 생각해 봐요."

"그런 일은 없을 거예요. 난 부주의한 사람들이 싫어요. 그래서 당신을 좋아하죠."

그녀가 말했다. 햇빛에 바랜 듯한 그녀의 잿빛 눈은 정면을 응시하고 있었지만 그녀는 고도의 솜씨로 우리 관계를 변화시켰고, 잠시 동안 나는 그녀를 사랑한다고 생각했다. 그러나 나는 생각을 천천히 하는 편인데다 욕망을 제어하기 위한 내적인 규칙으로 가득한 사람이었다. 그리고 고향에 엉켜 있던 실타래를 풀어내는 게 먼저라는 것도 알고 있었다. 나는 일주일에 한 번씩 '사랑하는 닉'이라는 서명과 함께 고향으로 편지를 보냈다. 하지만 그때마다 생각나는 것이라고는 그 여자가 테니스를 칠 때 희미한 콧수염 같은 땀방울이 윗입술에 맺힌다는 것뿐이었다. 그럼에도 내가 자유로우려면 그 모호한 관계를 요령 있게 정리해야 했다.

모든 사람이 고귀한 덕목 중 하나 정도는 갖고 있다고 생각하는데, 나 또한 마찬가지이다. 나는 내가 알고 있는 몇 안 되는 정직한 사람에 속해 있었다.

4

Then it had not been merely the stars
to which he had aspired on that June night.
He came alive to me,
delivered suddenly from the womb
of his purposeless splendor.

어느 일요일 아침, 교회 종이 해변 마을에 울릴 때 속세의 사람들과 그 연인들이 개츠비의 저택에 다시 모여 잔디밭에서 유쾌한 시간을 만끽하고 있었다.

"그 사람, 밀주업자래요."

젊은 여인들이 칵테일과 꽃 사이를 오가며 말했다.

"언젠가는 어떤 남자를 죽인 적도 있대요. 그 남자에게 자기가 폰 힌덴

부르크[22]의 조카이자 악마의 먼 사촌이라는 걸 들킨 거죠. 여보, 장미 한 송이만 꺾어 줘요. 그리고 거기 크리스털 잔에 마지막 남은 한 방울까지 따라 주세요."

예전에 나는 기차 시간표의 빈 공간에 그해 여름 개츠비의 저택을 방문했던 사람들의 이름을 쭉 써 내려간 적이 있었다. 이제는 너무 낡아서 접힌 부분이 해어져 있는데 맨 위쪽에 '1922년 7월 5일부터 유효한 시간표'라고 인쇄되어 있었다. 비록 오래되어 빛이 바랬지만 그 이름들은 여전히 알아볼 수 있었다. 개츠비의 환대를 받고서도 그에 대해서는 아무것도 모른다는 묘한 찬사를 보냈던 사람들에 대해 내가 막연하게 설명하기보다는 거기에 적혀 있는 이름을 알려 주는 것이 훨씬 더 깊은 인상을 줄 것이다.

이스트에그에서는 체스터 베커 부부와 리치 부부가 왔고, 예일에서 알고 지낸 분센이라는 남자와 여름이 지날 무렵 메인 주(州)에서 익사한 웹스터 시베 박사가 왔다. 또한 혼빔 부부, 윌리 볼테르 부부, 그리고 언제나 구석에 모여 앉아 누군가가 가까이 오면 염소처럼 코를 벌렁거리는 블랙벅 일가가 왔다. 또 이스메이 부부와 크리스티 부부(정확히 말하면 휴버트 아우어바흐 씨와 크리스티 씨의 부인), 그리고 들리는 말에 따르면 어느 겨울 오후 이유도 없이 갑작스레 머리카락이 솜처럼 하얗게 세었다는 에드거 비버도 왔다.

내 기억에는 클래런스 엔다이브도 이스트에그에서 온 손님이었다. 그는 여기에 딱 한 번 하얀색 니커보커스[23]를 입고 왔는데 그때 정원에서

---

22) Von Hindenburg. 독일의 군인이자 정치인. 제1차 세계 대전 때 독일군 원수로 참전했으며 바이마르 공화국의 2대 대통령을 지냈다.
23) knickerbockers. 길이가 무릎 아래까지 오고, 끝이 풍선처럼 부푼 모양의 바지이다.

에티라는 불한당과 싸우기도 했다. 롱아일랜드 저 바깥쪽에서는 치들 부부와 O. R. P. 슈래더 부부, 조지아 주의 스톤월 잭슨 에이브럼 부부, 피시가드 부부, 리플리 스넬 부부가 왔다. 스넬 씨는 교도소에 가기 전 사흘을 거기에서 지냈는데 술에 취해 자갈길 차도 위에 널브러져 있다가 그만 율리시스 스웨트 부인의 차에 치여 오른손을 다치고 말았다. 댄시 부부도 왔고, 예순은 족히 넘은 S. B. 화이트베이트와 모리스 A. 플링크, 해머헤드 부부, 담배 수입업자인 벨루가와 그 집 여자들도 왔다.

웨스트에그에서는 폴 부부와 멀레디 부부, 세실 로벅, 세실 쇼언, 주의회 상원 의원인 굴릭, '필름스 파 엑설런스' 사(社)를 장악하고 있는 뉴턴 오키드와 에크하우스트, 클라이드 코언, 돈 S. 슈워츠(아들), 아서 매카티가 왔는데 모두 어떤 식으로든 영화계와 관계있는 인물들이었다. 그리고 캐틀립 부부, 벰버그 부부, 훗날 부인을 목 졸라 죽인 멀둔과 그와 형제지간인 G. 얼 멀둔도 왔다. 행사 기획자인 다 폰타노도 거기에 있었고, 에드 리그로스, 제임스 B.('롯것[24]') 페릿, 드 종 부부, 어니스트 릴리도 왔다. 이들은 주로 도박을 하러 왔는데, 페릿이 정원을 배회한다는 것은 그가 돈을 다 잃었으며 다음 날 '연합 철도' 회사의 주가가 상한가로 출렁여야만 한다는 의미였다.

클립스프링어라는 남자는 너무 자주 올 뿐만 아니라 오래 머물기도 해서 '하숙생'으로도 불렸다. 그에게 진짜 집이 있기는 한 건지 의심이 들 정도였다. 연극계 사람들로는 거스 웨이즈, 호레이스 오도너번, 레스터 마이어, 조지 덕위드, 프랜시스 불이 있었다. 또한 뉴욕에서 온 크롬 부부, 백히슨 부부, 데니커 부부, 러셀 베티, 코리건 부부, 켈러허 부부, 듀

---

24) Rot-Gut. 싸구려 독주로, 여기에서는 별명으로 쓰였다.

워 부부, 스컬리 부부, S. W. 벨처, 스머크 부부, 지금은 이혼한 젊은 퀸 부부, 나중에 타임스스퀘어에서 지하철로 뛰어들어 자살한 헨리 L. 팔미토도 있었다.

베니 매클리너핸은 항상 여자 넷과 같이 왔다. 그 여자들이 실제로 항상 동일 인물인 것은 결코 아니었지만 겉모습이 무척 비슷해서 거기에 늘 있었던 것 같은 느낌이 들었다. 그들의 이름이 잘 생각나지는 않지만 얼핏 기억하기에 재클린, 콘수엘라나 글로리아, 주디 혹은 준이었던 것 같다. 그들의 성(姓)은 꽃이나 달 이름처럼 듣기 좋은 것들이거나 아니면 미국의 위대한 자본가들의 이름처럼 근엄한 것들이어서 만약 사실대로 말하라고 부추겼다면 자신들이 그 위대한 자본가들의 사촌이라고 고백했을지도 모른다.

이들뿐만 아니라 포스티나 오브라이언도 적어도 한 번은 왔고, 베데커 가문의 여자들, 전쟁 중에 코가 날아가 버린 젊은 브루어, 올브럭스버거 씨와 그의 약혼녀 하그 양, 아디타 피츠피터스, 미국 재향 군인회 회장을 역임한 P. 주웻 씨, 자신의 운전기사라는 남자와 동행한 클로디아 힙 양도 왔었다. 어느 나라의 왕자도 있었는데 우리는 그를 공작이라 불렀다. 그때 당시에는 이름을 알았는데 지금은 완전히 잊어버렸다.

이 모든 사람이 그해 여름 개츠비의 집에 왔다.

7월 하순의 어느 날, 아침 9시에 개츠비의 멋진 차가 울퉁불퉁한 차도를 따라 덜컹거리며 등장하더니 나의 집 문 앞에 서서는 세 가지 소리로 된 경적을 선율 터뜨리듯 울려 댔다. 나는 그의 파티에 두 번이나 갔고 수상 비행기를 같이 타기도 했으며, 갑작스러운 초대를 받고 그의 해변에 간 적도 종종 있었다. 하지만 그가 이렇게 우리 집을 방문한 것은 이

번이 처음이었다.

"안녕하신가, 친구. 오늘 점심을 같이 하면 어떻겠나? 내 차를 타고 가면 좋겠는데."

그는 미국인 특유의 재치 있는 몸동작으로 자동차 흙받기 위에서 균형을 잡고 있었다. 내가 생각하기에 이런 몸짓은 어려서 힘든 일을 해보지 않았거나 한곳에 오래 앉아 본 적이 없을 때 나오는 동작이며, 더 나아가 팽팽하게 긴장하다가 이따금씩 움직이는 경기[25]를 할 때 나타나는 갖춰지지 않은 우아함에서 나오는 동작이다. 이러한 특성은 철저하게 격식을 유지하려는 그의 태도를 뚫고 나와 불안정한 행동으로 나타나곤 했다. 그는 결코 가만히 있지 않았다. 항상 어딘가를 발로 탁탁 차거나 산만하게 주먹을 쥐었다 폈다 했다.

그는 내가 그의 차를 감탄하며 쳐다보는 것을 바라보았다.

"멋지지 않소, 친구?"

그는 내가 더 잘 볼 수 있게 차에서 펄쩍 뛰어내렸다.

"전에 이런 차 본 적 있소?"

물론 본 적 있었다. 누구라도 그 차는 본 적이 있을 것이다. 짙은 크림색에 니켈 장식으로 빛났으며, 괴물처럼 긴 차체 안에는 온갖 모자 상자와 음식 상자, 도구 상자가 의기양양하게 자리를 차지하고 있었다. 미로처럼 생긴 앞 유리는 햇빛을 여러 갈래로 반사하고 있었다. 우리는 여러 겹의 유리창 너머로 마치 온실처럼 보이는 초록색 가죽 시트에 앉아 시내를 향해 출발했다.

지난달에 그와 대여섯 번 이야기해 본 후로 나는 실망스럽게도 그와는

---

25) sporadic games. 미식축구나 야구와 같은 경기를 말한다.

할 말이 별로 없다는 사실을 알게 되었다. 그래서 뭐라고 정의할 수는 없지만 중요한 인물일 것 같았던 그의 첫인상은 점차 퇴색했고, 이제 그는 나에게 그저 으리으리한 옆집 여관 주인일 뿐이었다.

그러다 보니 지금 이 길도 편치 않았다. 웨스트에그에 도착하기 전 개츠비는 고상한 말을 몇 마디 하다 말고 캐러멜색 양복 차림의 무릎을 애매하게 두드렸다.

"이보게, 친구."

그가 불쑥 침묵을 깨고 말을 꺼냈다.

"나를 어떻게 생각하나?"

나는 약간 당황하여 그런 질문에 적당히 어울릴 만한 대답을 하기 시작했다.

"흠, 내가 어떻게 살았는지 몇 가지 이야기를 해드려야겠군."

그가 내 말을 가로막았다.

"자네가 들은 이런저런 이야기로 나를 오해하지 않길 바라네."

그렇다. 그도 자기 집에서 오고 가는 이상한 소문에 대해 알고 있었던 것이다.

"하나님께 맹세컨대 진실만을 말하겠네."

만약 거짓을 말한다면 천벌이라도 받겠다는 듯 그가 갑자기 오른손을 들었다.

"지금은 부모님이 다 돌아가시고 안 계시지만 나는 중서부 어느 부유한 집 아들로 태어났네. 미국에서 자랐지만 교육은 옥스퍼드에서 받았지. 선조 대대로 그곳에서 교육을 받았어. 집안 전통인 셈이지."

그가 곁눈질로 나를 보았다. 그 순간 나는 조던 베이커가 왜 그가 거짓말을 하고 있다고 생각하는지 알게 되었다. 그는 '옥스퍼드에서 교육받았다'는 말을 급하게 했는데 마치 전에 그 말 때문에 곤욕을 치른 적이라도 있었던 것처럼, 말을 거의 삼키듯이 혹은 그 말에 목이 턱턱 막힌다는 듯이 서둘러 내뱉어 버렸다. 이런 의심이 들자 그가 했던 말들이 전부 산산조각 나기 시작했고 그에게 진짜 사악함이 깃들어 있는 것은 아닌가 하는 생각이 들었다.

"중서부 어디를 말하는 건가?"

내가 아무렇지 않게 물었다.

"샌프란시스코."

"그렇군."

"가족이 모두 죽는 바람에 거액의 유산을 상속받았지."

갑작스럽게 가족을 모두 잃어버린 과거의 기억 때문에 아직까지도 힘들다는 듯 그의 목소리가 무거웠다. 잠시 그가 나를 놀리고 있다는 생각이 들기도 했지만 그를 힐끗 본 뒤로는 오히려 그렇지 않다는 확신을 갖게 되었다.

"그 후 나는 파리, 베니스, 로마 등 유럽 도시 곳곳을 다니며 고대 인도의 젊은 왕처럼 살았네. 보석을 수집했지, 주로 루비 위주로. 거대한 동물들을 사냥했고, 그림도 좀 그렸네. 나 자신만을 위한 일을 하면서 오래전 날 힘들게 한 슬픈 일을 잊으려고 애쓴 거지."

믿기지 않는 그 말에 나는 터져 나올 것 같은 웃음을 간신히 참았다. 그의 표현이 너무 진부한 나머지 머리에 터번을 두른 '동화 속 인물'이 머리에서 발끝까지 톱밥을 질질 흘리며 불로뉴의 숲을 가로질러 호랑이를 추격하는 이미지만 떠오를 뿐이었다.

"그다음 전쟁이 일어났네, 친구. 나를 구원하는 기회였지. 나는 죽으려고 안간힘을 썼지만 어떤 마법과도 같은 힘이 나를 살리고 있더군. 전쟁이 시작되자 나는 중위로 임관했네. 아르곤 숲 전투[26] 때 기관총 부대를 이끌고 너무 깊이 들어가는 바람에 우리 양옆으로 800미터 정도로 거리가 벌어져 지원 보병이 진군할 수 없었지. 우리는 거기서 병사 130명과 루이스 총 열여섯 정으로 이틀을 버텼다네. 마침내 보병대가 도착했을 때 그들은 시체 더미 사이에서 독일 사단 휘장 세 개를 발견했네. 나는 소령으로 진급했고 모든 연합군 정부는 내게 훈장을 수여했지. 심지어 몬테네그로까지, 아드리아 해 저 끝에 있는 그 작은 나라 몬테네그로에서도 훈장을 주었단 말일세!"

작은 몬테네그로! 그는 그 단어를 크게 말한 후 미소를 지으며 고개를 끄덕였다. 그 미소는 몬테네그로가 겪은 고난의 역사를 이해하고 몬테네그로 사람들이 용감하게 치러 낸 투쟁에 공감하는 미소였다. 또한 그것은 일련의 국가 정세를 완전히 이해한 미소였기에 몬테네그로의 작지만 따뜻한 마음으로부터 이러한 찬사를 이끌어 낸 것이다. 그의 이야기에 매혹되어 나의 의심은 다시 가라앉아 버렸다. 마치 잡지 열몇 권을 급히 훑어본 것 같았다.

그는 주머니에 손을 넣더니 리본에 매달려 있는 금속 조각을 내 손바닥에 떨어뜨렸다.

"몬테네그로에서 받은 것이네."

놀랍게도 그 물건은 진짜처럼 보였다. '다닐로 훈장, 몬테네그로, 니콜라스 왕'이라는 글자가 원을 그리며 새겨져 있었다.

"뒤로 돌려 보게."

"제이 개츠비 소령, 뛰어난 용맹을 기리며."

---

26) 제1차 세계 대전 당시 실제 있었던 전쟁으로 미군이 독일군에 압승했다.

나는 소리 내어 읽었다.

"여기 늘 갖고 다니는 게 또 있네. 옥스퍼드 시절의 기념품이지. 트리니티 대학[27] 캠퍼스에서 찍은 사진인데 내 왼쪽에 있는 남자가 지금의 동커스터 백작이라네."

그것은 재킷을 입은 젊은 남자 여섯 명이 뒤쪽으로 아치가 보이는 길에서 편하게 쉬는 모습을 찍은 사진이었다. 아치 사이로 여러 개의 첨탑이 보였다. 큰 차이가 나는 것은 아니지만 지금보다는 조금 더 젊어 보이는 개츠비가 손에 크리켓 방망이를 들고 서 있었다.

그렇다면 그 모든 것은 사실이었단 말인가. 나는 그랜드 운하에 있는 그의 궁전에서 번쩍번쩍 빛나는 호랑이 가죽을 보았다. 나는 그가 루비 서랍을 열어 진홍빛 보석의 그 깊은 아름다움으로 상처 입은 채 썩어 들어가는 마음을 달래는 모습을 보았다.

"오늘 자네에게 중요한 부탁을 하려 하네."

그가 만족한 표정으로 기념품을 호주머니에 넣으며 말했다.

"그래서 나에 대해 좀 알아야 한다고 생각했지. 나는 자네가 나를 그저 그런 사람으로 여기는 걸 원치 않네. 알다시피 내가 겪은 슬픈 일을 잊기 위해 여기저기로 떠돌았던 탓에 내 주변에는 늘 낯선 이들뿐이었네."

그가 잠시 주저하며 말을 이었다.

"오후에 이야기하겠네."

"점심 먹으면서 말인가?"

"아니. 오후 말일세. 자네가 베이커 양과 차를 마시기로 했다는 걸 우연히 알게 되었네."

---

27) Trinity Quad. 옥스퍼드 대학교를 구성하는 단과 대학 중 하나이다.

"베이커 양을 사랑한다는 말을 하는 건가?"

"아니야, 친구. 그렇지 않네. 하지만 베이커 양은 친절하게도 이 문제를 당신에게 말해도 좋다고 허락했지."

'이 문제'가 뭔지 도대체 알 수 없었지만 흥미롭다기보다는 오히려 짜증이 났다. 나는 제이 개츠비 이야기를 하려고 조던에게 차를 마시자고 한 적이 없었다. 그 부탁이라는 것도 터무니없을 것이 틀림없었다. 순간 사람들로 가득한 그의 정원에 괜히 발을 들인 것 같다는 생각이 들었다.

이후 개츠비는 더 이상 말하지 않았다. 시내에 가까워지자 그는 자세를 더욱 반듯하게 했다. 우리는 루스벨트 항구를 지나갔다. 항만에는 붉은 띠를 두르고 대서양을 횡단하는 선박들이 얼핏 보였다. 빈민가를 지날 때는 속도를 높였다. 금박이 바래고 어두컴컴하지만 여전히 사람은 드나드는 1900년대 술집이 즐비했다. 잠시 후 재의 골짜기가 우리 양옆으로 쫙 펼쳐졌다. 그 옆을 지나갈 때 윌슨 부인이 숨을 헐떡거리며 주유 펌프와 씨름하는 활기찬 모습이 얼핏 보였다.

자동차 흙받기를 날개처럼 펼치고 빛을 흩뿌리며 애스토리아를 절반 정도 달렸을 때였다. 고가 철도 기둥 사이를 곡예하듯 달리고 있던 차에 철컥철컥 하는 낯익은 오토바이 소리가 들리더니 광분한 경찰관 한 명이 옆으로 따라왔다.

"알았어, 친구."

개츠비가 응수하며 속도를 줄였다. 그러고는 지갑에서 하얀 카드를 꺼내 경찰관 눈앞에 대고 흔들었다.

"알겠습니다."

경찰관이 거수경례를 하며 말했다.

"다음에는 꼭 알아 모시겠습니다, 개츠비 씨. 실례가 많았습니다!"

"그게 뭔가? 그 옥스퍼드 사진?"

내가 물었다.

"예전에 경찰청장에게 호의를 베푼 적이 있는데 그 후로 매년 크리스마스카드를 보내오고 있지."

큰 다리 위 들보 사이로 비치는 햇빛이 달리는 차들 위로 끊임없이 너울거렸고 강 건너편으로는 하얀 각설탕 더미 같은 도시가 솟아올랐는데, 모두 냄새 나지 않는 돈으로 만들어지기를 희망하는 마음으로 건설된 것이었다. 퀸즈보로 다리에서 보는 도시는 이 세계의 모든 신비로움과 아름다움에 대해 최초로 약속한, 언제나 처음 보는 도시 같았다.

우리 옆으로 꽃이 가득 담긴 영구차가 지나갔고 차양을 내린 마차 두 대와 그보다는 덜 어두워 보이는 마차들이 친구들을 싣고 그 뒤를 따랐다. 남동부 유럽인 특유의 짧은 윗입술을 한 그 친구들은 슬픔에 잠긴 눈으로 우리를 바라보았다. 그 순간 나는 우울한 휴일을 보내는 저 친구들이 개츠비의 화려한 차를 볼 수 있어서 다행이라는 생각을 했다. 우리가 블랙웰스 섬을 건널 때 백인 운전사가 운전하는 리무진 한 대가 지나갔다. 그 안에는 한껏 유행하는 옷차림을 한 흑인 세 명이 앉아 있었다. 남자 두 명과 여자 한 명이었다. 나는 그들이 달걀노른자 같은 눈을 굴리면서 우리를 마치 경쟁자 보듯 거만하게 바라보는 모습에 크게 웃음을 터뜨렸다.

'이 다리를 지났으니 이제 무슨 일이든 일어날 수 있지, 아무렴, 무슨 일이든…….'

나는 이렇게 생각했다.

심지어 개츠비 같은 존재도 특별히 놀랄 일은 아니지 않은가.

시끌벅적한 낮 12시. 환풍기가 잘 돌아가는 42번가 반지하 식당에서 나는 개츠비와 점심을 먹기로 했다. 밝은 거리에 익숙해진 눈을 깜박이다 보니 대기실에서 다른 남자와 이야기하고 있던 개츠비가 희미하게나마 눈에 들어왔다.

"캐러웨이 씨, 이쪽은 제 친구 울프심[28] 씨입니다."

코가 납작하고 키가 작은 유대인이 커다란 머리를 들고 나를 쳐다보았는데, 양쪽 콧구멍에 코털이 수북이 자라 있었다. 잠시 후 나는 희미한 어둠 속에서 그의 작은 눈을 발견했다.

"……그래서 나는 그를 한 번 봤지."

울프심이 나와 진지하게 악수를 나누며 말했다.

"……그리고 내가 무엇을 했을 것 같나?"

"무슨 말씀이시죠?"

내가 정중히 물었다.

그러나 그는 내게 말한 것이 아니었다. 그는 내 손을 놓고 표현력 풍부한 그 코를 개츠비에게 들이대고 있었다.

"난 캐츠포에게 돈을 건네면서 이렇게 말했네. '자, 캐츠포. 그가 입을 다물기 전까지 절대 한 푼도 주지 말게.' 그러자 그는 거기서 입을 다물더군."

개츠비는 우리를 양팔로 안듯이 감싸며 식당 안으로 끌고 들어갔다. 그곳에서 울프심은 무엇인가를 말하려다 말았는데 마치 몽유병에 걸린 환자처럼 정신이 혼미해 보였다.

"하이볼로 드릴까요?"

---

28) Wolfsheim, 마이어 울프심은 1920년대 미국의 도박사이자 갱단의 거물이었던 아널드 로스스타인을 모델로 한 인물이다.

수석 웨이터가 물었다.

"훌륭한 식당이군. 하지만 난 길 건너 식당이 더 좋아."

울프심이 천장에 그려진 장로교 요정을 보면서 말했다.

"네, 하이볼로 주시오."

개츠비가 웨이터에게 주문하고 나서 울프심을 보았다.

"거긴 너무 덥잖아요."

"맞아. 덥고 좁지. 하지만 추억이 많은 곳이지."

울프심이 말했다.

"거기가 어딥니까?"

내가 물었다.

"옛 메트로폴[29]을 말하는 거요."

"옛 메트로폴이라……."

울프심이 어두운 얼굴로 생각에 잠겼다.

"죽어서 이미 사라진 얼굴들로 가득하다오. 이제는 영원히 가버린 친구들로 가득한 거지. 살아 있는 동안 나는 그들이 로지 로즌솔에게 총을 쏜 그날 밤을 결코 잊지 못할 거요. 우리 여섯 명은 탁자에 모여 있었고 로지는 그날 저녁 내내 먹고 마셨지. 아침이 다 되었을 무렵 웨이터가 웃는 얼굴로 그에게 다가와 누군가 밖에서 이야기를 좀 하고 싶어 한다고 말하자 로지가 '알겠어.' 하고 일어나더군. 나는 그를 의자에 다시 끌어 앉혔지. '로지, 그 녀석들이 자네에게 볼일이 있다면 여기 들어와서 하라고 하지? 나를 도와주게. 이 방에서 절대 나가지 마.' 그때가 새벽 4시였으니 블라인드를 올렸으면 아마 여명을 볼 수 있었을 거요."

---

29) The old Metropole. 뉴욕에 위치한 호텔로. 1912년 뉴욕 갱단의 일원인 로지 로즌솔이 살해당한 장소이다.

"그가 나갔나요?"

내가 순진하게 물었다.

"물론 그는 나갔소."

울프심의 코가 나를 향하더니 화가 난 듯 잠시 번쩍였다.

"그는 문을 나서면서 몸을 돌리며 말했지. '웨이터가 내 커피 치우지 못하게 해!' 그런 다음 그는 길가로 나갔고 그 자식들은 그의 배에 총을 세 방 제대로 쏘고는 차를 타고 도망가 버렸소."

"그들 중 넷이 전기의자에 앉아 죽었죠."

내가 그 사건을 기억하며 말했다.

"베커까지 다섯 명이었지."

그의 콧구멍이 흥미롭다는 듯 내 쪽으로 향했다.

"내가 알기로 당신이 사업 연쭐[30]을 찾고 있다던데."

이 두 가지 주제를 연달아 말하다니 놀라웠다. 개츠비가 내 대신 대답했다.

"아, 아니에요. 이분은 그 사람이 아닙니다!"

"아니라고?"

울프심은 왠지 실망한 것 같았다.

"이분은 그냥 친굽니다. 지난번에 그 문제는 나중에 얘기하자고 말씀 드렸잖아요."

"실례가 많았소."

울프심이 말했다.

"사람을 잘못 봤군."

---

30) 울프심은 간혹 발음이 정확하지 않다. 여기서는 'connection(연줄)'을 'gonnegtion'으로 잘못 발음하였다.

국물이 촉촉한 다진 고기 요리가 나오자 울프심은 옛 메트로폴의 감상적인 분위기는 잊어버리고 매우 맛있게 음식을 먹기 시작했다. 먹는 와중에도 그는 식당 안을 천천히 둘러보았다. 식당 한 바퀴를 훑어본 다음 몸을 돌려 바로 뒤에 앉은 사람들까지 살폈다. 내 생각에 만약 내가 없었다면 아마 우리 탁자 밑까지 살펴봤을 것이다.

"친구."

개츠비가 내게 몸을 기울이며 불렀다.

"오늘 아침 차에서 자네를 언짢게 했을까 봐 좀 걱정했네."

그의 얼굴에 예의 그 미소가 다시 나타났지만 이번에는 그 미소에 넘어가지 않았다.

"난 비밀 같은 거 안 좋아하네."

나는 그에 대한 답을 했다.

"그리고 무얼 원하는지, 왜 솔직하게 말하지 않는지 이해가 안 되네. 왜 베이커 양을 통해야만 하나?"

"아, 숨기는 거 없네."

그가 확실히 하겠다는 듯 말했다.

"베이커 양은 훌륭한 선수고, 옳지 않은 일은 전혀 하지 않는다는 거 알잖나."

갑자기 그가 시계를 들여다보더니 펄쩍 뛰듯 일어서서 울프심과 나만 남겨 둔 채 급히 식당을 나가 버렸다.

"전화할 데가 있는 것 같소."

울프심이 그를 눈으로 좇으며 말했다.

"좋은 친구요, 그렇지 않소? 잘생겨서 보기 좋은데다 완벽한 신사이고 말이오."

"그렇습니다."

"오그스포드 출신이고 말이오."

"아! 네."

"그는 영국에 있는 오그스포드 대학에 다녔소. 당신 오그스포드 대학 알지요?"

"들어 봤습니다."

"세계에서 가장 유명한 대학이오."

"개츠비를 안 지 오래됐습니까?"

내가 물었다.

"몇 년 됐소."

그가 만족스러운 듯 대답했다.

"전쟁 후 그의 지인이 되는 즐거움을 맛보았소. 그와 한 시간 정도 이 야기해 보고 내가 혈통 좋은 남자를 찾았다는 사실을 바로 알았지. 그리 고 나 자신에게 말했소. '집에 데려가서 어머니와 누이에게 소개하고 싶 은 남자군.' 하고 말이오."

그가 잠시 말을 멈췄다.

"자네, 내 커프스단추를 보고 있구먼."

나는 사실 그렇게 하고 있지 않았지만 그가 말한 덕분에 그 단추를 보 게 되었다. 상아로 된 단추는 묘하게 익숙한 느낌이 들었다.

"사람 어금니로 만든 최상품이오."

그가 내게 알려 주었다.

"그렇군요! 정말 재밌는 발상입니다."

나는 그것들을 찬찬히 살펴보았다.

"그렇소."

그가 외투 아래 소매를 확 접어 올렸다.

"그런데 개츠비는 여자를 매우 조심한다오. 친구 부인은 쳐다보지도 않더군."

본능적인 신뢰를 받는 주인공이 탁자로 돌아와 자리에 앉자 울프심이 단번에 커피를 마시고 일어섰다.

"점심 즐거웠소. 자네들 두 젊은이가 귀찮아하기 전에 그만 빨리 사라져 드리리다."

그가 말했다.

"마이어, 급할 거 없습니다."

개츠비가 열의 없이 말하자 울프심이 축복 기도를 하듯 손을 올렸다.

"자네들은 매우 예의 바르지만 난 세대가 다르다네."

그리고 엄한 말투로 단언하듯 말했다.

"자네들은 여기 앉아서 이야기를 나누게. 운동 경기와 젊은 여자들, 그리고 자네들⋯⋯."

그는 그다음 단어는 손짓으로 대신했다.

"나로 말할 것 같으면 이제 쉰 살이니 자네들에게 더 이상 짐이 되고 싶지 않네."

악수를 하고 돌아섰을 때 그의 비극적인 코는 떨리고 있었다. 내가 그의 감정을 상하게 하는 말이라도 한 것이 아닌가 하는 생각이 들었다.

"그는 때때로 매우 감상적이 되기도 한다네."

개츠비가 설명했다.

"오늘이 그런 날이지. 뉴욕 인근에서는 꽤 독특한 인물이야. 브로드웨이에 살고 있지."

"그래서 도대체 어떤 사람인가? 배우?"

"아닐세."

"치과 의사?"

"마이어 울프심이? 아니야. 그는 도박꾼이네."

그가 주저하다가 담담하게 덧붙였다.

"그가 바로 1919년 월드 시리즈를 조작한 사람이야."

"월드 시리즈를 조작했다고?"

나는 같은 말을 반복했다.

조작이라는 말이 나를 깜짝 놀라게 했다. 물론 1919년 월드 시리즈가 조작되었다는 말을 들은 적은 있다. 하지만 난 그냥 '우연히 일어난' 일, 즉 불가피한 일 때문에 어쩔 수 없이 일어난 결과라고만 생각했다. 금고를 터뜨려 버리려는 좀도둑같이 단순한 사람이 5천만 명의 믿음을 갖고 놀 수 있다는 생각은 해본 적이 없었다.

"그가 어떻게 그런 일을 벌이게 된 건가?"

잠시 후 내가 물었다.

"그저 기회를 포착했을 뿐이네."

"어떻게 감옥에 가지 않았지?"

"그들은 그를 잡을 수 없었네, 친구. 영리한 사람이거든."

나는 점심 값을 내겠다고 우겼다. 웨이터가 잔돈을 가져왔을 때 사람들로 복작거리는 식당 안 저편에서 톰 뷰캐넌이 보였다.

"잠시 함께 이쪽으로 가지. 인사할 사람이 있어."

내가 말했다.

톰도 우리를 보고는 벌떡 일어나 우리 쪽으로 대여섯 걸음 걸어왔다.

"그동안 어디 있었나? 자네가 전화를 도통 안 하니 데이지가 뿔이 나 있더군."

그가 진지하게 말했다.

"이쪽은 개츠비 씨, 여긴 뷰캐넌 씨."

그들은 가볍게 악수했다. 개츠비의 얼굴에 긴장하고 당황한 기색이 가득했다.

"여하튼 어떻게 지냈나? 어떻게 이리 멀리까지 와서 식사를 하게 된 거야?"

톰이 나에게 물었다.

"개츠비 씨와 같이 점심을 하고 있었네."

나는 개츠비 쪽으로 고개를 돌렸지만 그는 더 이상 거기에 없었다.

1917년 10월 어느 날이었어요.

(그날 오후 조던 베이커가 플라자 호텔의 커피숍에서 직각 의자에 몸을 꼿꼿이 세우고 앉아 말했다.)

나는 보도와 잔디밭을 왔다 갔다 하면서 여기저기를 걷고 있었어요. 잔디밭을 걸을 때 더 기분이 좋더군요. 영국산 구두를 신고 있었는데 밑창에 말랑말랑한 고무가 붙어 있어서 부드러운 잔디에 잘 박히더라고요. 새로 산 체크무늬 스커트가 바람에 살짝 날렸어요. 바람이 불 때마다 집집마다 문 앞에 걸려 있는 빨간색과 하얀색, 파란색 깃발들이 활짝 펼쳐지면서 시끄럽게 '톳, 톳, 톳' 소리를 냈죠.

그중에서 가장 큰 깃발과 가장 큰 잔디밭은 데이지 페이네 것이었죠. 그녀는 겨우 나보다 두 살 더 많은 열여덟 살이었는데 루이빌의 어린 소녀들 중에서 가장 인기가 많았어요. 그녀는 흰 드레스를 입었고 하얀색 소형 로드스터 자동차를 타고 다녔지요. 그리고 그녀 집에선 전화벨이 하루 종일 울려 댔어요. 테일러 기지에서 근무하는 젊은 장교들이 "제발

한 시간만!"이라고 외치며 그날 저녁 데이지와 데이트할 수 있는 특권을 달라고 요청했거든요.

그날 아침 나는 데이지의 집 건너편에 하얀 로드스터가 길모퉁이에 서 있는 걸 보았어요. 차 안에는 한 번도 본 적이 없는 중위 한 명이 같이 앉아 있었어요. 서로에게 너무 열중해 있어서 내가 두어 걸음 가까이 다가가기 전까지도 나를 알아보지 못했어요.

"안녕, 조던. 이리 와봐."

생각지도 않았는데 그녀가 날 불렀어요.

그녀가 나랑 얘기하고 싶어 하는 것 같아 우쭐했죠. 나보다 나이 많은 언니들 중에서 데이지를 가장 좋아했거든. 데이지가 적십자사에 붕대를 만들러 갈 거냐고 물었어요. 나는 그렇다고 말했죠. 그러자 자기는 그날 못 간다고 사람들에게 전해 달라더군요. 옆에 있던 장교는 데이지가 말하는 내내 그녀만 바라보았어요. 어린 소녀라면 누구나 받고 싶어 하는 그런 시선이었지요. 그 모습이 너무 낭만적이어서 그 이후에도 그날 모습은 꼭 기억하고 있답니다. 그가 바로 제이 개츠비였고 이후 4년 동안 그를 보지 못했어요. 그 후 롱아일랜드에서 만났는데 같은 사람인 줄 전혀 몰랐답니다.

그게 1917년의 일이었지요. 그 이듬해에는 나도 좋아하는 남자 친구가 몇 명 생긴 데다 골프 경기에 참가하기 시작해서 데이지를 그리 자주 보지는 못했어요. 데이지는 주로 자기보다 나이가 많은 사람들과 어울렸어요. 그런데 그녀에 대한 안 좋은 소문이 돌기 시작했죠. 어느 겨울밤 그녀가 해외로 떠나는 군인을 배웅하러 뉴욕에 가려고 가방을 챙기다가 어머니에게 들켰다는 이야기였어요. 뉴욕에 못 가게 된 데이지는 몇 주 동안 가족과 일절 말을 하지 않았대요. 그리고 그 후부터는 군인들과 어울려 놀지 않았고, 대신 평발이거나 근시여서 군대에 안 가는 그 지역 젊은 남자들하고만 어울렸어요.

이듬해 가을이 되자 그녀는 다시 명랑해졌고 휴전 후에는 사교계에 진출했죠. 그러고 나서 2월에 뉴올리언스 출신의 남자와 약혼한 것 같더니 6월에 시카고 출신의 톰 뷰캐넌과 결혼했어요. 그동안 루이빌에서 본 적 없는 성대한 결혼식이었지요. 톰 뷰캐넌은 자기 자동차 네 대에 100명가량의 사람들을 태우고 와서는 실바크 호텔을 통째로 빌렸어요. 결혼 전날에는 데이지에게 35만 달러짜리 진주 목걸이를 선물했지요.

저는 신부 들러리였어요. 피로연이 시작되기 반 시간 전에 그녀의 방으로 갔죠. 거기서 꽃같이 예쁜 드레스를 입은 그녀가 6월의 밤만큼이나 아름다운 모습으로 침대에 누워 있는 것을 보았어요. 그런데 고주망태가 되어 있는 거예요. 한 손에는 화이트 와인 한 병이, 다른 손에는 편지가 들려 있었죠.

"축하해 줘. 지금까지 술은 마셔 본 적이 없는데 어쨌든 기분이 좋네."

그녀가 중얼거렸어요.

"무슨 일이에요, 데이지?"

난 무서웠어요. 그렇게 술 취한 여자는 한 번도 본 적이 없었거든요.

"이것 좀 봐."

그녀가 침대 위에 올려놓은 쓰레기통 안에서 진주 목걸이를 찾아 끄집어냈어요.

"이거 아래층에 갖고 가서 원래 주인에게 돌려줘, 그게 누구든. 그리고 사람들에게 데이지가 마음이 바뀌었다고 전해. '데이지가 마음이 바뀌었대요.' 하고 말해 줘."

그녀는 울기 시작했어요. 울고 또 울었죠. 난 급히 나가서 데이지 어머니의 하인을 찾아 데려왔어요. 그리고 방문을 잠그고 그녀를 차가운 욕조 안에 집어넣었죠. 그녀는 손에서 편지를 놓지 않으려고 했어요. 그런 채로 욕조에 들어갔는데 편지를 하도 쥐어짜서 젖은 공 모양이 될 정도였어요. 곧 편지가 눈송이처럼 풀어지니까 그제야 그걸 비누 접시 위에 버렸어요.

그러고 나선 한마디도 하지 않았어요. 우리는 암모니아 냄새로 정신 차리게 하고 이마에 얼음을 올려준 뒤 드레스를 다시 입혔어요. 30분 후 우리가 방을 나설 때에 진주 목걸이는 그녀의 목에 걸려 있었고 그날 밤 사건은 그것으로 끝이 났죠. 다음 날 5시, 그녀는 전혀 떨지 않은 채 톰 뷰캐넌과 결혼을 하고 남태평양으로 석 달간 신혼여행을 떠났어요.

나는 그들이 여행에서 돌아온 후 샌타바버라에서 다시 만났는데, 남편한테 그렇게 빠져 있는 여자는 처음 봤어요. 그녀는 그가 잠시라도 자리를 비우면 불안하게 주위를 둘러보며 "톰은 어디 갔지?"라고 묻고는 그가 문으로 들어오는 모습이 보일 때까지 넋 나간 표정을 지었어요. 어느 때는 모래사장 위에 앉아 남편을 무릎에 누이고는 한 시간씩이나 그의 눈을 손가락으로 매만지며 헤아릴 수 없이 기쁜 표정으로 바라보곤 했죠. 그들이 같이 있는 것을 보면 뭉클했어요. 너무나 매혹적이어서 조용히 웃게 만들었지요. 그때가 8월이었어요. 내가 샌타바버라를 떠난 지 일주일쯤 되던 어느 날 밤 톰이 몰던 차가 벤투라 고속도로에서 왜건과 부딪쳐 자동차 앞바퀴가 떨어져 나가는 사고가 났어요. 그와 같이 있던 여자가 팔이 부러지는 바람에 신문에 났죠. 그녀는 샌타바버라 호텔에서 일하는 객실 청소부였어요.

다음 해 4월 데이지는 딸을 낳았고 그들은 1년간 프랑스에 가 있었어요. 난 그들을 어느 봄날에는 칸에서, 그다음에는 도빌에서 만났지요. 그리고 그들은 시카고에 정착하려고 돌아왔어요. 알다시피 데이지는 시카고에서 인기가 많았어요. 그들은 방탕한 무리를 데리고 다녔는데, 대부분 젊고 부유하고 거칠었지요. 하지만 데이지는 평판이 좋았어요. 아마도 술을 마시지 않기 때문일 거예요. 술꾼들 사이에서 술을 안 마신다는 건 큰 장점이죠. 말을 조심할 수 있고, 무엇보다 때를 봐가면서 사소한 일탈을 할 수도 있죠. 사람들은 술에 취했으니 보지 못하거나 봐도 별 상관 하지 않을 테니까요. 여하튼 데이지가 누군가와 밀애에 빠진 적은 없을 거예요. 그래도 그녀의 목소리에는 그 무언가가 있긴 했어요.

　그런데 아마 6주 전쯤일 거예요. 그녀가 몇 년 만에 개츠비란 이름을 들은 거예요. 내가 당신에게 물었는데, 기억나세요? 웨스트에그에 사는 개츠비를 아냐고 물었던 거? 당신이 집으로 돌아간 후 그녀가 내 방에 와서 나를 깨우더니 "어떤 개츠비를 말하는 거야?" 하고 물었어요. 나는 비몽사몽간에 그에 대해 설명해 주었죠. 그러자 그녀가 매우 이상한 목소리로 자신이 알고 있는 남자 같다고 말했어요. 그제야 나는 내가 알고 있는 이 개츠비와 옛날 데이지의 하얀 차에 타고 있던 그 장교를 연결 지을 수 있었죠.

　조던 베이커가 이야기를 모두 마친 것은 플라자 호텔을 떠난 지 30분쯤 지난 뒤였다. 그때 우리는 빅토리아[31]를 타고 센트럴 파크를 달리고 있었다. 영화배우들이 사는 웨스트 50번가의 높은 아파트 뒤로 태양이 지기 시작했고 풀밭 위의 귀뚜라미들처럼 모여 앉은 소녀들의 청아한 목소리가 뜨거운 노을빛 사이로 울려 퍼졌다.

---

31) victoria. 말 한 필 또는 두 필이 끄는 2인승 마차로, 플라자 호텔 앞에서 관광객을 태우고 다닌다.

나는 아라비아의 족장,

그대의 사랑은 나의 것.

그대가 밤에 잠들면,

그대의 텐트 안으로 기어 들어가리.[32]

"기이한 우연이네요."

내가 말했다.

"아뇨, 그것은 전혀 우연이 아니었어요."

"무슨 말이죠?"

"개츠비는 만 건너편에 데이지가 살기 때문에 이 집을 산 거였어요."

그렇다면 지난 6월 밤 그가 갈망하듯 바라본 것은 별만이 아니었던 모양이다. 그는 목적 없이 화려하기만 하던 자궁 속에서 갑자기 나와 나에게 살아 있는 존재로 다가왔다.

"그는 알고 싶어 해요……."

조던이 이어 말했다.

"당신이 어느 오후든 간에 데이지를 집으로 초대하고 자기도 불러 줄 수 있는지를요."

나는 이 소소한 부탁에 흔들렸다. 그는 어느 오후 낯선 이의 정원으로 겨우 '건너오기' 위해, 대저택을 사서 아무 의미도 없는 불나방 같은 존재들에게 별빛을 나눠 주며 5년을 기다린 것이다.

"그렇게 소소한 부탁을 하기 위해 이 모든 이야기를 한 거요?"

---

32) 무성 영화 〈족장 The Sheik〉을 보고 가사를 붙인 재즈곡 〈아라비아의 족장 The Sheik of Araby〉의 한 부분이다.

"그는 두려워해요. 너무 오래 기다렸거든요. 당신이 기분 나빠 할지도 모른다고 생각해요. 내면은 보통 사내일 뿐이에요."

무엇인가 탐탁지 않은 부분이 있었다.

"그런데 왜 당신에게 부탁하지 않은 거요?"

"그는 데이지에게 자기 집을 보여 주고 싶어 해요."

그녀가 설명했다.

"그런데 당신 집이 바로 옆이잖아요."

"아하!"

"내 생각에 그는 자신이 파티를 열다 보면 데이지가 언젠가 한 번은 들를 거라고 반쯤 기대했던 것 같아요."

조던은 계속 말을 이었다.

"그러나 그녀는 한 번도 오지 않았죠. 그러자 그는 사람들에게 아무렇지 않게 그녀를 아는지 묻기 시작했고, 내가 바로 그가 찾던 첫 번째 사람이었죠. 파티에서 나에게 사람을 보냈던 바로 그날 밤이었어요. 그가 얼마나 공들여 그 말을 하던지 당신도 들었어야 해요. 물론, 나는 바로 뉴욕에서 점심을 같이 먹자고 제안했어요. 그리고 그가 좋아할 줄 알았어요. '난 도리에 어긋나는 일은 그 어떤 것도 하고 싶지 않소!' 그는 계속 말했어요. '나는 그녀를 옆집에서 보고 싶소.' 하고요. 당신이 톰의 특별한 친구라고 말해 주니 그는 모든 계획을 포기하려고 했어요. 그는 톰에 대해 잘 모르더라고요. 데이지 이름을 볼 수 있을까 싶어 몇 년간 시카고 신문을 읽었다면서요."

어느새 깜깜한 밤이 되었다. 작은 다리 아랫길로 내려갈 때 나는 조던의 황금빛 어깨에 팔을 둘러 내 쪽으로 끌어당기며 저녁을 같이 하자고 청했다. 나는 어느 순간부터 데이지와 개츠비를 더 이상 생각하지 않았다. 대신 말끔하고 강인하면서도 약간은 편협한 사람, 세상을 회의적으로 보는 사람, 그리고 의심하지 않고 내 팔에 즐겁게 몸을 기대는 이 사람만 생각하고 있었다. 어느 문구 하나가 극도로 흥분한 내 귓가에 맴돌기 시작했다.

'세상에는 쫓기는 자와 쫓는 자, 바쁜 자와 지친 자가 존재할 뿐이다.'

"데이지의 인생에도 무언가가 필요해요."

조던이 내게 중얼거렸다.

"데이지도 개츠비를 보고 싶어 합니까?"

"그녀는 아직 몰라요. 개츠비도 그녀가 이 사실을 아는 걸 원치 않아요. 당신은 그냥 차 마시러 오라고 초대만 하면 돼요."

어둠 속에 장벽처럼 서 있는 나무들을 지나 59번가 앞에 이르자 부드럽고 희미한 불빛이 공원을 비추고 있었다. 개츠비나 톰 뷰캐넌과 달리 나에겐 어두운 처마 밑이나 휘황찬란한 간판을 따라 얼굴이 떠오르는 여자가 없었다. 나는 가만히 내 옆에 있는 여자를 끌어당겨 팔로 꽉 끌어안았다. 그녀가 창백하고 냉소적인 미소를 지었고, 이번에는 내 얼굴 쪽으로 그녀를 가까이 끌어당겼다.

5

It had gone beyond her, beyond everything.
He had thrown himself into it
with a creative passion, adding to it all the time,
decking it out with every bright feather
that drifted his way.

그날 밤 웨스트에그로 돌아왔을 때 나는 집에 불이 난 줄 알고 순간 겁을 먹었다. 새벽 2시에 그 지역 일대가 온통 빛으로 타오르고 있었던 것이다. 관목 위에서 환상적으로 타오르던 빛은 길가 전선 위에도 가늘고 긴 섬광을 만들어 냈다. 나는 모퉁이를 돌고 나서야 그것이 집 꼭대기에서부터 지하까지 온통 불을 밝힌 개츠비의 집이라는 것을 알았다.

처음에는 또 파티가 열린 것으로 생각했다. 정신없이 무질서한 파티가 이제 숨바꼭질이나 술래잡기로 바뀌어 집 안 전체를 활짝 열어 놓은 것이리라 여겼다. 그러나 아무 소리도 들리지 않았다. 오직 나무 사이로 부는 바람에 전선이 흔들리면서 빛이 깜박일 뿐이었고 그 모습이 마치 집이 어둠을 향해 윙크하는 듯했다. 타고 왔던 택시가 덜덜거리며 사라질 때쯤 개츠비가 정원을 가로질러 내게로 걸어왔다.

"집이 마치 세계 박람회장 같군."

내가 말했다.

"그런가?"

그가 무심하게 시선을 자기 집으로 돌렸다.

"방 몇 개를 둘러보고 있었네. 코니아일랜드에 가겠나, 친구? 내 차로 말일세."

"너무 늦었네."

"흠, 그럼 수영장에 뛰어드는 건 어떤가? 여름 내내 한 번도 사용하질 않았는데."

"난 좀 자야 할 것 같아."

"알겠네만……."

그는 무언가 묻고 싶은 마음을 참으며 나를 바라보았다.

"베이커 양과 이야기를 나눴네. 내일 데이지에게 전화해서 이곳에서 차나 같이 마시자고 초대할 생각이야."

내가 잠시 후 말했다.

"아, 좋은 생각이군."

그가 아무렇지도 않은 듯 말했다.

"하지만 그 때문에 당신이 곤란해지는 건 원치 않네."

"언제가 좋겠나?"

"아니, 자네는 언제가 좋겠나?"

그가 재빨리 내 말을 되받았다.

"당신을 곤란하게 하고 싶지 않네."

"모레는 어때?"

그가 잠시 생각에 잠기더니 마지못해 말했다.

"잔디를 깎아야겠군."

우리는 동시에 잔디밭을 보았다. 손질 안 한 내 집 잔디가 끝나는 곳과 좀 더 무성하고 잘 정리된 그의 잔디밭이 시작되는 곳의 경계가 뚜렷했다. 그가 말한 잔디는 아마도 내 집 잔디라는 생각이 들었다.

"사소한 일이 하나 더 있네."

그가 자신 없이 머뭇거렸다.

"그럼 차라리 며칠 더 연기할까?"

내가 물었다.

"아, 그 문제가 아닐세. 적어도……."

그는 말머리만 꺼내 놓고 계속 더듬거렸다.

"친구, 자네가 돈을 많이 버는 편은 아니지?"

"그렇네만."

내 대답에 확신이 생겼는지 그가 좀 더 자신 있게 말을 이어 갔다.

"그럴 거라고 생각했네. 실례가 안 된다면, 내 말은, 내가 부업 삼아 조그만 사업을 하고 있는데. 그래서 생각한 건데 자네가 큰돈을 벌지 못한다면……. 참, 증권 판매 일을 한다고 했지?"

"그러려고 하고 있네."

"그렇다면 이 제안에 흥미를 느낄 수도 있겠군. 이 일은 시간도 많이 잡아먹지 않으면서도 제법 큰돈을 만질 수 있지. 약간 비밀을 지켜야 하는 일이지만."

이제야 깨달았지만, 만약 다른 상황이었다면 이 대화는 내 인생에서 하나의 위기가 되었을지도 모른다. 그러나 그 제안은 내 수고에 대한 명백하고도 서투른 보답이었기 때문에 거절할 수밖에 없었다.

"난 지금 하는 일로도 정신이 없다네. 제안은 고맙지만 난 더 이상은 일을 할 수가 없군."

내가 말했다.

"울프심과 같이 하라는 말이 아닐세."

그는 내가 점심 식사 자리에서 언급되었던 '연줄'과 거리를 두려는 거라 생각한 모양이었다. 그러나 나는 그런 게 아니라고 확실하게 말해 두었다. 그는 좀 더 대화하기를 원했지만 나는 딴생각에 빠져 있느라 그에 응하지 못했다. 그는 하는 수 없이 집으로 돌아갔다.

나는 그날 저녁의 일로 약간 아찔하면서도 행복했다. 그리고 현관에 들어서자마자 깊은 잠에 빠졌던 것 같다. 그래서 개츠비가 코니아일랜드에 갔는지 혹은 화려하게 불을 밝힌 채 얼마나 오랜 시간 '방들을 둘러보고' 있었는지 알지 못했다. 다음 날 아침, 나는 사무실에서 데이지에게 전화를 걸어 차 한잔 마시러 오라고 초대했다.

"톰은 데려오지 마."

내가 그녀에게 주의를 주었다.

"뭐라고요?"

"톰은 데려오지 말라고."

"톰이 누구죠?"

그녀가 천연덕스럽게 물었다.

약속한 날에 비가 쏟아졌다. 11시에 비옷을 입은 한 남자가 잔디 깎는 기계를 끌고 현관문을 두드렸다. 개츠비가 보낸 사람이었다. 나는 그제서야 핀란드인 가정부에게 오늘 오라고 말하는 것을 깜빡한 사실이 떠올라 부라부랴 차를 몰고 웨스트에그 마을로 향했다. 그리고 하얗게 회반죽을 바른 습한 골목에서 그녀를 찾아낸 후 컵 몇 개와 레몬, 꽃을 조금 샀다.

하지만 꽃은 살 필요가 없었다. 2시에 개츠비 집에서 온실 하나를 통째로 옮겨 놓은 것처럼 꽃과 꽃병을 잔뜩 보내 왔기 때문이다. 한 시간 후 현관문이 급하게 열리고 하얀 플란넬 양복에 은빛 셔츠를 입고 금색 타이를 맨 개츠비가 서둘러 들어왔다. 얼굴은 창백했고 밤새 잠을 못 잤는지 눈 밑이 푹 들어가 거무스레했다.

"준비는 잘되고 있나?"

그가 즉시 물었다.

"잔디는 아주 보기 좋네, 만약 그것을 묻는 거라면 말일세."

"무슨 잔디 말인가?"

그가 멍하게 물었다.

"아, 마당의 잔디!"

그는 창문 너머로 잔디밭을 내다보고 있었지만, 표정을 보면 아무것도 보고 있지 않은 것 같았다.

"아주 보기 좋군."

그가 애매하게 말했다.

"신문에서 4시쯤이면 비가 그칠 거라고 하더군. 아마 《저널》이었던 것 같네. 차 마시는 데 필요한 건 다 준비되었나?"

나는 그를 식품 보관실로 데리고 갔다. 거기서 그는 핀란드인 가정부를 마뜩지 않게 쳐다보았다. 우리는 식품점에서 배달된 레몬 케이크 열두 개를 꼼꼼히 살폈다.

"이 정도면 괜찮을 것 같은가?"

내가 물었다.

"물론이지, 물론! 아주 좋군!"

그리고 그는 공허하게 "……친구." 하고 덧붙였다.

비는 3시 반쯤 잦아들더니 축축한 안개로 변했고 가끔 가느다란 빗방울이 이슬처럼 내렸다. 개츠비는 멍한 눈으로 클레이의 《경제학》을 훑어보다가 부엌 바닥을 흔드는 핀란드인 가정부의 발소리에 움찔했고, 보이지는 않지만 밖에서 놀라운 일이 벌어지고 있는 것처럼 종종 뿌연 창을 바라보았다. 결국 그는 일어나서 내게 불분명한 어조로 집에 가봐야겠다고 말했다.

"왜 그러는가?"

"아무도 차를 마시러 오지 않잖은가. 시간이 너무 늦었네!"

그는 마치 다른 약속이라도 있는 것처럼 시계를 들여다보았다.

"하루 종일 기다릴 순 없어."

"바보처럼 굴지 말게, 아직 4시 2분 전이야."

그는 마치 내가 강요라도 한 듯 불쌍하게 자리에 앉았다. 그때 우리 집 차도로 들어오는 자동차 소리가 들렸다. 우리는 둘 다 벌떡 일어났고, 나는 약간은 불안한 마음을 품고 마당으로 나갔다.

물방울이 뚝뚝 떨어지는 앙상한 라일락 나무 아래로 커다란 오픈카가 진입로를 따라 들어왔다. 차가 멈췄다. 연보라색 삼각 모자를 비스듬히 쓴 데이지가 환한 얼굴로 미소 지으며 나를 보았다.

"오빠, 여기가 정말 오빠가 사는 곳이에요?"

빗속에서 잔물결처럼 퍼지는 그녀의 기분 좋은 목소리는 상쾌한 청량제 같았다. 나는 잠시 동안 오르락내리락하는 그 목소리를 오직 귀로 따라가며 들었다. 그러고 나니 목소리가 전하는 단어들이 들어왔다. 촉촉하게 젖은 머리카락 한 올은 마치 푸른 물감이 획을 그은 듯 뺨에 달라붙어 있었다. 그녀의 손은 반짝이는 물방울에 젖어 있었다. 나는 그 손을 잡고 그녀가 차에서 내리는 것을 도왔다.

"오빠 혹시 나한테 반한 거예요? 아니면 왜 나보고 혼자 오라고 한 거예요?"

그녀가 내 귀에 대고 낮게 말했다.

"그건《래크렌트 성》33)의 비밀이야. 운전기사에게 어디 가서 한 시간쯤 있다가 오라고 해."

"퍼디, 한 시간 뒤에 오세요."

그리고 나서 진지하게 중얼거렸다.

"저 사람 이름은 퍼디예요."

"휘발유 때문에 운전기사 코가 어떻게 된 건가?"

"그런 거 같지는 않아요. 왜요?"

그녀가 천진난만하게 물었다.

우리는 안으로 들어갔다. 그런데 너무나 황당하게도 거실에는 아무도 없었다.

"허, 이것 참!"

내가 당황해서 소리를 높였다.

"왜 그래요?"

현관문에서 가볍고 품위 있는 노크 소리가 들리자 그녀는 그쪽으로 고개를 돌렸고, 나는 나가서 문을 열었다. 시체처럼 창백한 개츠비가 외투

---

33) Castle Rackrent. 마리아 에지워스의 단편 소설. 이 소설도《위대한 개츠비》처럼 관찰자 시점의 작품이다.

주머니에 마치 묵직한 아령이라도 들어 있는 듯 손을 깊숙이 찔러 넣고는 빗물 웅덩이에 서서 나를 비참하게 쳐다보았다.

여전히 손을 외투 주머니에 넣은 채 그는 내 옆을 지나 홀 안으로 들어섰다. 그러고는 줄에 매달린 인형처럼 몸을 돌려 거실로 사라졌다. 그 모습은 조금도 재미있지 않았다. 나는 심장이 크게 고동치는 것을 느끼며 점점 거세지는 비를 뒤로하고 현관문을 닫았다.

30초 정도 아무런 소리도 들리지 않았다. 곧 거실에서 목이 멘 듯 중얼거리는 소리와 웃음소리가 짧게 들렸다. 그리고 데이지의 청아하지만 어색한 목소리가 들렸다.

"당신을 다시 만나다니 너무나도 반갑군요."

또다시 정적이 흘렀다. 이 시간은 끔찍하게 오래갔다. 복도에서 딱히 할 일이 없던 나는 거실로 들어갔다.

개츠비는 아직도 주머니에 손을 넣은 채 이보다 더 편할 수 없고 심지어는 지루하기까지 하다는 듯한 가식적인 표정으로 벽난로 책장에 기대서 있었다. 뒤로 너무 젖힌 머리가 고장 난 벽난로 시계 글자판에 닿았다. 그리고 그 상태로 겁에 질려 있으면서도 우아하게 딱딱한 의자 끄트머리에 앉아 있는 데이지를 걱정스럽게 내려다보았다.

"우리는 전에 만난 적이 있소."

개츠비가 중얼거렸다. 그가 나를 잠시 힐끗 보더니 웃으려는 듯 입술을 벌렸지만 그러지 못했다. 그 순간 정말 다행히도 그의 머리에 눌린 시계가 기울어 떨어질 뻔했다. 그러자 그는 몸을 돌려 떨리는 손가락으로 시계를 붙잡아 원래 자리로 두었다. 그런 다음 소파에 앉아 팔걸이에 팔꿈치를 대고 손으로 턱을 괸 채 움직이지 않았다.

"시계를 건드려 미안하네."

그가 말했다.

내 얼굴은 열대에 있는 것처럼 벌겋게 달아올랐다. 머릿속에 수천 개의 평범한 말이 떠올랐지만 그중에 정작 적당한 말은 한 마디도 꺼내어 놓지 못했다.

"그저 낡은 시계일 뿐인걸."

나는 그들에게 바보처럼 말했다.

한순간 우리 모두 시계가 바닥에 떨어져 박살이라도 난 것으로 여겼던 모양이다.

"우리는 몇 년 동안 만난 적이 없어요."

데이지가 최대한 감정을 드러내지 않고 말했다.

"오는 11월이면 딱 5년이 되지."

자동적으로 튀어나온 개츠비의 답에 우리는 다시 몇 분 전의 침묵 상태로 돌아갔다. 나는 차 준비를 도와 달라고 부탁하며 가까스로 두 사람을 일으켜 세웠다. 부엌으로 가려는데 마녀 같은 핀란드인 가정부가 차를 담은 쟁반을 들고 나타났다.

차와 케이크를 반갑게 받아 드는 어수선한 분위기 덕분에 자연스레 적절한 예절이 어느 정도 갖추어졌다. 개츠비는 데이지와 내가 이야기하는 동안 그늘진 곳에 가서 긴장되고 슬픈 눈빛으로 진지하게 우리를 번갈아 보았다. 그러나 고요한 분위기를 즐기려는 목적이 아니었으므로 나는 기회를 엿보다 잠시 실례하겠다고 말하며 일어섰다.

"어디 가려고 그러나?"

개츠비가 놀라며 물었다.

"곧 돌아오겠네."

"그 전에 자네에게 할 이야기가 있네."

그가 나를 따라 부엌까지 와서는 문을 닫고 절망적인 목소리로 "오, 맙소사!" 하고 속삭였다.

"왜 그러나?"

"이건 끔찍한 실수야."

그가 고개를 좌우로 흔들며 말했다.

"끔찍한, 아주 끔찍한 실수라고."

"그저 당황해서 그런 것뿐일세."

다행스럽게도 나는 말을 덧붙일 수 있었다.

"데이지도 당황하고 있어."

"그녀가 당황하고 있다고?"

그가 믿을 수 없다는 듯이 말을 반복했다.

"그렇네, 자네처럼."

"목소리 낮추게."

"자네 마치 소년처럼 행동하고 있군."

내가 참지 못하고 말을 꺼냈다.

"그뿐 아니라 무례하기까지 하지. 데이지는 지금 저곳에 혼자 앉아 있지 않나."

그가 손을 들어 내 말을 막고 잊을 수 없는 책망의 눈빛으로 나를 보더니 조심스럽게 문을 열고 거실로 돌아갔다.

개츠비가 30분 전에 초조하게 집주변을 한 바퀴 돌았던 것처럼 나도 뒷문으로 나가 옹이가 박힌 커다랗고 검은 나무 쪽으로 뛰어갔다. 나무의 울창한 잎이 비를 막아 주는 장막 역할을 했다. 비가 다시 한 번 세차게 쏟아졌다. 개츠비의 정원사가 멋지게 깎아 놓았지만 여전히 울퉁불퉁한 나의 잔디밭에 조그만 진흙탕과 선사 시대의 습지 같은 것이 여기저기 생겨났다. 나무 아래에서 볼 수 있는 것이라곤 개츠비의 웅대한 저택밖에 없었다. 나는 칸트가 교회 첨탑을 바라보듯 그 집을 30분 동안 바라보았다. 그 집은 10년 전 어느 양조업자가 '빅토리아 시대' 유행에 맞추어 지었다고 한다. 주인은 주변 오두막집 주인들에게 지붕을 볏짚으로 덮는다면 5년 동안 세금을 대신 내주겠다고 제안했다. 어쩌면 오두막집 주인들이 전부 거절하는 바람에 '한 가문을 세우겠다'는 그의 계획이 수포로 돌아갔는지도 모른다. 그 후 양조업자는 급격히 쇠락했다. 자식들은 문에 걸린 조의 화환을 채 떼어 내기도 전에 집을 팔아 버렸다. 미국인들은 때로는 기꺼이 농노가 되려 하면서도, 언제나 자유로운 소작농의 삶을 완고하게 고집해 왔던 것이다.

30분쯤 지나자 다시 햇살이 비쳤다. 식품점 주인의 자동차가 개츠비네 하인의 저녁거리를 싣고 개츠비의 차도를 돌아 들어섰다. 개츠비는 입도 대지 않을 것이 분명했다. 여자 하인 하나가 위층 창문을 하나하나 열면서 그때마다 창밖으로 잠깐씩 모습을 보였다. 잠시 후 중앙에 툭 튀어나온 큰 창에 나타나 몸을 앞으로 내밀고 깊은 생각에 잠긴 듯 있더니 정원에 침을 뱉었다. 이제 돌아갈 시간이었다. 비는 계속 내리고 있었는데 마치 이따금씩 감정의 돌풍에 휩쓸려 커졌다 작아졌다 하며 속삭이는 그들의 목소리 같았다. 그러나 다시 새로운 정적이 이어지면서 집 전체에 침묵이 내려앉았다.

나는 난로만 넘어뜨리지 않았다 뿐이지 부엌에서 낼 수 있는 소리란 소리는 다 낸 후 안으로 들어갔다. 하지만 그들이 이 소리를 들었을 것 같지는 않았다. 그들은 소파 양 끝에 앉아 서로를 바라보고 있었다. 마치 어느 한쪽이 질문했거나 그 질문이 아직 허공에 떠 있는 듯했다. 이제 그들에게서 조금 전에 당황했던 흔적은 찾아볼 수 없었다. 데이지의 얼굴은 눈물로 얼룩덜룩했는데, 내가 들어가자 그녀는 벌떡 일어나 거울 앞으로 가서 손수건으로 눈물을 훔쳤다. 그러나 개츠비에게 일어난 변화는 놀라움 그 자체였다. 글자 그대로 개츠비에겐 환한 빛이 났다. 어떤 말이나 몸짓으로 한껏 기쁜 감정을 표출한 것은 아니었지만 새로운 행복감이 그에게서 풍겨 나와 작은 방을 가득 채웠다.

"아, 어서 오게, 친구."

그가 마치 나를 몇 년 만에 본 것처럼 말했다. 아주 잠시 동안 나는 그가 악수를 청할지도 모른다는 생각을 했다.

"비가 그쳤네."

"그런가?"

그가 내 말의 의미를 깨달을 즈음 방 안으로 반짝이는 햇살이 비쳐 들었다. 그는 마치 돌아온 햇볕을 환호하는 기상 예보관처럼 그 소식을 데이지에게 전했다.

"어떻소? 비가 그쳤다는데."

"좋아요, 제이."

데이지는 아름답지만 애달픈 목소리로 그저 예상하지 못한 기쁨만을 전했다.

"데이지와 같이 내 집으로 가지 않겠나? 그녀에게 이곳저곳 보여 주고 싶은데."

개츠비가 말했다.

"나도 같이 가면 좋겠다는 말인가?"

"물론이네, 친구."

데이지가 세수하기 위해 위층으로 올라갔다. 뒤늦게 내 수건이 떠올라 좀 창피했지만 이미 소용없었다. 개츠비와 나는 밖으로 나와 잔디밭에서 기다렸다.

"정말 근사한 집이지 않은가?"

개츠비가 물었다.

"집 정면에 햇볕이 얼마나 잘 드는지 좀 보게."

나는 그의 집이 멋지다는 말에 동의했다.

"정말 그렇군."

개츠비는 아치형 문과 네모난 탑을 하나하나 훑어 나갔다.

"저 집 살 돈을 버는 데 3년 걸렸다네."

"유산을 상속받았다고 생각했는데."

"그건 사실이야, 친구."

그가 반사적으로 말했다.

"하지만 대부분 극한 공황 때 다 잃었지. 전쟁의 공황 말일세."

그는 지금 자신이 무슨 말을 하고 있는지 전혀 모르는 것 같았다. 왜냐하면 내가 어떤 사업을 하냐고 물었을 때 그는 "그것은 내 일이야." 하고 대답했기 때문이다. 그러고 나서 잠시 후 자신이 엉뚱한 대답을 한 걸 깨닫고 고쳐 말했다.

"아, 나는 여러 가지 사업을 했네. 한때는 약국 사업[34]을 하다가 그다음에는 석유 사업을 했지. 그러나 지금은 둘 다 그만두었네."

그가 좀 더 주의 깊게 나를 쳐다보았다.

"혹시 지난밤 제안을 깊이 생각해 봤는가?"

내가 뭐라고 대답하기 전에 데이지가 집에서 나왔다. 드레스에 세로로

---

34) the drug business. 미국에서는 1919년부터 1933년 사이에 금주법을 시행하여 술 판매를 금지했지만 약국에서는 처방전만 있으면 위스키를 살 수 있었다. 이를 악용한 사람들이 약국을 본거지로 삼고 밀주를 만들어 팔았다.

나란히 달린 금빛 단추가 햇빛에 반짝거렸다.

"저기에 있는 저 저택인가요?"

그녀가 손가락으로 가리키며 외쳤다.

"마음에 드오?"

"들고말고요. 그런데 어떻게 저런 곳에 혼자 살 수 있죠?"

"밤낮으로 재미있는 사람들이 와서 저 집을 채워 준다오. 흥미로운 일을 하는 사람들이지. 유명 인사들 말이오."

우리는 해변을 따라 난 지름길로 가는 대신 차도로 내려가 큰 뒷문으로 들어갔다. 데이지는 하늘을 등지고 서 있는 봉건 시대풍 저택의 실루엣을 보고 매혹적인 목소리로 속삭이며 찬사를 보냈다. 정원, 노란 수선화의 톡 쏘는 향, 산사나무와 매화꽃의 은은한 향, 야생 제비꽃의 옅은 금빛 향에 감탄하기도 했다. 그런데 좀 이상했다. 대리석 계단에 도착했는데도 문 안팎을 휘젓고 다니던 화려한 드레스들도 보이지 않고 나무 위의 새소리 이외에 그 어떤 소리도 들리지 않았다.

안으로 들어가서 우리는 마리 앙투아네트 음악실과 왕정복고 시대의 살롱을 둘러보았는데, 다른 손님들이 우리가 지나가는 동안 소파와 테이블 뒤에 숨어서 숨도 쉬지 말고 조용히 있으라는 명령을 받은 게 틀림없는 것 같았다. 맹세컨대 개츠비가 '머튼 대학 도서관[35]' 문을 닫자 올빼미 눈의 남자가 유령 같은 웃음을 터뜨리는 소리를 들었기 때문이다.

우리는 위층으로 올라가 장미와 연보라색 비단, 그리고 싱싱한 꽃들로 둘러싸여 생기 넘치는 복고풍의 침실, 옷방과 오락실, 욕조가 딸린 욕실들을 지나서 어느 방으로 들어갔다. 그곳에는 후줄근한 잠옷 차림을 한

---

35) the Merton College Library. 옥스퍼드 대학교의 단과 대학의 도서관 이름을 그대로 본뜬 것이다.

남자가 바닥에서 운동을 하고 있었다. '하숙생'이라 불리는 클립스프링어 씨였다. 나는 그날 아침 해변에서 뭔가를 찾는 듯 정신없이 돌아다니는 그를 보았다. 우리는 마침내 개츠비만의 공간에 도착했다. 그곳은 침실과 욕실, 그리고 애덤식 서재[36]로 이루어져 있었는데, 우리는 서재에 자리를 잡고 앉아 그가 장식장에서 꺼내 온 샤르트뢰즈 한 잔씩을 마셨다.

개츠비는 한순간도 데이지에게서 눈을 떼지 않았다. 그는 그녀의 사랑스러운 눈에 드러나는 반응을 보고 이 집의 가치를 재평가하고 있는 듯했다. 때때로 그는 그녀가 실제로 눈앞에 나타난 이상 자신이 소유한 그 어떤 것도 더 이상 의미가 없다는 듯 멍한 눈으로 주변을 돌아보았다. 그러다가 한번은 계단에서 넘어질 뻔하기도 했다.

그가 쓰는 침실은 순금 화장 도구가 놓인 화장대만 제외하면 지금까지 본 것 중 가장 소박했다. 데이지가 기뻐하며 빗을 집어 들고 머리를 단정히 넘기자 개츠비가 자리에 앉아 눈을 가리며 웃기 시작했다.

"정말 재미있군, 친구. 나는 할 수 없어. 해보려고 해도……."

그가 유쾌하게 말했다.

그는 확실히 두 단계를 지나 세 번째 단계에 접어들고 있었다. 처음 당황하던 단계를 넘어서 이유를 알 수 없는 기쁨을 느끼다가 이제 그는 그녀가 눈앞에 있다는 사실에 감탄하는 최고 단계에 이르렀다. 그는 아주 오랜 시간 이 생각만으로 가득 차 있었고, 그것을 이루기 위해 계속 꿈을 꾸었으며, 말하자면 감히 상상도 할 수 없을 정도로 이를 악물고 기다렸던 것이다. 이제 그 반작용으로, 그는 태엽을 너무 과하게 돌린 시계처럼 풀리고 있었다.

---

36) Adam study. 18세기 영국 건축가 애덤 형제의 신고전주의 스타일이다.

잠시 후 정신을 차린 그는 제법 큰 옷장 두 개를 열었다. 그 안에는 양복, 실내복, 타이, 셔츠가 벽돌 열두 장 높이로 쌓여 있었다.

"내게 옷을 사서 보내 주는 사람이 영국에 있소. 봄가을이 시작될 때마다 제품을 엄선해서 보내 주지요."

그는 쌓여 있는 셔츠 한 무더기를 꺼내 우리 앞으로 하나씩 던지기 시작했다. 속이 훤히 비치는 린넨 셔츠, 도톰한 실크 셔츠, 고운 플란넬 셔츠는 잘 접혀 있던 형태가 흐트러지면서 탁자 위를 여러 색으로 어지러이 덮었다. 그 모습에 우리가 감탄하자 그는 더 많은 셔츠를 가져왔고 부드럽고 값비싼 셔츠 더미는 더욱 높이 쌓였다. 산호색, 연녹색, 연보라색, 옅은 주황색의 줄무늬, 소용돌이무늬, 격자무늬 셔츠에는 남색으로 이니셜이 새겨져 있었다. 그런데 갑자기 데이지가 셔츠 더미에 얼굴을 파묻으며 격하게 울기 시작했다.

"정말 아름다운 셔츠네요."

그녀가 흐느꼈지만 그 말은 여러 겹의 셔츠에 파묻혀 들리지 않았다.

"지금까지 이렇게, 이렇게 아름다운 셔츠들을 본 적이 없어서 무척 슬프네요."

집을 다 둘러본 후 우리는 마당과 수영장, 수상 비행기, 여름 꽃들을 보기로 했다. 하지만 창밖으로 다시 비가 내렸기 때문에 우리는 나란히 서서 파도치는 해협을 보기로 했다.

"안개가 없었다면 만 너머에 있는 당신 집을 볼 수 있었을 것이오. 당신은 밤새 선창 끝에 초록색 불빛을 켜놓더군."

개츠비가 말했다.

데이지가 불쑥 그에게 팔짱을 꼈지만 그는 자신이 방금 한 말에 빠져 있는 것 같았다. 어쩌면 그 불빛의 중대한 의미가 이제 영원히 사라졌다는 생각을 했을지도 모른다. 그동안 그와 데이지를 갈라놓았던 저 먼 거리에 비하면 그 불빛은 거의 만질 수 있을 정도로 그녀와 매우 가까이 있었다. 그것은 달 옆에 떠 있는 별처럼 가까워 보였다. 하지만 이제 저 불빛은 선창에 켜진 한낱 초록색 불빛에 불과할 뿐이었다. 마법에 걸려 있던 대상 하나가 줄어들었다.

나는 어스름한 어둠 속에서 희미하게 보이는 물건들을 살펴보며 방 안을 한 바퀴 돌아보았다. 책상 위에 걸려 있는 요트복 차림의 노인을 찍은 거대한 사진이 내 눈을 사로잡았다.

"이분은 누구인가?"

"아, 저 사람 말인가? 댄 코디 씨라고 하네, 친구."

그 이름이 왠지 귀에 익었다.

"지금은 돌아가셨네. 오랫동안 나의 가장 친한 친구였지."

똑같이 요트복을 입고 찍은 개츠비의 사진도 서랍장 위에 있었다. 반항적으로 머리를 뒤로 젖히고 있는 모습이었는데, 열여덟 살쯤에 찍은 사진인 듯 보였다.

"멋져요! 퐁파두르[37]! 퐁파두르 스타일을 한 적이 있다고 왜 말 안 했죠……. 요트에 대한 것도?"

데이지가 탄성을 지르듯 말했다.

"여기를 보시오. 당신이 나온 기사를 스크랩한 거요."

개츠비가 재빨리 말했다.

---

37) pompadour. 프랑스 국왕 루이 15세의 정부. 예술의 후원자이자 상당한 정치적 영향력을 행사한 인물이다. '퐁파두르 스타일'이란 그녀의 스타일을 따라 앞머리를 이마 위쪽으로 높게 세우고 뒤로 넘긴 머리를 말한다.

그들은 나란히 서서 그것을 살펴보았다. 잠시 후 내가 루비를 구경할 수 있는지 물어보려는 순간 전화벨이 울렸고, 개츠비가 수화기를 들었다.

"그래요⋯⋯. 흠, 지금은 얘기할 수가 없소⋯⋯. 지금 말할 수 없다니 까, 친구⋯⋯. 작은 동네라고 말했잖소. 작은 동네가 무슨 의미인지 그는 알아들을 거요⋯⋯. 글쎄, 디트로이트를 작은 동네라고 생각하는 사람이 라면 그는 우리에게 쓸모없는 사람이오."

그가 전화를 끊었다.

"빨리 이쪽으로 와보세요!"

데이지가 창문 쪽에서 소리쳤다.

비는 여전히 내리고 있었지만 어둠이 서쪽으로 흩어졌다. 바다 위로는 분홍색과 금빛으로 어우러진 안개구름이 물결 모양으로 피어올랐다.

"저기를 보세요. 저 분홍색 구름 하나를 가져와서 당신을 태우고 이리 저리 밀고 다니고 싶어요."

잠시 후 그녀가 속삭이듯 말했다.

나는 자리를 뜨려고 했지만 그들은 들으려 하지도 않았다. 아마도 내 가 옆에 있어야 단둘만 있다는 느낌이 더 많이 드는 모양이었다.

"이제 우리는 클립스프링어의 피아노 연주를 들을 것이오."

개츠비가 "유잉!" 하고 부르며 방을 나갔고, 몇 분 후 그는 당황한 듯한 젊은 남자와 같이 들어왔다. 그 남자는 머리숱이 적은 금발에 뿔테 안경 을 쓰고 목 부분이 트인 운동 셔츠와 운동화, 흐린 색 면바지를 갖춰 입 고 있었는데 다소 야위어 보였다.

"우리가 운동을 방해했나요?"

데이지가 정중하게 물었다.

"전 자고 있었습니다."

클립스프링어 씨가 당황해 어쩔 줄 몰라 하며 소리를 높였다.

"제 말은, 잠들었었다는 말입니다. 그러다가 깨어나서……."

"클립스프링어는 피아노를 친다네."

개츠비가 그의 말을 끊으며 말했다.

"그렇지 않은가, 유잉?"

"잘 치지는 못해요. 아니, 못 칩니다. 연주를 거의 하지 않아서요. 전혀 연습을 안……."

"아래층으로 내려갑시다."

개츠비가 말 중간에 끼어들었다. 그가 스위치를 켜자 집 안이 불빛으로 환해져 회색빛 창들이 사라졌다.

음악실에 들어가자 개츠비는 피아노 옆에 덩그러니 서 있는 램프를 켰다. 그리고 너울거리는 성냥불로 데이지의 담배에 불을 붙인 후 방 저편에 있는 소파에 같이 앉았다. 그곳에는 홀에서 들어온 빛이 바닥에 반사된 것 외에는 불빛이 전혀 없었다.

클립스프링어가 피아노 의자에 앉아 〈사랑의 보금자리〉를 연주한 다음 난처한 듯 주위를 둘러보며 어둠 속에 있는 개츠비를 찾았다.

"거봐요, 연습을 전혀 안 해서 말이에요. 잘 연주할 수 없을 거라고 말씀드렸잖아요. 저는 전혀 연습을……."

"친구, 너무 말이 많군. 괜찮으니 연주나 계속해!"

개츠비가 명령하듯 말했다.

아침에도,

저녁에도,

우리는 즐겁지 않은가……

밖에서 거센 바람 소리와 해협을 따라 울리는 천둥소리가 희미하게 들려왔다. 웨스트에그에는 이제 모든 불이 켜져 있었다. 사람들을 싣고 뉴욕에서 출발한 전차는 빗속을 뚫고 집으로 달려가고 있었다. 인간의 마음에 의미심장한 변화가 일어나고, 대기에 흥분감이 번져 나가는 그런 시간이었다.

한 가지는 분명하지, 이보다 더 대단한 진리는 없지
부자는 더 많은 걸 갖고 가난한 자는 아이들만 갖지
그러는 동안
그러는 사이에……

작별 인사를 하러 갔을 때 나는 개츠비의 얼굴에 다시 당혹감이 서려 있는 것을 볼 수 있었다. 현재 그가 느끼는 행복이 질적으로 얼마나 가치 있는지에 대해 희미하게 의구심이 생긴 것 같았다. 거의 5년이라는 세월이 흘렀다. 그날 오후만 해도 데이지가 그의 꿈에 미치지 못했던 순간이 분명히 있었을 것이다. 그러나 그것은 데이지 때문이 아니라 그가 만든 어마어마한 환상 때문이었다. 그 환상은 그녀를, 그리고 모든 것을 초월했다. 그는 창조적 열정으로 그 환상에 스스로 뛰어들어 항상 그것을 키워 나갔고, 가는 길마다 반짝이며 떠다니는 깃털로 그것을 장식해 왔던 것이다. 어떤 뜨거운 불도, 어떤 생생함도 한 남자가 유령 같은 심장에 차곡차곡 쌓아 온 것과 대적할 수 없었다.

그를 지켜보고 있노라니 이제 어느 정도 적응해 가고 있는 것이 확연히 보였다. 그는 데이지의 손을 쥐고 있었고 그녀가 귀에 대고 무엇인가를 낮게 말할 때면 감정이 격해져 그녀 쪽으로 몸을 돌렸다. 그를 가장 사로잡은 것은 바로 그 목소리, 오르락내리락하며 열에 들뜬 듯한 따스함이 깃든 그녀의 목소리였던 것 같다. 그 목소리는 결코 환상으로 꿈꿀 수 없는 불멸의 노래였기 때문이다.

그들은 내 존재를 완전히 잊고 있었지만 데이지가 나를 올려다보고 손을 내밀었다. 개츠비는 지금 나의 존재를 전혀 깨닫지 못했다. 나는 그들을 다시 쳐다보았고 그들은 멀리서나마 강렬한 생기에 사로잡힌 채 뒤돌아 나를 보았다. 나는 그곳에 그들만 남겨 둔 채, 방을 나와 대리석 계단을 내려가 빗속으로 걸어갔다.

6

His life had been confused and disordered
since then, but if he could once return to
a certain starting place and go over it all slowly,
he could find out what that thing was……

그맘때쯤이었다. 어느 날 아침에 야망에 찬 뉴욕의 젊은 기자 하나가 개츠비의 집 앞으로 찾아와 그에게 할 말이 없느냐고 물었다.

"할 말이라니, 무얼 말이오?"

개츠비가 정중하게 물었다.

"음…… 사람들에게 전하고 싶은 입장 같은 거 말입니다."

개츠비는 5분 동안 혼란스러운 대화를 나눈 다음에야 그 기자가 찾아온 이유를 알았다. 그 기자는 사무실 근처에서 어떤 사건에 대한 대화를 나누다가 개츠비의 이름을 듣게 되었다. 그 사건에 대해서는 밝히고 싶어 하지 않았는데, 어쩌면 본인도 잘 모르고 있는 듯했다. 이날은 그가 쉬는 날이었는데, 기특하게도 자진해서 '알아보기 위해' 서둘러 왔다는 것이다.

한번 찔러나 보자는 생각으로 온 것이었지만 그 기자의 본능은 적중했다. 개츠비에 대한 안 좋은 소문은 그가 환대해 주었던 수백 명의 사람들이 그의 과거에 대한 전문가라도 되는 듯 퍼뜨린 것으로, 여름 내내 심하게 부풀려져 이제는 뉴스거리가 되기 직전이었다. '캐나다로 이어지는 지하 파이프라인'[38] 같은 당대의 전설 같은 소문들이 개츠비에게 따라붙었다. 또한 개츠비가 집이 아닌 집처럼 생긴 배에 살면서 롱아일랜드 해협을 비밀스럽게 오간다는 소문도 계속 들려왔다. 이러한 소문들이 어떤 의미에서 노스다코타 주의 제임스 개츠에게 만족감을 주었는지 설명하기란 쉽지 않다.

제임스 개츠, 이것이 바로 그의 실제 이름, 적어도 법적인 이름이었다. 그는 그 이름을 열일곱 살 때 바꿨다. 그의 성공을 향한 첫걸음을 알리는 그 특별한 순간, 즉 댄 코디의 요트가 슈피리어 호수에서 가장 위험한 여울에 닻을 내린 것을 보았을 때였다. 그날 오후 찢어진 초록색 셔츠에 무명 바지를 입고 호숫가를 배회하던 사람은 제임스 개츠였지만, 나룻배를 빌려 투올로미 호(號)까지 노를 저어 가서 코디에게 30분 안으로 거센 바람이 배를 뒤집어엎을 거라고 알려 준 사람은 제이 개츠비였다.

그는 이미 오래전부터 그 이름을 준비해 둔 것 같았다. 그의 부모는 야망이라곤 찾아볼 수 없는, 성공과 거리가 먼 농사꾼이었다. 그가 상상한 세계에서는 그들을 결코 부모로 인정할 수 없었다. 확실한 사실은 롱

---

38) 금주령 때 술이 어떻게 유통되는지에 대해 수많은 이야기가 돌았는데, 그중 하나가 캐나다까지 이어진 지하도가 있어서 그 길을 따라 술이 미국까지 들어올 수 있다는 주장이었다.

아일랜드 웨스트에그의 제이 개츠비는 그가 이상적으로 꿈꾸어 온 자신의 모습에서 창조한 결과물이었다는 점이다. 그는 하나님의 아들이었다. 이 말 속에서 어떤 의미를 찾고자 한다면 말 그대로 그는 '자기 아버지의 일'[39], 즉 거대하고 속되며 겉보기에만 아름다운 일을 행해야 했다. 그래서 그는 열일곱 살 소년이 만들어 낼 법한 제이 개츠비라는 인물을 창조해 냈고, 자신이 만든 이상에 도달하는 데에 충실했던 것이다.

1년 남짓 그는 슈피리어 호수의 남쪽 기슭을 따라 조개를 캐고 연어 낚시를 하는 등 식사와 잠자리를 제공하는 일이라면 무슨 일이든 했다. 그는 구릿빛 단단한 몸으로 때로는 격하게, 때로는 여유롭게 일을 하는 날들을 자연스럽게 견디어 냈다. 여자를 일찍이 알았지만 자신의 성격을 망가뜨린 존재로 여겨 이들을 경멸했다. 젊은 처녀들은 무지하다는 이유로, 다른 여자들은 자기 세계에 몰입해 있는 그가 지극히 당연하게 여기는 것들에 대해 히스테리를 부린다는 이유로 경멸했다.

그러나 그의 마음은 항상 풍랑이 이는 듯한 격동을 겪었다. 밤마다 엄청나게 괴상하고 환상적인 망상이 그를 찾아왔다. 말로 표현할 수 없는 휘황찬란한 세계가 그의 머릿속에서 아주 길게 이야기를 엮어 나가는 동안 세면대 위 시계는 재깍재깍 돌아갔고 달빛은 바닥에 어지러이 흩어진 옷을 축축하게 적셨다. 매일 밤 그는 어떤 생생한 장면이 무의식 중에 졸음과 포옹하며 막을 내릴 때까지 환상 속 이야기에 살을 붙여 나갔다. 한동안 이러한 환영은 그가 상상력을 펼치는 출구가 되었다. 그것은 현실이야말로 비현실적이라는 충분한 암시였고, 이 세계가 요정의 날개 위에

---

39) His Father's business. 《신약성서》 누가복음 2장 49절의 문장(And he said unto them, How is it that ye sought me? wist ye not that zmust be about my Father's business?)을 인용한 표현이다.

굳건하게 자리 잡을 수 있음을 보여 주는 약속이었다.

댄 코디를 만나기 몇 달 전, 반짝이는 미래를 향한 어떤 본능이 남부 미네소타 주에 자리한 루터교 재단의 작은 세인트올라프 대학으로 그를 이끌었다. 그러나 그는 그곳을 2주 정도 다니다가 그만두었다. 그의 운명의 북소리, 아니 운명 자체에 아무도 관심을 갖지 않는다는 사실에 실망을 금치 못했고 학비를 내기 위해 했던 잡역부 일마저 경멸했기 때문이다. 그렇게 되어 그는 다시 슈피리어 호수로 돌아갔고, 댄 코디의 요트가 호숫가에 닻을 내리던 그날도 할 일을 찾고 있던 중이었다.

코디는 당시 쉰 살로, 네바다 주의 은광과 유콘 강, 더 나아가 1875년 이후 이어진 광산 열풍이 낳은 인물이었다. 그는 몬태나 주의 구리 광산에서 백만장자보다 더한 부를 얻었다. 이 과정에서 육체는 더욱 강해졌지만 정신은 점점 미약해지고 있었다. 이를 눈치챈 수많은 여자들이 그에게서 돈을 뜯어내려고 혈안이 되었다. 특히 신문 기자 엘라 케이는 맹트농 부인[40] 흉내를 내며 그의 약점을 이용했고, 결국 그를 요트에 태워 바다로 보내 버렸다. 그다지 유쾌하지 않은 이 이야기는 1902년에 과장해서 보도하기를 좋아하는 언론들 덕분에 널리 알려졌다. 그러고 나서 그는 5년 동안 날씨가 좋은 해변을 떠돌다가 제임스 개츠의 운명을 바꿀 리틀걸 만에 우뚝 나타났던 것이다.

나룻배 노에 기대어 난간으로 둘러싸인 갑판을 올려다보던 젊은 개츠의 눈에 그 요트는 이 세계의 모든 아름다움과 화려함을 보여 주는 것이었다. 그는 분명히 코디에게 미소를 보냈을 테고 아마도 자신이 웃을 때 사람들이 자신에게 호감을 느낀다는 사실을 알고 있었을 것이다. 어쨌든

---

40) Madame de Maintenon. 프랑스 루이 14세의 총애를 받아 그의 정부가 되어 프랑스 궁정에 막대한 영향력을 행사한 인물이다.

코디는 그에게 몇 가지 질문을 했고 (그중 하나가 그의 새로운 이름을 끄집어낸 셈이었다.) 개츠가 영리하고 엄청난 야망을 품은 젊은이라는 것을 알게 되었다. 며칠 후 그는 개츠를 덜루스[41]로 데려가 푸른 외투 한 벌과 흰 면바지 여섯 벌, 요트 모자를 사주었다. 그리고 투올로미 호가 서인도 제도와 바버리 해안[42]으로 떠날 때 그 배에 개츠비도 함께 있었다.

그는 코디의 잡다하고 개인적인 용무를 처리하는 일을 맡았다. 코디와 같이 있는 동안 개츠비는 집사, 친구, 선장, 비서, 심지어는 간수 역할까지 했다. 코디는 술에 취하면 자신이 얼마나 흥청망청하는지 잘 알고 있었기 때문에 개츠비를 더욱 신임하고 그에게 더욱 의지하면서 예기치 못한 사고에 대비했다. 이러한 관계는 5년 동안 지속되었고, 그동안 요트는 대륙을 세 번이나 돌았다. 엘라 케이가 보스턴에서 승선한 지 일주일쯤이 지난 어느 날 밤에 댄 코디가 잔혹하게 죽지 않았다면 이 관계는 어쩌면 무한정 지속되었을지도 모른다.

나는 개츠비의 침실에 걸려 있던 댄 코디의 초상화를 기억한다. 표정이 없는 굳은 얼굴에 낯빛이 불그스름한 반백(半白)의 남자였다. 그는 미국 역사의 한 시기에 무자비한 폭력으로 가득한 서부 개척지의 매음굴과 술집을 동부 해안으로 다시 들여온 선도적 난봉꾼이었다. 개츠비가 술을 거의 마시지 않는 것도 코디의 영향이 컸다. 때때로 파티가 즐겁게 무르익으면 여자들이 그의 머리에 샴페인을 들이붓곤 했지만 그는 자신을 위하여 술을 가까이 두지 않는 습관을 들였다.

---

41) Duluth. 미네소타 주의 도시. 당시 덜루스는 부자들과 돈이 가득한 곳이었고 슈피리어 호 서쪽 지역의 철도 및 무역 중심지로서 철광과 목재가 이곳을 통해 이동했다.
42) The Barbary Coast. 이집트와 대서양 사이의 지중해 해안이며, 16세기부터 19세기까지 주로 지중해를 다니는 선박을 공격하여 물건을 빼앗는 해적들의 전진 기지로 사용되었다.

코디는 개츠비에게 2만 5천 달러의 유산을 남겼다. 그러나 개츠비는 그 돈을 받지 못했다. 그는 자신에게 불리하게 작용한 법률적 장치를 절대 받아들일 수 없었지만 결국 남은 수백만 달러는 고스란히 엘라 케이에게 넘어가고 말았다. 개츠비가 받은 유일한 유산은 그에게 딱 들어맞는 특별한 교육이었다. 어렴풋한 윤곽만을 갖고 있던 제이 개츠비는 이제 실체를 가진 한 인간으로 꽉 채워졌다.

그가 내게 이 모든 이야기를 들려준 것은 한참 후의 일이다. 하지만 지금 내가 이것을 언급하는 이유는 그의 과거 행적에 대한 터무니없는 소문이 조금도 사실이 아니라는 것을 밝히기 위해서이다. 더욱이 그가 이 이야기를 해준 시기는 그에 관한 모든 것을 믿으면서 동시에 믿지 않기로 했던 혼란의 때였다. 그래서 나는 이 짧은 휴식기, 말하자면 개츠비가 한숨 돌리고 있는 이 시기를 이용하여 소문을 해명하려는 것이다.

때마침 이 시기에 나는 개츠비의 연애사에 전혀 관여하고 있지 않았다. 몇 주 동안 나는 그를 보지도 못했고 전화로 목소리를 듣지도 못했다. 나는 주로 뉴욕에서 조던과 쏘다니거나 노쇠하여 깜박깜박하는 그녀의 숙모에게 환심을 사려고 애썼다. 그러던 어느 일요일 오후 드디어 개츠비의 집에 가게 되었다. 그런데 그 집에 발을 들여놓은 지 채 2분도 되지 않아 누군가가 술을 한잔하자며 톰 뷰캐넌을 데리고 그의 집으로 왔다. 당연히 깜짝 놀랄 수 밖에 없었고, 이보다 더 놀라운 것은 이러한 일이 전에는 한 번도 없었다는 사실이다.

톰은 말을 타고 왔다. 슬론이라는 남자, 그리고 전에 이곳에 온 적이 있는 갈색 승마 드레스 차림의 예쁜 여자와 함께였다.

"만나서 반갑소. 들러 줘서 기쁩니다."

개츠비가 포치에 서서 말했다. 마치 그들이 자신의 말에 신경이라도 쓴다는 듯한 말투였다.

"다들 앉으십시오. 담배나 시가를 좀 가져다 드리지요."

그가 재빨리 방을 빙 둘러 가서 벨을 울렸다.

"잠시만 계시면 마실 거리를 가져올 겁니다."

그는 톰이 있다는 사실에 크게 신경 쓰는 눈치였다. 그러나 그들이 그 저 마실 거리를 원할 뿐이라는 사실을 어렴풋이 깨달았고, 어쨌든 그들에게 무언가 내놓기 전까지는 불편해할 터였다. 슬론은 아무 것도 마시지 않았다. 레모네이드 드릴까요? 괜찮습니다. 샴페인 조금이라도? 괜찮습니다. 감사하지만……. 죄송합니다…….

"말 타고 오기에 길은 편안하셨습니까?"

"이 근처 길은 매우 좋더군요."

"제 생각에는 자동차들이……."

"그렇지요."

개츠비는 충동을 이겨 내지 못하고 자신을 처음 보는 것처럼 대하는 톰에게 몸을 돌렸다.

"우리 전에 한 번 만난 적이 있는 것 같군요, 뷰캐넌 씨."

"아, 맞소."

톰이 무뚝뚝하면서도 정중하게 대답했지만 틀림없이 기억하지 못하고 있었다.

"그랬죠, 기억이 납니다."

"두 주 전쯤이었습니다."

"맞소. 당신은 여기 닉이랑 같이 있었지요."

"당신 부인을 알고 있습니다."

개츠비가 꽤나 공격적으로 계속 말을 이어 갔다.

"그렇습니까?"

톰이 내게로 얼굴을 돌렸다.

"닉, 자네 이 근처에 사나?"

"옆집에 산다네."

"그런가?"

슬론은 대화에 끼지 않고 의자에 등을 거만하게 대고 앉아 시간을 보내고 있었다. 같이 온 여자도 말이 없었는데 하이볼 두 잔을 마신 후부터는 갑자기 다정해졌다.

"개츠비 씨, 다음 파티에 우리도 올게요. 어떻게 생각하세요?"

그녀가 제안했다.

"파티에 오신다면 저에게는 더없이 기쁜 일이죠."

"기대되는군요."

슬론이 고마워하는 기색도 없이 말했다.

"자, 우리는 이제 집으로 가야 할 것 같소만."

"서두르지 마십시오."

개츠비가 간곡히 말했다. 그는 이제 다시 자제력을 찾았고, 톰을 좀 더 알아보고 싶어 했다.

"여러분, 저녁을 드시고 가시면 어떻겠습니까? 뉴욕에서 다른 사람들이 더 와도 상관없습니다."

"그럼 저희 집에 가서 식사하시죠. 두 분 다요."

그녀가 나까지 포함시키며 신나게 말했다. 슬론은 자리에서 일어섰다.

"갑시다."

그가 말했다. 하지만 그녀에게만 한 말이었다.

"진심이에요. 두 분을 초대하고 싶어요. 자리가 많거든요."

그녀가 계속 고집했다.

개츠비가 내 답이 궁금하다는 듯 나를 보았다. 그는 가고 싶어 하는 것 같았지만 슬론이 반기지 않는다는 것은 눈치채지 못하고 있었다.

"유감이지만 저는 같이 갈 수 없을 것 같습니다."

내가 말했다.

"흠, 그럼 당신만이라도 오세요."

그녀가 이제 개츠비에게만 집중하며 재촉했다.

슬론이 그녀의 귀에 가까이 대고 무엇인가를 소곤거렸다.

"지금 출발하면 안 늦을 거예요."

그녀가 큰 소리로 고집을 부렸다.

"저는 말이 없습니다."

개츠비가 말했다.

"군대에 있을 때 타긴 했지만 말을 산 적은 없거든요. 제 차로 뒤따라 가겠습니다. 잠시 기다려 주십시오."

우리는 포치로 나왔고, 슬론과 여자는 조금 떨어져서 격렬한 대화를 벌였다.

"맙소사. 저 남자 정말 따라나설 것 같아. 그녀가 사실은 원치 않는다는 걸 저 사람은 모르나?"

"그녀가 계속 왔으면 좋겠다고 말했잖나."

"파티를 크게 열긴 할 거야. 하지만 거기에 그가 아는 얼굴은 하나도 없을 걸세."

그가 눈살을 찌푸렸다.

"도대체 저 남자가 어디서 데이지를 만났다는 건지 모르겠군. 제길, 내가 고루하다고 할지 모르지만, 요즘 여자들은 너무 여기저기 쏘다녀서 나랑은 안 맞아. 온갖 미친 녀석들을 다 만나고 다닌다니까."

갑자기 슬론과 그 여자가 계단을 걸어 내려가더니 말 위에 올라탔다.

"이제 가지. 늦었어. 빨리 가야 한다고."

슬론이 톰에게 말한 다음 내게 말했다.

"기다릴 수 없어서 먼저 갔다고 좀 전해 주십시오."

나는 톰과 악수한 뒤 나머지 사람들과 가벼운 목례를 나누었다. 그리고 그들이 탄 말이 금세 차도로 걸음을 옮겨 8월의 우거진 녹음 아래로 사라져 갈 즈음 모자와 가벼운 외투를 손에 든 개츠비가 현관문으로 나왔다.

데이지가 혼자 여기저기 다니는 것이 못내 불안했는지 톰은 그다음 토요일 밤에 열린 개츠비의 파티에 데이지와 함께 나타났다. 어쨌든 톰의 존재는 그날 밤 파티에서 특유의 억압적인 분위기를 만들어 냈다. 내 기억에 그날 밤 파티는 분명 그해 여름에 열렸던 다른 파티와는 크게 달랐다. 분명히 같은 사람들, 적어도 같은 부류의 사람들이 참석했고, 샴페인이 넘쳐난 것과 다양한 소동이 벌어진 것도 똑같았다. 하지만 나는 공기 중에 떠도는 어떤 불편함을 느꼈다. 이전에는 없었지만 파티 내내 만연해 있던 불쾌감이었다. 아마 나는 웨스트에그에 너무 익숙해진 나머지 이곳을 완벽한 세계로 받아들였는지 모른다. 이 세계는 나름의 기준과 훌륭한 인물을 갖추었고, 스스로의 모습을 의식하지 않고 있지 않기 때문에 그 자체로 최고였다. 그런데 이제 나는 웨스트에그를 데이지의 눈으로 다시 보고 있었다. 능력을 최대한으로 발휘하여 익숙해진 것들을 다시 새로운 시선으로 들여다보는 일은 언제나 서글프기 마련이다.

톰과 데이지는 황혼이 질 때쯤 도착했다. 반짝이는 수많은 사람들 사이를 유유히 걷는 동안 데이지가 기교를 부리듯 목구멍 안에서 중얼거리며 말했다.

"이런 모습들이 너무 재밌어요."

그녀가 속삭였다.

"닉, 오늘 밤 언제든 저에게 키스하고 싶다면 말해요. 기꺼이 해드릴게요. 그냥 내 이름만 말하면 돼요. 아니면 초록색 카드를 보여 줘요. 제가 초록색 카드를 나눠 드릴……."

"좀 둘러보시지요."

개츠비가 제안했다.

"둘러보고 있는 중이에요. 정말 굉장하네요……."

"말로만 듣던 유명 인사들을 보시게 될 겁니다."

톰이 거만한 눈으로 무리를 무심히 훑었다.

"우리는 여기저기 많이 다니는 편이 아니오. 사실 난 아는 얼굴이 하나도 없다는 생각을 하고 있던 참이었소."

그가 말했다.

"그래도 저 여자분은 아실 겁니다."

개츠비가 하얀 자두나무 아래 아무런 미동도 없이 앉아 있는 여자를 가리켰다. 사람이라고 할 수 없을 정도로 아름답고 난초 같은 여자였다. 톰과 데이지는 그녀를 바라보았다. 이전까지 유령 같은 존재라고 생각했던 영화배우를 실제로 보게 되었을 때 흔히 뒤따르게 되는, 믿기지 않는다는 특유의 표정이었다.

"사랑스럽군요."

데이지가 말했다.

"여자 쪽으로 몸을 기울이고 있는 남자가 감독입니다."

개츠비는 격식을 차리며 사람들이 모인 이곳저곳으로 두 사람을 데리고 다녔다.

"이쪽은 뷰캐넌 부인이시고…… 그리고 이쪽은 뷰캐넌 씨……."

그러고는 잠시 머뭇거리다가 곧 말을 이었다.

"폴로 선수시죠."

"아, 아니오. 아닙니다."

톰이 재빨리 부정했다.

그러나 톰이 그날 저녁 동안 계속 '폴로 선수'라고 불린 것을 보면 톰의 그 반응이 개츠비 마음에 들었던 것이 분명하다.

"이렇게 많은 유명 인사는 만난 적이 없어요!"

데이지가 흥분하여 소리를 높였다.

"저 남자도 멋지네요. 저 사람 이름이 뭐라고 했죠? 왜 있잖아요, 코가 푸른빛인 남자 말예요."

개츠비가 그의 이름을 알려 주며, 작은 회사를 운영하는 제작자라고 덧붙였다.

"어쨌든, 난 저 사람도 맘에 들어요."

"난 차라리 폴로 선수가 아니었으면 좋겠소."

톰이 즐겁게 말했다.

"그냥 아무도 모르게 저 유명 인사들을 볼 수 있다면 좋겠소만."

데이지와 개츠비는 춤을 추었다. 개츠비가 우아하면서도 보수적인 폭스트롯[43]을 추는 모습을 보고 놀랐던 기억이 난다. 그가 춤추는 모습을 본 것은 그때가 처음이었다. 이어서 그들은 내 집을 향해 한가로이 걷다

---

43) Fox-trot. 1910년대 미국에서 시작된 사교 춤곡 혹은 그 춤. 4분의 4박자로 느리고 빠른 스텝이 절묘하게 어우러지는 춤이다.

가 30분 정도 계단에 앉아 있었다. 그동안 나는 그녀의 부탁대로 정원에서 망을 보았다. 그녀는 이렇게 설명했었다.

"불이나 홍수가 날 수도 있지요. 아니면 신이 내린 어떠한 징벌에도 대비해야죠."

우리가 함께 저녁 식사를 하려고 자리를 잡고 앉아 있는데 까맣게 잊고 있었던 톰이 나타났다.

"여기에 몇 사람 더 앉아도 되겠소? 친구 하나가 재미있는 이야기를 시작해서 말이오."

그가 말했다.

"물론이에요."

데이지가 상냥하게 대답했다.

"혹시 메모하고 싶은 게 있다면 여기 내 금색 연필을 쓰세요."

잠시 후 그녀는 주위를 둘러보다가 "저 여자는 평범하지만 예쁘네요." 하고 말했다. 그 말을 들으니 그녀가 개츠비와 단둘이 있었던 30분을 제외하고는 파티를 즐기지 않고 있다는 사실을 알게 되었다.

우리가 앉은 자리에는 유난히 술에 취해 흐트러진 사람이 많았다. 그것은 나의 잘못이었다. 개츠비는 전화가 와 불려 나갔고, 나는 2주 전만 해도 이와 똑같은 사람들과 즐거운 시간을 보냈다. 그러나 그때 나를 즐겁게 해주었던 일들이 지금은 썩은 내를 풍기고 있었다.

"베데커 양, 괜찮으십니까?"

베데커라고 불리는 그 여자는 내 어깨에 몸을 기대려고 애썼지만 마음대로 되지 않는 듯했다. 내 질문을 들은 그녀가 몸을 꼿꼿이 세우고 앉아 눈을 떴다.

"뭐…… 뭐라고요?"

덩치가 크고 둔해 보이는 여자가 데이지에게 내일 지역 클럽에서 골프를 같이 치자고 청하다가 베데커 양을 대신해 말해 주었다.

"그녀는 이제 괜찮아요. 칵테일을 대여섯 잔 마시면 늘 저런 식으로 소리를 지른답니다. 그만 마시라고 말하는데도요."

"술은 손도 안 대고 있다고요."

문제의 여자가 공허하게 소리쳤다.

"우리는 네가 소리 지르는 걸 듣고 여기 계신 시벳 박사님께 '선생님, 저쪽에 도움이 필요한 사람이 있어요.' 하고 말한 거야."

"저 애가 아주 고마워하겠네. 하지만 당신이 저 애를 수영장에 밀어 넣는 바람에 옷이 다 젖어 버렸잖아요."

또 다른 친구가 고마워하는 기색 없이 말했다.

"제일 싫은 게 수영장에 머리를 박고 있는 거야. 뉴저지에서는 거의 물에 빠져 죽을 뻔했다고요."

베데커 양이 중얼거렸다.

"그러니까 술 좀 그만 마셔요."

닥터 시벳이 반박했다.

"당신이나 잘해요! 지금 손을 떨고 있잖아요. 난 절대로 당신에게 내 수술을 맡기지 않을 거야!"

베데커 양이 격렬하게 소리를 질렀다.

이런 식이었다. 마지막으로 기억나는 일은 데이지와 같이 서서 영화감독과 그의 스타를 지켜본 것이다. 그들은 여전히 하얀 자두나무 아래에 있었는데 둘의 얼굴은 가느다랗고 창백한 달빛 한 줄기를 사이에 두고 거의 밀착해 있었다. 그녀와 이렇게 가까운 거리에 있기 위해 그는 어쩌면 저녁 내내 조금씩 그녀에게 몸을 기울이고 있었던 것은 아닐까 하는 생각이 들었다. 내가 지켜보고 있을 때도 그는 마지막 1도를 굽혀 그녀의 볼에 입을 맞추고 있었다.

"그녀가 맘에 들어요. 사랑스럽잖아요."

데이지가 말했다.

그러나 그녀를 뺀 파티의 나머지 사람들은 그녀의 심기를 불편하게 했다. 확실히 그것은 어떤 행동 때문이 아니라 감정 때문이었다. 그녀는 브로드웨이가 롱아일랜드 어촌 마을에 만들어 놓은 전례 없는 이 '지역', 웨스트에그를 끔찍해하고 있었다. 진부한 완곡어법을 못 견뎌 하는 원초적 활력과, 무(無)에서 무로 가는 지름길을 따라 사람들을 이리저리로 몰아붙이는 운명에 질려 있었다. 그녀는 도저히 이해할 수 없었던 그 단순함 속에서 끔찍한 무언가를 보았던 것이다.

나는 차가 오기를 기다리는 사람들과 함께 현관 계단에 앉아 있었다. 앞은 깜깜했다. 환한 문만이 거무스름한 아침을 향해 손수건만 한 빛을 던질 뿐이었다. 때때로 화장실 블라인드 뒤로 그림자가 움직이는 모습이 보였고 또 다른 그림자가 그 뒤를 이었다. 보이지 않는 유리창 너머에서 립스틱을 바르고 파우더를 덧칠하는 그림자들의 행렬이 계속해서 이어졌다.

"그런데 개츠비 이 사람은 도대체 뭐 하는 사람인가? 거대 밀주업자라도 되나?"

톰이 갑자기 물었다.

"어디서 그런 말을 들었나?"

내가 되물었다.

"어디서 들은 이야기는 아니고 그냥 짐작한 거야. 자네도 알다시피 요즘 벼락부자들 중에는 밀주업계의 거물들이 많지 않은가."

"개츠비는 아니야."

내가 딱 잘라 말했다.

그는 잠시 말이 없었다. 차도에 깔린 자갈이 그의 발밑에서 부스럭거렸다.

"아무튼, 이 특이한 사람들을 한데 모아 놓느라 힘깨나 들었겠어."

데이지가 입은 짙은 잿빛 모피의 옷깃이 산들바람에 흩날렸다.

"적어도 우리가 알고 지내는 사람들보단 흥미롭죠."

데이지가 애써 말했다.

"당신은 그다지 재밌어 보이지 않던데."

"아니에요, 재밌었어요."

톰이 웃으며 내게 몸을 돌렸다.

"그 여자가 데이지한테 찬물 샤워를 시켜 달라고 말할 때 데이지 표정 봤나?"

데이지가 음악에 맞추어 허스키한 목소리로 속삭이듯 노래를 부르기 시작했다. 그녀의 노랫말 하나하나는 이전에도 없었고 앞으로도 없을 것만 같은 의미를 담고 있었다. 선율이 높아지자 그녀의 목소리도 콘트랄토 가수처럼 달콤하게 갈라졌다. 그럴 때마다 그녀의 따뜻하고 인간적인 매력이 공기 중으로 퍼져 나갔다.

"초대받지 않은 사람도 많이 오는 것 같아요. 그 여자도 초대받지 않았어요. 그가 너무 점잖아서 거절하지 못하니까 사람들이 그냥 마음대로 밀고 들어오는 거예요."

그녀가 갑자기 말했다.

"나는 그자가 누구이며 무슨 일을 하는지 알아야겠어. 반드시 알아내고야 말 걸세."

톰이 고집스레 말했다.

"내가 지금 당장 말해 줄 수 있어요. 그는 약국을 아주 많이 가진 사람이에요. 자수성가한 거죠."

그때 리무진이 서서히 집 앞 차도로 들어섰다.

"닉, 잘 자요."

데이지가 말했다.

그녀의 시선은 나를 떠나 불빛이 있는 계단 꼭대기로 향했다. 그곳에서는 그해의 유행곡이자 산뜻하고 슬픈 미니 왈츠 〈새벽 3시〉가 열린 문틈 사이로 흘러나왔다. 결국 격식을 차리지 않는 개츠비의 파티에는 그녀의 세계에 절대로 존재하지 않는 낭만적 가능성이 존재했던 것이다. 그녀를 다시 안으로 불러들이는 듯한 저 노래 속에는 무엇이 있었던 것일까? 몇 시간이 흘렀는지 알 수 없는 이 새벽에 도대체 어떤 일이 벌어지려는 걸까? 아마도 아주 놀라운 손님이 도착할지도 모른다. 경탄을 불러일으킬 만큼 귀한 단 한 명의 사람이, 마법처럼 마주친 그 한 순간에 단 한 번의 눈길로 지난 5년간 한결같았던 개츠비의 헌신을 지워 버릴 만큼 진정 눈부시게 아름다운 젊은 아가씨가 올지도 모른다.

그날 밤 나는 늦게까지 남아 있었다. 개츠비가 시간이 날 때까지 기다려 달라고 부탁했기 때문이다. 나는 수영을 즐기던 사람들이 추위에 떨면서도 신이 난 채 어두운 해변에서 올라오고, 위쪽 손님방에 불이 하나씩 꺼지기 시작할 때까지 정원에서 어슬렁거렸다. 그가 드디어 계단으로 내려왔다. 햇볕에 탄 얼굴은 그날따라 유독 긴장한 듯 보였고 눈은 빛나면서도 피곤해 보였다.

"데이지가 파티를 좋아하지 않았어."

그가 대번에 말했다.

"아닐세. 좋아했어."

"좋아하지 않았어."

그가 고집스레 말했다.

"즐거워하지 않았단 말일세."

그는 더 이상 말이 없었고 나는 그가 말할 수 없을 정도로 우울해하고 있다고 짐작했다.

"그녀가 너무 멀게 느껴졌다네. 그녀를 이해하기가 너무 어려워."

그가 말했다.

"그 춤을 말하는 건가?"

"춤?"

그는 손가락을 한 번 튕겨서 그가 지금까지 추었던 모든 춤을 일축해 버렸다.

"친구, 춤은 중요하지 않네."

그가 원하는 것은 데이지가 톰에게 가서 "난 당신을 사랑한 적이 없어요." 하고 말하는 것이었다. 그 말로 그와 보낸 4년을 지워 버리고, 앞으로의 현실적인 방안들을 결정하면 되었다. 그중 하나는 그녀가 자유의 몸이 되었을 때 루이빌로 돌아가 그녀의 집에서 결혼하는 것이었다. 마치 5년 전으로 돌아간 것처럼 말이다.

"그런데 그녀가 이해를 못해. 예전의 그녀는 이렇지 않았네. 우리는 몇 시간이고 앉아서……."

그가 절망적으로 말했다. 그러다 잠시 말을 멈추고 과일 껍질과 버려진 선물, 으스러진 꽃들이 여기저기 흩어져 있는 오솔길을 오르락내리락하기 시작했다.

"나라면 그녀에게 너무 많은 것을 바라진 않겠네. 과거를 되돌릴 수는 없는 일이야."

내가 과감히 말했다.

"과거를 되돌릴 수 없다고?"

그가 믿을 수 없다는 듯이 소리를 높였다.

"당연히 되돌릴 수 있다네!"

그는 마치 과거가 그의 집 그림자 뒤, 그의 손에 닿지 않는 어딘가에 숨어 있기라도 하다는 듯 주위를 거칠게 둘러보았다.

"나는 모든 것을 예전 모습 그대로 돌려놓을 걸세. 그러면 데이지도 알게 되겠지."

그가 작정한 듯 고개를 끄덕이며 말했다.

그는 과거에 대해 많은 이야기를 했다. 나는 그가 무엇인가를, 아마도 오래전 데이지를 사랑하게 만든 자기 자신의 어떤 면을 회복하고 싶어 한다는 결론에 도달했다. 사실 그의 인생은 그때 이후로 혼란스럽고 엉망진창이 되었다. 만약 그가 그 출발점으로 되돌아가 모든 것을 천천히 들여다볼 수 있다면 그것이 무엇인지 알 수 있었을 것이다…….

……5년 전 어느 가을밤, 그들은 낙엽이 떨어지는 거리를 걷다가 나무 하나 없이 달빛만이 보도를 하얗게 비추고 있는 곳에 다다랐다. 그들은 그곳에 멈춰 서서 서로를 마주 보았다. 1년 중 계절이 두 번 바뀔 때 찾아오는 신비로운 흥분감이 깃든 서늘한 밤이었다. 집 안에서 흘러나오는 조용한 불빛이 은은하게 어둠 속으로 퍼져 갔고 하늘에서는 별들이 들썩였다. 개츠비의 시야 끝에 보도블록이 사다리 모양이 되어 나무 위 비밀스러운 곳으로 오르는 모습이 보였다. 그 혼자라면 충분히 그곳으로 올라갈 수 있었을 것이다. 일단 그곳에 오른다면 생명의 젖꼭지를 빨고, 무

엇과도 비교할 수 없는 경이의 젖을 벌컥벌컥 들이켤 수 있었을 것이다.

데이지의 하얀 얼굴이 그의 얼굴로 가까이 다가오자 개츠비의 심장은 더욱 빨리 뛰었다. 그녀와 키스를 함으로써 말로 표현할 수 없는 자신의 꿈이 곧 사라져 버릴 그녀의 숨결과 영원히 결합한다면 그의 마음이 다시는 신의 마음처럼 펄쩍펄쩍 뛰지 않으리라는 사실을 알고 있었다. 그래서 그는 별에 부딪치는 소리굽쇠 소리가 들려올 때까지 좀 더 기다렸다. 그러고는 그녀에게 키스했다. 그의 입술이 닿자 그녀는 그를 위해 한 송이 꽃을 활짝 피웠고 그의 꿈은 완벽히 이루어졌다.

개츠비가 들려준 이야기, 소름 끼칠 정도로 감상적인 그의 말을 들으면서 무엇인가 떠오르는 것이 있었다. 오래전에 들어 본 적이 있는, 잡힐 듯 말 듯한 운율과 잃어버린 단어의 조각들이 떠올랐던 것이다. 한순간 어떤 구절이 내 입에서 나오려 했지만 벙어리처럼 입술을 벌어졌다. 마치 한 줄기 놀란 숨을 쉬는 것보다 그 말을 내뱉기가 더 어려운 일처럼 느껴졌다. 결국 나는 아무 소리도 내지 못했고, 내가 겨우 기억해 낸 구절들은 영원히 그와 나눌 수 없게 되었다.

7

It was full of money — that was
the inexhaustible charm that rose and fell in it,
the jingle of it, the cymbals' song of it……
high in a white palace the king's daughter,
the golden girl…….

개츠비에 대한 호기심이 정점에 달했을 무렵이었다. 그날은 토요일 밤이었는데도 그의 집에 불이 꺼져 있었다. 트리말키오[44]로서 개츠비의 이력은 시작과 마찬가지로 비밀스럽게 끝이 나고 말았다.

나는 당당하게 그의 차도에 들어섰던 자동차들이 잠시 머물다 풀이 죽어 떠나곤 한다는 사실을 점차 깨달았다. 그가 어디 아픈가 싶어 그 집으

---

44) Trimalchio. 로마 시대의 작가 페트로니우스의 소설에 등장하는 인물. 해방 노예에서 갑부가 된 후 화려한 파티를 자주 연 것으로 유명하다.

로 건너갔다. 무섭게 생긴 낯선 집사 하나가 문간으로 나오더니 실눈을 뜨고 나를 의심스럽게 쳐다보았다.

"개츠비 씨가 어디 아프십니까?"

"아닙니다."

그는 잠시 동안 말을 멈추더니 마지못해 미적거리며 "선생님."이라고 덧붙였다.

"요즘 도통 보이질 않아서 걱정하고 있었습니다. 그에게 캐러웨이가 왔었다고 전해 주십시오."

"누구요?"

그가 무례하게 물었다.

"캐러웨이요."

"캐러웨이……. 알겠소. 그렇게 전해 드리죠."

그가 문을 꽝 하고 닫았다.

핀란드인 가정부가 전해 준 정보에 따르면 일주일 전에 개츠비는 그 집에서 일하던 모든 하인을 해고하고 대여섯 명의 새로운 하인을 뽑았다. 이들은 상인들에게 뇌물을 받기도 하는 웨스트에그 마을에는 아예 가지 않고 모든 주문을 전화로 한다고 했다. 식료품점에서 배달을 하는 소년은 그 집 부엌이 돼지우리 같다고 했고, 마을 사람들은 한결같이 새로 고용한 사람들이 결코 하인일 리 없다고 말했다.

다음 날 개츠비가 내게 전화를 했다.

"어디 멀리 떠나는가?"

내가 물었다.

"아닐세, 친구."

"하인들을 모두 해고했다고 들었는데."

"함부로 떠들어 대지 않는 사람이 필요했어. 데이지가 오후에 자주 오는 편이라서 말이야."

그러니까 데이지가 못마땅한 눈빛을 보내자 그 큰 저택이 한순간 종이로 지은 집처럼 풀썩 주저앉은 모양이었다.

"저들은 울프심이 도와주고 싶어 했던 사람들이라네. 모두 형제자매와도 같은 사이인데, 작은 호텔을 운영했던 적도 있지."

"그렇군."

그는 데이지의 부탁으로 전화를 한 것이었다. 내일 데이지 집에서 점심을 먹기로 했는데 베이커 양도 참석할 예정이니 같이 가자는 내용이었다. 30분 후에는 데이지가 직접 전화를 걸었는데 내가 간다고 하니 안심하는 모양이었다. 무슨 일이 일어나고 있는 것이 분명했다. 그러나 나는 그들이 그 모임을 기회로 삼아 어떤 장면, 특히 개츠비가 지난번 정원에서 대강 말했던 그 골치 아픈 장면을 연출하리라고는 전혀 짐작하지 못했다.

다음 날은 찌는 듯이 더웠다. 아마 그해 여름 중 가장 더웠을 것이다. 내가 탄 기차가 터널에서 나와 햇빛 속으로 들어서자, 내셔널 비스킷 회사에서 울리는 뜨거운 호루라기 소리가 달아오르던 한낮의 정적을 깼다. 객차의 밀짚 좌석은 불타오르기 직전이었다. 내 옆에 앉은 여자는 하얀 블라우스를 입은 채 우아하게 땀을 흘리고 있었다. 손에 들고 있던 신문이 축축하게 젖어 들어도 외마디 비명을 지를 뿐 찌는 듯한 무더위에는 속수무책이었다. 그때 그녀의 지갑이 바닥에 툭 떨어졌다.

"오, 내 지갑!"

그녀가 훅 하고 숨을 쉬었다.

나는 지친 몸을 굽혀 그것을 집어 든 후 다른 의도가 없다는 의미로 일부러 지갑 *끄트머리*를 잡고 팔을 길게 뻗어서 그녀에게 건네주었다. 그런데도 지갑 주인을 포함한 주변 사람들은 나를 의심스러운 눈초리로 바라보았다.

"덥네요!"

차장이 익숙한 얼굴들에게 말을 걸었다.

"미치게 덥네요! 손님은 견딜 만하십니까? 더우시죠? 네……?"

차장은 내 정기 승차권을 받아 확인한 후 검은 얼룩을 묻힌 채 돌려주었다. 이렇게 더운 날씨라면 차장이 어떤 발그레한 입술에 키스하든, 누군가의 머리가 차장 가슴팍 언저리 주머니를 적시든 아무도 상관하지 않을 것이다.

……뷰캐넌의 집 홀에서는 한 줄기 미미한 바람이 불고 있었는데, 그 바람을 타고 온 전화벨 소리가 문밖에서 기다리고 있던 개츠비와 나에게도 들려왔다.

"주인님의 시체라고요?"

집사가 수화기에 대고 고함을 질렀다.

"부인, 죄송하지만 저희는 그렇게 해드릴 수가 없어요. 이런 한낮에는 날씨가 너무 더워서 할 수가 없습니다!"

사실 집사가 한 말은 "네…… 네…… 알아보겠습니다."라는 의미였다.

그는 수화기를 내려놓고 살짝 번들거리는 얼굴로 우리에게 와서는 빳빳한 밀짚모자를 받아들었다.

"부인께서는 살롱에서 기다리고 계십니다!"

그가 쓸데없이 그쪽을 가리키며 소리를 높였다. 이렇게 더운 날에는 불필요한 몸짓 하나마저도 일상에 대한 모욕이었다.

차양으로 그늘진 방은 어둡고 시원했다. 데이지와 조던은 거대한 소파에 누워 있었다. 선풍기 바람에 날리지 않도록 드레스를 누르고 있는 모습이 마치 은빛 여신상 같았다.

"움직일 수도 없어요."

그들이 한목소리로 말했다.

햇볕에 탄 피부에 하얀 파우더를 덧바른 조던의 손가락이 잠시 내 손가락에 머물렀다.

"그런데 운동선수 톰 뷰캐넌 씨는 어디 계신가?"

내가 물었다.

그때 홀에서 그가 퉁명스럽고 허스키한 목소리로 통화하는 소리가 나지막이 들려왔다.

개츠비는 진홍색 카펫 중앙에 서서 흥미롭다는 눈빛으로 주위를 둘러보았다. 데이지가 그를 지켜보며 달콤하고 들뜬 웃음을 지었다. 파우더 가루가 그녀의 가슴 부근에서 공중으로 날아갔다.

"소문으로는 수화기 저편에 있는 사람이 톰의 여자래요."

조던이 속삭였다.

우리는 아무 말도 하지 않았다. 홀에서 화가 난 듯한 높은 목소리가 들려왔다.

"흠, 그렇다면 난 당신에게 그 차를 팔 생각이 전혀 없네…… 그래야할 의무가 전혀 없지…… 그리고 그런 문제로 점심 식사 시간에 나를 성가시게 하다니, 정말 참을 수가 없군!"

"전화기를 내려놓고 저러는 거야."

데이지가 냉소적으로 말했다.

"아니, 그렇지 않아. 나도 우연히 알게 된 건데, 저건 진짜 거래야."

내가 확실히 알려 주었다.

톰이 문을 활짝 열어젖히며 잠시 그 듬직한 몸으로 문턱을 막고 서 있다가 방 안으로 급히 들어왔다.

"아, 개츠비 씨!"

그가 개츠비에 대한 반감을 잘 숨기며 넓적한 손을 내밀었다.

"반갑습니다. 아, 닉도 왔군……."

"차가운 음료나 좀 만들어 줘요."

데이지가 소리를 높여 말했다.

톰이 다시 방을 나가자 데이지는 자리에서 일어나 개츠비에게 가더니 얼굴을 끌어당겨 입을 맞췄다.

"내가 사랑하는 거 알죠?"

그녀가 중얼거렸다.

"이곳에 다른 숙녀도 있다는 걸 잊었군요."

조던이 말했다.

데이지가 어이없다는 듯 돌아보았다.

"너도 닉에게 키스해 그럼."

"경박한 여자 같으니라고!"

"난 상관 안 해!"

데이지가 외치고는 벽돌 벽난로 위에서 나막신 춤을 추듯 움직이기 시작했다. 그러다 오늘이 더운 날이라는 것을 깨달았는지 소파에 죄를 지은 사람처럼 앉았다. 바로 그때 빳빳하게 다림질한 옷을 입은 유모가 조그마한 소녀를 방 안으로 데리고 들어왔다.

"우리 귀여운 천사, 사랑하는 엄마에게로 온."

그녀가 양팔을 벌리며 부드럽게 노래를 흥얼거렸다.

아이는 유모가 놓아주자 방을 가로질러 달려와 수줍은 듯 엄마의 드레스 속으로 파고들었다.

"아가야, 네 금빛 머리칼에 분가루가 묻지는 않았니? 참, 이제 일어나 안녕하세요, 하고 인사드리자."

개츠비와 나는 번갈아 몸을 굽혀 쭈뼛쭈뼛하는 조그마한 손을 잡았다. 이후 개츠비는 아이를 놀란 눈으로 계속 응시했다. 내 생각에 그는 직접 보기 전까지는 아이의 존재를 믿지 않았던 것 같다.

"점심 먹기 전에 옷을 갈아입었어요."

아이가 데이지 쪽을 돌아보며 말했다.

"그건 엄마가 우리 아가를 이분들께 보여 주려고 그랬지."

그녀가 아이의 조그맣고 하얀 목덜미로 얼굴을 가져갔다.

"넌 꿈이란다, 완벽하고 작은 나의 꿈."

"네, 조던 아줌마도 하얀 드레스를 입었네요."

아이가 차분히 그 말을 받았다.

"엄마 친구들 어때? 저분들도 멋지다고 생각하니?"

데이지가 아이의 몸을 돌려 개츠비를 마주 보게 했다.

"아빠는 어디 있어요?"

"이 아이는 아빠를 닮지 않았어요. 저를 닮았죠. 내 머리카락, 내 얼굴을 그대로 닮았어요."

데이지가 설명했다.

데이지는 다시 소파에 앉았다. 유모가 한 발짝 앞으로 와 아이에게 손을 내밀었다.

"가자, 패미."

"안녕, 내 사랑."

교육을 잘 받은 그 아이는 가고 싶지 않은 듯 뒤를 돌아보면서 유모의 손에 이끌려 밖으로 나갔다. 그때 톰이 얼음을 한가득 넣은 칵테일 넉 잔을 들고 들어왔다.

개츠비가 잔을 집어 들었다.

"정말 시원해 보이네요!"

이 말에는 긴장한 기색이 역력했다.

우리는 꿀꺽거리며 단숨에 잔을 비웠다.

"어디선가 읽었는데 태양이 매년 더 뜨거워진다고 하더군."

톰이 나긋하게 말했다.

"곧 있으면 지구가 태양으로 떨어지겠어. 아니지, 잠깐만, 그 반대인가. 태양이 매년 점점 식어 가고 있다는 거였나."

그러고는 개츠비에게 제안했다.

"밖으로 나갑시다. 이곳 한 번 둘러보시죠."

나는 그들과 함께 테라스로 나갔다. 태양의 열기 아래 미동도 없는 초록빛 해협 위로 조그만 돛단배 하나가 천천히 미지의 바다를 향해 나아갔다. 개츠비는 눈으로 잠시 그 배를 따라가다가 손을 들어 만 건너편을 가리켰다.

"난 바로 저 건너에 삽니다."

"그렇군요."

우리의 시선은 장미 화단을 넘어 뜨거운 잔디를 건너고, 여름 더위에 무성하게 자란 해안가의 잡초 쓰레기 더미를 넘어갔다. 배에 달린 하얀색 돛대가 하늘과 맞닿은 푸른 수평선을 등지고 천천히 이동했다. 그 앞에는 바다가 가리비 모양으로 펼쳐져 있었고 군데군데 축복받은 작은 섬들이 보였다.

"재미있겠군. 이 친구와 한 시간쯤 저기로 나갔으면 좋겠군."

톰이 고개를 끄덕이며 말했다.

우리는 열기를 피하려고 어둡게 해놓은 식당에서 점심을 먹고 불안이 서린 흥겨움 속에서 시원한 맥주를 들이켰다.

"오후에는 무얼 할까요? 그리고 내일은, 그다음 30년 후에는요?"

데이지가 소리쳤다.

"끔찍하게 굴지 마세요. 가을이 오고 날씨가 쾌청해지면 인생은 다시 새롭게 시작되기 마련이에요."

조던이 말했다.

"하지만 너무 더워. 그리고 모든 게 혼란스러워. 우리 다 같이 시내로 가요!"

데이지가 눈물이 곧 나올 듯한 얼굴로 고집스럽게 말했다.

그녀의 목소리는 더위를 뚫고 나아가려 애썼고, 더위가 주는 무의미함을 어떤 형태로든 만들어 내려고 분투했다.

"마구간을 차고로 만든다는 얘기는 나도 들은 적이 있소만, 차고를 마구간으로 만든 사람은 아마 내가 처음일 거요."

톰이 개츠비에게 말했다.

"시내에 가고 싶은 사람 있어요?"

데이지가 끈질기게 물었다. 개츠비의 시선이 그녀를 향해 잔잔히 이동했다.

"아, 당신 정말 근사한 거 같아요."

그녀가 외쳤다.

그들의 눈이 마주쳤다. 그들은 그곳에 오롯이 둘만 남은 것처럼 서로를 바라보고 있었다. 그녀는 가까스로 시선을 탁자 아래로 내렸다.

"당신은 언제나 멋져 보여요."

그녀가 반복해서 말했다.

그 말은 그녀가 그를 사랑한다는 말과 같았다. 톰 뷰캐넌도 그 의미를 알아차렸고, 몹시 놀랐다. 그는 입을 조금 벌린 채 개츠비를 쳐다보다가 다시 데이지에게 시선을 돌렸다. 마치 아주 오래전에 알던 사람을 이제야 알아본 것처럼 그녀를 바라보았다.

"당신은 광고에 나오는 그 남자를 닮았어요."

그녀가 천연덕스럽게 계속 말했다.

"그 남자가 나오는 광고 말예요……."

"좋소. 나도 시내에 갈 의향이 있소. 자, 우리 모두 시내에 갑시다."

톰이 재빨리 끼어들었다.

일어서는 중에도 그는 여전히 눈을 번뜩이며 개츠비와 자기 부인 사이를 바라보았다. 그러나 어느 누구도 움직이지 않았다.

"어서 가자니까!"

톰이 약간 화를 내듯 말했다.

"도대체 뭐가 문제요? 시내에 가려거든 빨리 출발하자고."

그는 평정심을 찾으려는 듯 떨리는 손으로 마지막 맥주 잔을 입술에 갖다 댔다. 이어진 데이지의 말에 우리는 모두 일어나 자갈이 뜨겁게 달아오른 차도로 나섰다.

"지금 이대로 가는 거예요? 이렇게? 담배 피울 시간은 줘야 하는 거 아닌가요?"

데이지가 딴지를 걸었다.

"다들 점심 내내 피우지 않았소?"

"아, 재미있게 가자고요. 말씨름하기에는 너무 덥잖아요."

그녀가 간청하듯 말했지만 톰은 대답하지 않았다.

"그럼 당신 맘대로 하세요. 가자, 조던."

데이지가 말했다.

그들이 위층으로 올라가 준비하는 동안 우리 세 남자는 거기에 서서 뜨거운 자갈을 발로 뒤적거렸다. 서쪽 하늘에는 벌써 가느다란 은빛 초승달이 떠 있었다. 개츠비가 무언가를 말하려다 말았는데 그전에 이미 톰이 몸을 돌려 그를 마주 보고 있었다.

"마구간은 어디 있습니까?"

개츠비가 가까스로 질문을 던졌다.

"길을 따라 400미터쯤 가면 있소."

"아."

잠시 정적이 있었다.

"난 시내에 왜 가려는 건지 이해를 못하겠소. 여자들이란 머릿속에 이런 생각뿐이라니까."

톰이 불쑥 무례하게 말을 꺼냈다.

"마실 것 좀 가져갈까요?"

데이지가 위쪽 창에서 물었다.

"위스키를 좀 챙겨야겠소."

톰이 대답하고 안으로 들어갔다.

개츠비가 굳은 얼굴로 내 쪽으로 몸을 돌렸다.

"난 이 집에서는 아무 말도 못하겠어, 친구."

"데이지의 목소리에는 조심성이 없지. 뭔가로 가득 찬······."

내가 머뭇거렸다.

"그녀의 목소리는 돈으로 충만해."

그가 갑자기 말했다.

바로 그것이었다. 예전에는 전혀 이해하지 못했는데 데이지의 목소리
는 돈으로 가득 차 있었다. 그 안에서 오르내리는 무한한 매력, 딸랑거리
는 소리, 심벌즈의 노래 같은 소리……. 저 높은 곳 하얀 궁전의 공주, 황
금빛의 소녀…….

톰이 1리터짜리 술병을 수건에 감싸 들고 나왔다. 그 뒤를 이어 데이
지와 조던이 금속 느낌이 나는 천으로 된 작고 딱 맞는 모자를 쓰고 팔에
는 가벼운 망토를 두르고 나왔다.

"제 차로 가실까요?"

개츠비가 이렇게 제안하고는 햇빛을 받아 뜨거워진 초록색 가죽 시트
를 만지며 중얼거렸다.

"차를 그늘에 세워 뒀어야 했는데……."

"변속 기어입니까?"

톰이 물었다.

"그렇습니다."

"그렇다면 내 쿠페를 타고 가십시오. 당신 차는 내가 시내까지 운전해
서 가겠습니다."

개츠비는 이 제안이 내키지 않았다.

"기름이 충분치 않을 겁니다."

개츠비가 반대했다.

"기름은 충분합니다."

톰이 거칠게 말하며 계기판을 보았다.

"기름이 떨어지면 약국에 들르면 됩니다. 요즘엔 약국에서 뭐든 살 수
있잖소."

얼핏 듣기에도 요점이 없는 말에 잠시 정적이 흘렀다. 데이지는 이맛

살을 찌푸리며 톰을 보았다. 그리고 어떤 말로 정의하기 힘든 표정, 마치 익숙하지는 않지만 언젠가 본 적이 있어서 희미하게나마 알 것도 같은 표정이 개츠비의 얼굴을 스쳐 지나갔다.

"이리 와, 데이지."

톰이 데이지를 개츠비의 차 쪽으로 밀면서 말했다.

"당신을 이 서커스 마차로 모시지."

톰이 문을 열었지만 데이지는 그의 팔 안에서 빠져나갔다.

"당신은 닉하고 조던을 태우고 가세요. 우리는 쿠페를 타고 뒤따라갈게요."

그녀는 개츠비에게 걸어가 그의 외투를 만지작거렸다. 조던과 톰, 나는 개츠비의 차 앞좌석에 탔다. 톰이 익숙하지 않은 기어를 긴가민가하며 움직이는 바람에 우리는 숨이 탁탁 막히는 열기 속으로 튕겨져 나가듯 출발했다. 그리고 남겨진 두 사람은 이제 보이지 않았다.

"자네도 봤지?"

톰이 물었다.

"뭘 말인가?"

톰은 조던과 내가 그 둘 사이를 이미 오래전부터 알고 있었다는 사실을 깨달은 듯 나를 날카롭게 쳐다보았다.

"자네는 나를 바보로 아는군."

그가 말했다.

"어쩌면 그럴지도 모르지. 하지만 내겐 천리안 같은 게 있어. 그래서 때때로 내가 무얼 해야 할지 알려 주지. 자네는 믿지 않을지 모르겠지만, 과학은……."

예기치 않게 벌어진 조금 전의 사건이 이론적 심연(深淵)으로 빠져들

뻔했던 그를 다시 끌어올렸다.

"그 친구에 대해 몇 가지 조사를 했지. 미리 알았다면 더 깊이 조사해 둘 걸 그랬어."

그가 말했다.

"점쟁이에게라도 갔었단 말이에요?"

조던이 농담처럼 물었다.

"뭐라고, 점쟁이?"

우리가 웃자 그가 당황스러운 눈빛으로 우리를 보았다.

"개츠비에 관해서 점쟁이한테 물어봤냐고요."

"개츠비에 관해서라니! 아니, 나는 그런 곳에 가지는 않았어. 그저 그의 과거를 조금 조사했다는 말이지."

"그러면 그가 옥스퍼드 대학 출신이라는 것을 알아냈겠군요."

조던이 맞장구쳤다.

"옥스퍼드 출신? 픽이나! 분홍색 양복이나 입는 사람에게 그런 곳이 가당키나 해!"

그는 못 믿겠다는 듯 말했다.

"그래도 그는 옥스퍼드 출신인 걸요."

"뉴멕시코 주의 옥스퍼드겠지, 아니면 그 비슷한 곳이라든가."

톰이 경멸하듯 코웃음을 쳤다.

"톰, 그렇게 속물처럼 굴 거면 왜 그를 점심에 초대한 거죠?"

조던이 화가 난 듯 따졌다.

"데이지가 초대한 거잖아. 결혼 전부터 그와 알던 사이라고 하더군. 알게 뭐야!"

점심 때 마신 술기운이 사라지자 모두들 신경이 곤두서 있었다. 우리는 이를 의식하고 한동안 침묵했다. 그러다 길 아래 T. J. 에클버그 박사의 빛바랜 두 눈이 시야에 들어오자 나는 기름이 떨어질지도 모른다던 개츠비의 경고가 떠올랐다.

"시내까지 충분히 갈 수 있어."

톰이 말했다.

"하지만 저기 주유소가 있잖아요. 찌는 더위 속에서 오도 가도 못하는 건 싫어요."

조던이 이의를 제기했다. 톰이 성급하게 브레이크를 밟았고, 우리는 윌슨의 정비소 간판 아래로 먼지와 함께 미끄러지듯 급정차했다. 잠시 후 주인이 건물 안에서 나와 퀭한 눈으로 차를 응시했다.

"기름 좀 넣어 주게!"

톰이 거칠게 외쳤다.

"우리가 여기 왜 서 있다고 생각하나? 경치 구경하려고?"

"몸이 안 좋습니다. 며칠째 계속 몸이 안 좋네요."

윌슨이 미동도 하지 않은 채 말했다.

"뭐가 문제인건가?"

"기운이 하나도 없어요."

"흠, 나보고 기름을 넣으라는 건가? 전화로는 멀쩡해 보이더니."

톰이 따져 물었다.

윌슨은 그늘진 입구 기둥에서 가까스로 나와 힘들게 숨을 내쉬며 기름 탱크의 뚜껑을 풀었다. 햇볕 아래서 보니 그의 얼굴이 파리했다.

"점심 식사를 방해할 생각은 없었습니다. 하지만 지금 돈이 몹시 필요해서요. 그래서 당신이 낡은 차를 어떻게 하실 생각인지 궁금했었죠."

"이 차는 어떤가? 지난주에 샀는데."

"노란 것이 멋지군요."

윌슨이 주유 손잡이를 힘주어 쥐며 말했다.

"사고 싶나?"

"좋은 기회지만 사양하겠습니다. 다른 차로도 돈을 벌 수 있으니까요."

윌슨이 희미하게 웃으며 말했다.

"갑자기 돈이 왜 필요한 겐가?"

"여기에 너무 오래 살아서 다른 곳으로 가고 싶어요. 아내와 서부로 갈 생각입니다."

"부인 생각도 그런가?"

톰이 화들짝 놀라 외쳤다.

"아내는 10년 전부터 그 얘기를 해왔어요."

그는 주유 펌프에 기대어 선 채 햇볕을 피해 손으로 눈을 가리며 잠시 쉬었다.

"그리고 이제는 가고 싶든 아니든 가야 할 겁니다. 내가 데리고 갈 거 거든요."

그때 쿠페가 먼지 돌풍을 일으키며 우리 옆을 휙 지나갔다. 손을 흔드는 모습이 섬광처럼 보였다.

"얼마인가?"

톰이 퉁명스럽게 물었다.

"지난 이틀 동안 재미있는 사실을 알게 되었어요. 그래서 여기를 뜨려는 겁니다. 자동차 문제로 당신을 성가시게 한 것도 그 때문이고요."

윌슨이 말했다.

"얼마냐니까?"

"1달러 20센트요."

가차 없이 치고 들어오는 더위로 정신이 혼미해진 탓에 아직까지 윌슨의 의심이 톰에게까지 이르지는 않았음을 깨닫는 데에는 시간이 좀 걸렸다. 그는 머틀이 자신과는 별개로 다른 세계에서 또 다른 삶을 살고 있다는 사실을 알았고 그 충격으로 몸이 아팠던 것이다. 나는 그를 쳐다보다가 톰에게 시선을 돌렸다. 톰도 윌슨과 비슷한 발견을 한 지 불과 한 시간도 되지 않은 상황이었다. 문득 아픈 사람과 건강한 사람 사이의 엄청난 차이에 비하면 지식이나 인종의 차이는 아무것도 아니라는 생각이 들었다. 윌슨은 너무 아파 보여서 죄를 지은 사람, 그것도 용서할 수 없는 죄를 지은 사람처럼 보였다. 마치 불쌍한 소녀를 임신시키기라도 한 것처럼 말이다.

"그 차를 넘기겠소. 내일 오후에 차를 보내도록 하지."

톰이 말했다.

그 지역은 항상 어딘지 모르게 불안한 분위기가 감돌았다. 한낮의 눈부신 햇살이 사방으로 펼쳐져 있을 때도 마찬가지였다. 나는 뒤를 조심하라는 경고라도 받은 것처럼 고개를 뒤로 돌렸다. 재의 골짜기 너머로 T. J. 에클버그 박사의 거대한 눈이 경계하는 눈빛을 보내고 있었다. 그리고 잠시 후 나는 또 다른 눈이 대여섯 걸음도 안 되는 거리에서 매우 강렬한 눈빛으로 우리를 주시하고 있음을 느꼈다.

정비소 위쪽 창문의 커튼 하나가 살짝 옆으로 젖혀 있었고, 그 틈으로 머틀 윌슨이 이쪽을 뚫어지게 내려다보고 있었다. 어찌나 집중하고 있었던지 자신이 관찰당하고 있는지도 의식하지 못했다. 그녀의 얼굴에는 마치 사진을 인화할 때 천천히 나타나는 피사체처럼 감정이 하나하나 차례로 떠오르고 있었다. 흥미롭게도 그녀의 표정은 낯익었다. 종종 여자들의 얼굴에서 볼 수 있는 표정이었지만, 머틀 윌슨의 얼굴에 나타난 표정은 무의미하고 해석할 수 없는 것이었다. 그러던 중 나는 질투와 공포로 커진 그녀의 눈이 톰이 아닌 조던 베이커에게 고정되어 있음을 깨달았다. 아마 조던을 톰의 아내라고 생각한 것 같았다.

단순한 마음이 겪는 혼란보다 극심한 혼란도 없다. 차가 그곳을 빠져나와 계속 달리는 동안 톰은 뜨거운 공포감을 느꼈다. 한 시간 전만 해도 누구도 침범할 수 없는 자기만의 영역이라고 생각했던 아내와 정부가 자신이 통제할 수 있는 영역 밖으로 급속히 빠져나가고 있었다. 데이지를 따라잡고 윌슨에게서는 멀어지겠다는 두 가지 목적으로 그는 본능적으로 가속 페달을 밟았다. 우리가 애스토리아를 향해 시속 80킬로미터로 달리자 마침내 고가 도로의 거미줄 같은 들보 사이로 유유히 달리는 푸른색 쿠페가 시야에 들어왔다.

"50번가 근처 대형 영화관이 시원해요. 난 모든 사람이 어디론가 떠나버린 여름날 오후의 뉴욕이 좋아요. 육감적인 뭔가가 있거든요. 온갖 종류의 특이한 과일들이 손 위로 떨어질 만큼 완전히 무르익은 느낌이라고나 할까요."

조던이 말했다.

'육감적인'이라는 단어는 톰을 더욱 심란하게 만들었지만, 그가 이의를 제기할 뭔가를 생각하기도 전에 쿠페가 멈추며 데이지가 차를 옆으로 세우라고 신호했다.

"우리 어디로 가나요?"

그녀가 외쳤다.

"영화관 가는 거 어때요?"

"너무 더워."

그녀가 불평했다.

"그럼 당신들은 거기로 가세요. 우리는 주변에서 드라이브하다가 나중에 갈게요."

그녀는 애써 재치 있게 말하려고 노력했다.

"길가 모퉁이 쯤에서 만나기로 하죠. 담배 두 대를 한꺼번에 피우고 있는 사람이 있다면 그게 바로 나일 거예요."

"여기서 그런 이야기를 할 순 없어. 센트럴 파크 남쪽 플라자 호텔 앞으로 날 따라와."

트럭 한 대가 우리 뒤에서 욕을 하듯 경적을 울려 대자 톰이 참지 못하고 말했다.

톰은 여러 번 고개를 돌려 차가 따라오는지 확인했다. 만약 중간에 차가 많아 그들이 늦어지면 톰도 그들이 시야에 들어올 때까지 속도를 늦췄다. 그들이 샛길로 빠져나가 자기 인생에서 영원히 사라질까 봐 두려운 듯했다.

그러나 그들은 사라지지 않았다. 그리고 우리는 플라자 호텔의 스위트룸을 빌리는, 좀처럼 설명하기 어려운 단계를 밟았다.

길고 시끄럽게 이어진 논쟁은 우리가 방으로 몰려가면서 끝이 났다. 논쟁거리가 무엇이었는지는 잘 기억나지 않지만 마치 축축한 뱀이 다리를 휘감고 기어오르는 것처럼 내 속옷이 계속 올라갔던 것과 서늘한 땀방울이 간간이 등줄기를 타고 내렸던 신체적인 기억만은 생생했다. 스위트룸을 빌리자는 아이디어는 욕실 다섯 개를 빌려서 냉수욕을 하자는 데이지의 제안에서 나온 것인데, 그 발상은 '박하 술을 마실 수 있는 장소'로 보다 구체화되었다. 우리는 모두 '미친 생각'이라고 반복해 말하면서 당황하는 호텔 직원에게 일제히 떠들어 댔다. 그러면서 우리를 아주 재미있는 사람들이라고 생각했다. 아니 그렇게 생각하는 척했다.

방은 컸지만 답답했다. 벌써 4시였는데도 창문을 열자 공원의 관목 숲에서는 여전히 뜨거운 바람만 불어왔다. 데이지가 거울 앞에 우리에게 등을 보이고 서서 머리를 매만졌다.

"멋진 방이에요."

조던이 감탄한 듯 속삭이자 모두 웃었다.

"다른 창문도 열어 주세요."

데이지가 돌아보지 않고 지시하듯 말했다.

"다른 창은 없소."

"흠, 그럼 전화로 도끼 하나를 가져다 달라고 해서……."

"더위는 그냥 잊어버리는 게 나아. 자꾸 불평하니까 열 배는 더 더운 것 같군."

톰이 조급하게 말했다.

그는 수건으로 감쌌던 위스키 병을 꺼내 탁자 위에 올려놓았다.

"부인이 하고 싶은 대로 놔두지 그러십니까, 친구! 시내에 오자고 한 건 당신이잖소."

순간 정적이 흘렀다. 못에 걸려 있던 전화번호부가 미끄러져 바닥으로 떨어졌고 조던이 "죄송합니다." 하고 속삭였다. 하지만 이번에는 아무도 웃지 않았다.

"내가 줍지요."

내가 나섰다.

"이미 주웠소."

개츠비가 끊어진 끈을 살펴보더니 흥미롭다는 듯 "흠!" 하고 중얼거리며 전화번호부를 의자 위로 던졌다.

"그게 당신이 쓰는 멋진 말투로군 그래."

톰이 예리하게 말했다.

"뭐가요?"

"말끝마다 '친구' 하는 것 말이오. 그런 건 어디서 주워들은 거요?"

"이봐요, 톰. 그렇게 인신공격이나 하고 있을 생각이라면 나는 여기에 단 1분도 더 있지 않겠어요. 전화를 걸어서 박하 술에 넣을 얼음이나 좀 주문해요."

데이지가 거울에서 몸을 돌리며 말했다. 톰이 수화기를 들자 눌려 있던 열기가 터지는 것 같은 소리가 들렸고 우리는 아래층 연회장에서 불길한 화음을 타고 울려 퍼지는 멘델스존의 〈결혼 행진곡〉 소리를 들었다.

"이런 더위에 결혼한다고 상상해 봐요."

조던이 침울하게 외쳤다.

"하지만 난 6월 중순에 결혼했는걸. 그것도 루이빌에서! 그때 누가 기절했었는데. 누구였죠, 톰?"

데이지가 기억을 떠올리며 물었다.

"빌록시."

그가 짧게 대답했다.

"맞아, 빌록시…… '블록스' 빌록시, 상자를 만드는 사람이었어요. 정말로요. 그리고 그는 테네시 빌록시 출신이었죠."

"사람들이 그를 우리 집으로 데려왔어요."

조던이 덧붙여 설명했다.

"교회에서 바로 두 번째 집에 살았거든요. 그런데 그 사람은 아빠가 그만 나가 달라고 말할 때까지 3주나 우리 집에 있었어요. 그런데 그가 떠난 날 아빠가 돌아가셨죠."

잠시 후 그녀는 자신의 말이 뭔가 오해를 부를 수도 있다는 생각에 이렇게 덧붙였다.

"물론 둘 사이엔 어떤 연관성도 없었지만요."

"나도 멤피스 출신의 빌 빌록시라는 사람을 알고 있소."

내가 말을 덧붙였다.

"블록스 빌록시의 사촌이에요. 그가 떠나기 전에 그 사람 가족사 전체를 이야기해 주었죠. 내가 지금 쓰고 있는 알루미늄 골프채도 그가 준 거예요."

예식이 시작되면서 음악 소리도 잦아들었다. 이제 창에서 긴 환호성이 들리더니 간간히 "예이!" 하고 외치는 소리가 들렸고 마침내 재즈 곡이 터져 나오면서 무도회가 시작되었다.

"우리도 나이가 들었네요. 옛날 같았으면 벌써 일어나서 춤을 추고 있을 텐데 말예요."

데이지가 말했다.

"우리 빌록시 얘기 좀 더 하자고요."

조던이 데이지에게 경고하는 것처럼 말했다.

"톰, 그 사람을 어디서 알게 되었죠?"

"빌록시?"

그는 집중하며 곰곰이 생각했다.

"나는 그자를 몰라. 데이지의 친구였거든."

"아니에요. 나는 그 사람을 본 적도 없는 걸요. 그리고 그는 자가용으로 왔잖아요."

데이지가 부인했다.

"흠, 그자가 당신을 안다고 말했어. 자신은 루이빌에서 자랐다고 하더군. 에이서 버드가 마지막에 그를 데려와 인사를 시키더니 우리에게 그가 같이 있어도 되냐고 물었지."

조던이 웃음을 지었다.

"아마 여기저기 빌붙어 사는 사람이었나 봐요. 제게는 예일에서 당신과 같은 학년일 때 학생회장을 했었다고 말했거든요."

톰과 나는 황당함에 서로를 물끄러미 쳐다보았다.

"빌록시가?"

"무엇보다 우리 과에는 학생회장이라는 게 없었소."

개츠비가 불안한 듯 한쪽 발로 계속 바닥을 짧게 두드리자 톰의 눈길이 갑자기 그에게로 쏠렸다.

"그나저나, 개츠비 씨, 옥스퍼드 출신이라면서요?"

"정확히는 아니죠."

"아, 그래요. 옥스퍼드 대학에 다닌 걸로 알고 있었는데."

"그렇소. 다니기는 했지요."

잠시 정적이 흘렀다. 곧이어 좀처럼 믿지 못하겠다는 듯 톰이 무례하게 말했다.

"아마도 빌록시가 뉴헤이번에 있을 즈음 당신은 옥스퍼드에 다니고 있었겠군."

다시 정적이 이어졌다. 웨이터가 노크하고 들어와 으깬 박하와 얼음을 놓으며 "고맙습니다."라고 말했지만 그 말로도 침묵은 깨지지 않았고 문은 조용히 닫히고 말았다. 마침내 그의 엄청난 과거가 막 드러나려 하고 있었다.

"거기에 다닌 적이 있다고 말했잖소."

개츠비가 말했다.

"나도 들었소. 그런데 언제 다녔는지 알고 싶어서 그렇소."

"1919년이었고, 겨우 다섯 달 다니다 말았습니다. 그래서 옥스퍼드 출신이라고 말하지 않는 거요."

톰은 우리도 자기처럼 그의 말을 믿지 않는 눈치인지 살피려고 주위를 둘러보았다. 그러나 우리는 모두 개츠비를 보고 있었다.

"휴전 후 일부 장교들에게 그런 기회가 주어졌지요."

그가 계속 말을 이었다.

"우리는 영국이나 프랑스에 있는 대학이면 어디든 갈 수 있었소."

나는 일어나 그의 등을 두드려 주고 싶었다. 전에도 경험한 적이 있었지만 그에 대한 완벽한 신뢰가 다시 한 번 살아나는 것 같았다.

데이지가 희미하게 미소 지으며 탁자 쪽으로 갔다.

"톰, 위스키 병이나 따요."

그녀가 명령하듯 말했다.

"그러면 박하 술을 만들어 줄게요. 한 잔 마시면 스스로도 바보 같단 생각이 덜 들 거예요. ……와, 이 박하 좀 보세요!"

"잠깐만, 개츠비 씨에게 한 가지 더 물어볼 게 있소."

톰이 갑자기 말을 이었다.

"계속하시죠."

개츠비가 정중하게 말했다.

"도대체 당신은 우리 집에 무슨 분란을 일으키려는 거요?"

마침내 모든 것을 터놓고 맞설 수 있게 되자 개츠비는 오히려 만족스러워했다.

"그는 분란을 일으키려는 게 아니에요."

데이지가 두 사람을 절망스러운 눈으로 번갈아 보았다.

"당신이야말로 지금 문제를 일으키고 있다고요. 제발 자제해요."

"자제라니!"

톰이 믿을 수 없다는 듯이 데이지의 말을 되풀이했다.

"어디서 굴러들어 왔는지도 모르는 하찮은 놈이 내 아내랑 정분이 났는데 그냥 가만히 앉아서 두고 보라고? 글쎄, 만약 그게 당신이 생각하는 자제라면 나는 거기서 빼줘. 요즘 사람들은 가정과 가족 제도에 대해 콧방귀를 뀌는데, 이대로 가다가는 모든 것을 다 내던지고 흑인과 백인이 결혼하겠다고 드는 날이 올 거요."

감정에 휩쓸려 횡설수설 말을 쏟아 내느라 얼굴이 붉어진 그는 자신이 문명의 마지막 장벽에 홀로 서 있다는 듯 말했다.

"여기 있는 우리는 모두 백인이에요."

조던이 중얼거렸다.

"내가 그다지 인기가 없다는 건 알고 있소. 나는 큰 파티를 열지도 않으니까. 아무래도 이 현대 사회에서 친구를 사귀기 위해서는 집을 돼지우리로 만들지 않으면 안 되나 보군."

그 자리에 있는 모든 사람과 마찬가지로 나 또한 화가 났지만 이상하게도 나는 그가 입을 열 때마다 웃고 싶어졌다. 그는 바람둥이에서 도덕군자로 완벽히 변해 있었다.

"친구, 당신에게 할 얘기가 있소."

개츠비가 말을 시작했다. 하지만 데이지는 그의 의도를 눈치챘다.

"제발 그만둬요. 모두 집으로 돌아가요. 집에 가는 게 어때요?"

그녀가 무력하게 끼어들었다.

"좋은 생각이야. 가자고, 톰. 여기 술을 마시고 싶은 사람은 아무도 없잖아."

내가 자리에서 일어섰다.

"난 개츠비 씨가 내게 뭐라고 말하는지 듣고 싶군."

"당신의 아내는 당신을 사랑하지 않아요. 그녀는 당신을 사랑한 적이 없소. 그녀는 나를 사랑하오."

개츠비가 말했다.

"당신 미쳤군!"

톰이 자기도 모르게 외쳤다.

개츠비는 격하게 흥분하며 자리에서 벌떡 일어났다.

"데이지는 당신을 사랑한 적이 없소, 알아들어요? 그녀는 가난한 나를 기다리다 지쳐서 당신과 결혼한 것뿐이오. 그것은 끔찍한 실수였지만, 그녀 마음에 나 말고 다른 사람은 결코 없었단 말이오!"

그가 고함을 질렀다.

이 시점에서 조던과 나는 자리를 피하려고 했지만, 톰과 개츠비가 서로 경쟁이라도 하듯 우리가 계속 남아 있어야 한다고 고집했다. 마치 두 사람 모두 이제 숨길 것이 없으며 우리가 그들의 감정을 간접 경험하는 것을 영광으로 여기라는 것 같았다.

"데이지, 앉아 봐. 도대체 그동안 무슨 일이 있었던 건지 이야기를 좀 들어 보고 싶군."

톰이 아버지 같은 목소리로 말하려고 했으나 성공적이진 않았다.

"내가 이미 이야기했잖소. 5년이 다 되어 가도록 당신만 몰랐던 거요."

개츠비가 말했다.

톰은 몸을 돌려 데이지를 노려보았다.

"당신이 이 작자를 5년 동안 만나고 있었다고?"

"만난 건 아니오. 아니, 우리는 만날 수 없었소. 하지만 친구, 우린 항상 서로를 사랑했고 그걸 당신은 몰랐던 거요. 난 때때로 웃음이 나곤 했지. 당신이 모른다는 생각을 하면 말이오."

하지만 그의 눈에는 웃음기가 전혀 없었다.

"아, 그렇단 말이군."

톰은 성직자처럼 두꺼운 양손 손가락 끝을 가볍게 두드리며 의자 깊숙이 앉아 등을 기댔다.

"당신은 미쳤어! 나는 5년 전에 무슨 일이 있었는지 말할 수 없소, 그 때 나는 데이지를 몰랐으니까. 그리고 당신이 뒷문으로 식료품 배달 따위를 한 게 아니라면 어떻게 데이지 근처에 얼쩡거릴 수 있게 되었는지 알 수가 없군. 그러나 나머지 이야기는, 빌어먹을 다 새빨간 거짓말이야. 데이지는 나와 결혼했을 때 날 사랑했고 지금도 사랑한다고."

그가 폭발했다.

"그렇지 않소."

개츠비가 고개를 저으며 말했다.

"글쎄, 데이지는 날 사랑한다니까. 때때로 자기가 어리석은 생각을 하고도 뭘 하고 있는지 모른다는 것이 문제지만."

톰이 사려 깊은 척하며 고개를 끄덕거렸다.

"그리고 무엇보다 나도 데이지를 사랑하오. 어쩌다 한 번씩 흥청망청 마시고 노는 자리를 벌여 내 자신을 조롱거리로 만들기는 하지만 나는 언제나 돌아왔고, 마음속으로는 그녀를 늘 사랑하고 있소."

"구역질 나는 소리 그만해요."

데이지가 말했다. 그러고는 몸을 돌려 나를 보았고, 목소리를 한 음 낮추고 그 자리를 섬뜩한 책망으로 채웠다.

"우리가 왜 시카고를 떠났는지 아세요? 그들이 가끔씩 벌인 술판이 어땠는지 오빠에게 말해 주지 않았다는 게 정말 놀랍네요."

개츠비가 걸어와서 그녀 옆에 섰다.

"데이지, 이제 모두 끝이오. 그건 더 이상 중요하지 않소. 그냥 그에게 진실을 말하면 돼요. 당신은 그를 사랑한 적이 없다고. 그러면 모든 것이 영원히 지워지는 거요."

그가 진지하게 말했다.

그녀는 멍하게 그를 바라보았다.

"내가 어떻게 그를 사랑할 수 있겠어요……."

"당신은 그를 전혀 사랑하지 않았소."

그녀는 주저했다. 그녀의 눈이 무언가를 호소하며 조던과 내게 머물렀다. 마치 이제야 자신이 무슨 짓을 하고 있는지 깨달았다고, 그동안 무슨 짓을 해보겠다는 생각은 없었다고 말하는 듯했다. 그러나 이미 엎질러진 물이었다. 너무 늦어 버린 것이다.

"나는 그를 사랑한 적이 없어요."

그녀는 딱히 내켜서 말하는 것 같지는 않았다.

"카피올라니⁴⁵⁾에서도?"

톰이 갑자기 물었다.

"그래요."

아래층 연회장에서 작고 답답한 화음이 뜨거운 열기를 타고 올라왔다.

"내가 펀치볼⁴⁶⁾에서 당신 구두가 젖지 않게 하려고 당신을 안고 내려왔던 날에도?"

그의 허스키한 목소리에 부드러움이 감돌고 있었다.

"그런가, 데이지?"

---

45) Kapiolani. 미국 하와이 주 오아후 섬에 있는 공원이다.
46) Punch Bowl. 미국 하와이 주 오아후 섬에 있는 분지이다.

"제발 그만해요."

그녀의 목소리는 차가웠지만 이제 증오의 감정은 사라지고 없었다. 그녀가 개츠비를 보았다.

"저기, 제이……."

담배에 불을 붙이는 그녀의 손이 떨리고 있었다. 그런데 갑자기 그녀가 담배와 불이 붙은 성냥을 카펫 위로 던져 버렸다.

"오, 당신은 너무 많은 것을 원해요! 나는 지금 당신을 사랑해요. 그것으로 충분하지 않나요? 과거에 있었던 일은 어쩔 수 없잖아요."

그녀가 개츠비에게 소리를 질렀다. 그리고 절망에 휩싸여 흐느끼기 시작했다.

"그를 한 번쯤은 사랑했단 말이에요. 하지만 당신도 사랑했어요."

개츠비가 눈을 떴다가 감았다.

"나도 사랑했다고?"

그가 다시 물었다.

"그 말도 거짓말이오. 그녀는 당신이 살아 있는지조차 몰랐소. 아무튼…… 데이지와 나 사이에는 당신이 절대 알지 못할 것들이 있소. 우리둘 다 결코 잊을 수 없는 것들 말이오."

톰이 잔인하게 말했다. 이 말이 개츠비의 몸을 물어뜯는 것 같았다.

"데이지와 따로 얘기하고 싶군. 그녀는 지금 너무 흥분해 있소."

그가 고집스럽게 말했다.

"둘만 있다고 해도 톰을 사랑한 적이 없다고 말할 수는 없어요. 그건 사실이 아니에요."

그녀가 유감스럽다는 듯이 그 사실을 인정했다.

"물론 사실이 아니지."

톰이 동의했다.

그녀는 자신의 남편에게 몸을 돌리며 말했다.

"마치 당신에겐 그게 중요한 것처럼 말하는군요."

"물론 중요하지. 난 이제부터 당신에게 더 잘해 줄 생각이니까."

"당신은 이해를 못하는군. 당신이 그녀에게 더 이상 잘해 줄 일은 없을 거요."

개츠비가 조금 두려운 기색으로 말했다.

"없다고? 왜 없다는 거요?"

톰이 눈을 크게 뜨고 웃었다. 그에게 이제 자제력을 발휘할 여유가 생긴 것이다.

"데이지가 당신을 떠날 테니까."

"말도 안 되는 소리."

"하지만, 그럴 거예요."

그녀가 눈에 띄게 애쓰며 말했다.

"그녀는 나를 떠나지 않아! 특히 자기 여자 손가락에 끼워 줄 반지를 얻기 위해 도둑질까지 해야 하는 하찮은 사기꾼 때문이라면 더더욱."

톰의 말이 갑자기 개츠비를 깔아뭉갰다.

"더 이상 못 참겠어요! 오, 제발 여기서 나가요."

데이지가 소리 질렀다.

"당신 대체 누구야?"

톰이 불쑥 말을 꺼냈다.

"당신이 마이어 울프심과 어울려 다니는 패거리 중 하나라는 것 정도는 나도 알고 있어. 당신이 하는 일들을 조금 조사해 보았지. 내일은 좀 더 자세히 알아볼 생각이야."

"마음대로 하시오, 친구."

개츠비가 침착하게 말했다.

"당신이 하는 '약국'이 뭔지도 알아냈어."

그가 우리 쪽으로 몸을 돌리더니 빠르게 말했다.

"이자와 그 울프심이라는 남자, 이곳과 시카고의 뒷골목 약국을 엄청나게 사들인 후 에틸알코올을 팔았지. 그게 이 친구가 부리는 작은 재주 중 하나야. 이자를 처음 봤을 때 밀주업자일 거라고 생각했는데, 그리 틀린 추측은 아니었어."

"그래서 뭐가 어떻다는 겁니까? 당신 친구 월터 체이스는 자존심이 없어서 이 일에 낀 모양이군요."

개츠비가 정중하게 말했다.

"그래서 궁지에 빠진 그를 내버려 두었나? 당신들 덕분에 그는 뉴저지에서 한 달 동안 감옥에 있었어. 세상에! 월터가 당신에 대해 어떻게 말하는지 들어 봐야 해."

"그는 완전히 파산한 상태로 우리에게 왔소. 그렇게 돈을 벌 수 있다는 게 아주 반가웠던 거지요, 친구."

"날 '친구'라고 부르지 마!"

톰이 소리를 질렀다. 개츠비는 아무 말도 하지 않았다.

"월터는 당신들을 도박법으로 잡아넣을 수도 있었지. 하지만 울프심이 입 다물라고 겁을 주었더군."

익숙하지 않지만 뭔지 알 것 같은 그 표정이 다시 개츠비의 얼굴에 떠올랐다.

"그 약국 사업은 그저 푼돈 사업일 뿐이야. 월터는 두려워서 자세히 말을 못하고 있지만, 지금 당신들은 뭔가 일을 꾸미고 있더군."

톰이 천천히 말을 이어 나갔다.

나는 데이지를 힐끗 보았다. 그녀는 개츠비와 남편 사이를 공포에 젖은 눈으로 바라보고 있었다. 조던에게 시선을 돌리자 그녀는 턱 끝에 눈에 보이지 않는 재미있는 물체를 올려놓은 듯 균형을 잡는 동작을 하고 있었다. 나는 다시 개츠비에게로 시선을 돌렸고, 그의 표정을 보고 소스라치게 놀랐다. 전에 그의 정원에서 사람들이 수군거리던 험담을 무시하고서라도, 그는 마치 실제로 '살인을 했던' 사람처럼 보였던 것이다. 그의 얼굴에 잠시 떠오른 표정은 그런 식으로 묘사할 수밖에 없다.

그 표정은 이내 지나갔고, 그는 데이지에게 흥분하며 이야기하기 시작했다. 그는 모든 것을 부정했고, 하지도 않은 비난들에 대해서까지 스스로를 변호했다. 그러나 그가 말을 하면 할수록 데이지의 마음은 안으로 더욱 움츠러들었다. 결국 그는 포기했다. 오후가 저물어 가는 동안 죽어가는 그의 꿈만이 고군분투하고 있었다. 더 이상 만질 수 없는 것을 만지려 애쓰고, 방 안에서 사라진 어떤 목소리를 향해 불행 속에서도 희망을 놓지 않으려 애쓰고 있었다.

그 목소리가 다시 애걸했다.

"톰, 제발요. 더 이상 참을 수가 없어요."

공포에 젖은 그녀의 눈은 지금까지 그녀가 어떤 계획을 세웠고 어떤 용기를 갖고 있었든 간에 이제는 그것들이 전부 다 사라졌다고 말하고 있었다.

"데이지, 당신은 개츠비 차로 출발하시오."

톰이 말했다.

그녀가 놀라서 바라보았지만 그는 관대하면서도 경멸에 찬 말투로 고집스럽게 되풀이했다.

"어서 가라고. 그가 당신을 화나게 하지는 않을 거야. 그도 주제넘었던 작은 애정 행각이 이제 끝났다는 걸 깨달았을 테니."

그들은 아무 말도 없이 나가 버렸다. 마치 유령처럼, 우리의 연민조차 느낄 수 없는 고립된 존재가 되어 사라졌다.

잠시 후 톰이 일어나 마개도 따지 않은 위스키 병을 수건으로 싸기 시작했다.

"좀 마시겠소? 조던? ……닉?"

나는 대답하지 않았다.

"닉?"

그가 다시 물었다.

"뭐라고 했나?"

"좀 마시겠냐고?"

"아니……. 방금 생각났는데 오늘이 내 생일이라네."

나는 서른이 되었다. 내 앞으로 새로운 10년의 길이 불길하고 위협적인 모습으로 펼쳐져 있었다.

우리는 7시가 다 되어서야 그와 함께 쿠페에 올라타고 롱아일랜드로 출발했다. 톰은 의기양양하게 웃으면서 끊임없이 떠들어 댔지만, 그의 목소리는 조던과 나에게 길에서 나는 낯선 고함 소리나 머리 위 고가 도로의 소음만큼이나 멀리 떨어진 소리처럼 들렸다. 인간의 연민에는 한계가 있는 법이기에, 우리는 그들의 비극적 말다툼이 등 뒤로 멀어지는 도시의 불빛처럼 점점 옅어져 가도록 내버려 둘 수밖에 없는 것을 다행이라 여겼다. 서른이란 고독한 10년이 기약된 나이였다. 아는 독신들은 점점 줄어들고, 열정이 담긴 서류 가방의 두께는 얇아지며, 머리카락도 점점 줄어들 것이다. 그러나 내 옆에는 조던이 있었다. 데이지와 달리 그녀는 이미 사라져 버린 꿈을 계속해서 간직하기에는 너무나 현명한 여자였다. 우리가 어두운 다리 위를 건너가고 있을 때 그녀의 창백한 얼굴이 나른하게 내 어깨에 기대어 왔다. 그리고 서른이라는 나이가 주는 만만치 않은 충격은 내 손을 잡아 주는 그녀의 손길이 주는 위안을 따라 서서히 사라져 갔다.

그렇게 우리는 식어 가는 황혼을 뚫고 죽음을 향해 달렸다.

재의 골짜기 옆에서 커피숍을 운영하는 젊은 그리스인 마이클리스는 그 사건 심리(審理)의 중요한 증인이었다. 그는 더위가 기승을 부리던 때에 5시가 넘도록 잠을 자다가, 어슬렁거리며 정비소로 향했다. 그리고 그는 사무실에서 앓고 있는 조지 윌슨을 발견했다. 그의 바랜 머리카락 색깔만큼이나 얼굴이 창백했고 온몸을 떨고 있을 정도로 정말 아픈 모습이었다. 마이클리스는 그에게 들어가서 쉬라고 말했지만 윌슨은 그러면 일을 많이 놓칠 거라면서 거부했다. 이웃 사람이 그를 설득하려고 애쓰고 있을 때 위쪽에서 격렬한 소리가 들렸다.

"아내를 저기에 가둬 놨네. 모레까지 저기에 둘 거야. 그리고 우리는 이사 갈 걸세."

윌슨이 침착하게 설명했다.

마이클리스는 깜짝 놀랐다. 지난 4년간 서로 이웃으로 지내 왔지만 윌슨은 저런 말을 할 수 있는 위인이 결코 아니었기 때문이다. 평소에 그는 매우 지쳐 있었다. 일을 하고 있지 않을 때는 출입구에 있는 의자에 앉아 지나가는 사람들과 차를 쳐다보았다. 말을 거는 사람에게는 언제나 호의적이지만 무미건조하게 웃곤 했다. 그는 자신의 의지대로 살기보다는 아내에게 잡혀 사는 남자였다.

자연히 마이클리스는 무슨 일이 있었는지 물을 수밖에 없었다. 하지만 월슨은 한마디도 하지 않으려 했다. 오히려 월슨은 이 방문자에게 호기심과 의심이 섞인 시선을 던지기 시작했다. 어떠어떠한 날 몇 시쯤에 그가 무엇을 하고 있었는지 묻기 시작했던 것이다. 질문이 점차 불편해질 때쯤 일꾼 몇 명이 커피숍 쪽으로 난 문으로 들어가는 것이 보였다. 기회는 이때다 싶은 생각에 마이클리스는 자리를 떴다. 나중에 다시 올 심산이었지만 그는 다시 가지 않았다. 새까맣게 잊었던 것이지 다른 이유가 있었던 것은 아니었다. 그가 다시 밖으로 나왔을 때는 7시가 약간 지났을 무렵이었다. 그때 정비소 아래층에서 월슨 부인이 크게 화내는 소리가 들렸고, 월슨과 나누었던 대화가 떠올랐다.

"때려!"

그녀가 소리를 지르고 있었다.

"나를 내던지고 때리라고, 이 더러운 겁쟁이 땅딸보야!"

잠시 후 그녀는 어스름 속으로 급히 뛰쳐나가 손을 흔들고 소리를 질러 댔다. 그리고 그가 문밖으로 나오기 전에 일은 벌써 벌어져 있었다.

많은 신문에서 이름을 붙인, '죽음의 차'는 멈추지 않았다. 그 차는 어둠이 깔리고 있는 곳에서 나타나 잠시 비극적으로 흔들거리다가 다음 모퉁이에서 사라져 버렸다. 마이클리스는 그 차의 색깔을 확실히 기억하지는 못했다. 처음에 그는 경찰에게 그것이 옅은 녹색이라고 말했다. 뉴욕으로 향하던 또 다른 차가 100미터 정도를 지나쳤다가 멈춰섰다. 운전자는 처참하게 숨이 끊어진 머틀 월슨 곁으로 황급히 되돌아왔다. 검붉은 피가 먼지와 뒤섞인 채 그녀는 길 위에 엎드려 있었다.

마이클리스와 그 남자가 그녀에게로 먼저 다가갔다. 그들이 여전히 땀으로 축축한 그녀의 블라우스를 젖히자 그녀의 왼쪽 가슴은 찢어져 날개처럼 너덜거리고 있었다. 심장 소리는 들어 볼 필요도 없었다. 입은 크게 벌어져 있고 입가가 찢어진 모습이 오랫동안 비축해 온 어마어마한 생명력을 쏟아 버리기에는 다소 숨이 막혔던 것 같았다.

우리는 꽤 먼 곳에서 자동차 서너 대와 많은 사람들이 모여 있는 광경을 보았다.

"사고가 났나 보군! 좋은 일이야. 윌슨이 드디어 돈 좀 벌겠어."

톰이 말했다.

그는 속도를 줄였지만 차를 멈출 생각은 없었다. 그러나 점점 가까워질수록 정비소에 있는 사람들이 숨을 죽이며 심각한 얼굴을 하고 있는 모습을 보고 자동적으로 브레이크를 밟았다.

"무슨 일인가 봅시다. 그냥 보기만 하자고."

그가 미심쩍은 듯 말했다.

나는 그제야 정비소에서 끊임없이 흘러나오는 공허한 통곡 소리를 인지했다. 우리가 쿠페에서 내려 정비소 문으로 걸어가는 동안 그 소리는 "오, 세상에 맙소사!"라는 말로 변해 헐떡거리는 신음 소리와 함께 되풀이되고 있었다.

"큰 문제가 생겼나 보군."

톰이 흥분해서 말했다.

그는 발끝을 들어 원을 이루고 있는 사람들 머리 위로 정비소 안을 들여다보았다. 그곳에는 머리 위로 철망 바구니 속 노란 조명만이 흔들리며 빛을 밝히고 있을 뿐이었다. 그다음 그의 목구멍에서 거친 소리가 터져 나왔다. 그는 억센 팔로 무리를 난폭하게 밀치며 안으로 들어갔다.

투덜대느라 중얼거리는 소리와 함께 사람들이 다시 둥글게 원을 그렸다. 잠시 동안 나는 아무것도 볼 수 없었다. 그러다 새로 도착한 구경꾼들이 그 원을 다시 흩어뜨리는 바람에 조던과 나는 갑자기 안쪽으로 밀려들어 갔다.

담요에 싸인 머틀 윌슨의 시신은 마치 이 더운 밤에 한기를 느끼기라도 하는 것처럼 다른 담요에 한 겹 더 싸여 벽 쪽 작업대 위에 놓여 있었다. 우리에게 등을 돌린 톰은 그 위로 몸을 구부린 채 미동도 하지 않았다. 그 옆에는 오토바이 경찰관 한 명이 서서 땀을 흘리며 조그만 수첩에 이름을 썼다 고쳤다 하고 있었다. 처음에 나는 텅 빈 정비소 안에서 시끄럽게 울리고 있는 높은 신음과 탄식이 어디서 나오는지 알지 못했다. 그러다 사무실 문턱에 서서 문설주를 두 손으로 잡고 몸을 앞뒤로 흔들고 있는 윌슨을 발견했다. 어떤 남자가 낮은 목소리로 그를 위로하며 때때로 그의 어깨에 손을 올려놓았지만 윌슨은 아무 말도 들리지 않고 어떤 것도 보이지 않는 듯했다. 그의 눈은 흔들리는 전등 불빛을 향했다가 시체가 놓여 있는 작업대 쪽으로 천천히 내려왔다. 그가 갑자기 전등 쪽으로 시선을 돌리더니, 끔찍한 고성을 끝없이 내질렀다.

"오, 세상에! 오, 하나님 맙소사! 오, 어떻게 이런 일이! 오, 세상에 이럴 수가!"

마침내 톰이 머리를 급히 들어 올리고 멀건 눈으로 정비소 안을 둘러보다가 경찰관에게 두서없이 웅얼웅얼거렸다.

"마, 브······. 오······."

경찰관은 한 자 한 자 소리 내어 이름을 받아 적는 중이었다.

"아니, 로예요. 마브로······."

남자가 고쳐 주었다.

"내 말 좀 들어 보시오!"

톰이 사납게 불평했다.

"르…… 오…… 그……."

경찰관은 계속 중얼거리다가 톰이 넓적한 손으로 그의 어깨를 잡자 그
제서야 고개를 들었다.

"무슨 일입니까?"

"내가 묻고 싶은 바요. 대체 어떻게 된 일이오?"

"자동차가 저 여자를 쳤고 바로 그 자리에서 사망했습니다."

"그 자리에서 사망했다……."

톰이 그 말을 반복하며 바라보았다.

"여자분이 길로 뛰어들었습니다. 망할 놈의 운전자는 차를 멈추지도
않았어요."

"차 두 대가 있었어요. 하나는 오고, 다른 하나는 가고 있었어요. 아시
겠어요?"

마이클리스가 말했다.

"어느 쪽으로 갔습니까?"

경찰관이 날카롭게 물었다.

"서로 다른 방향으로 가고 있었어요. 그런데 그녀가……."

그의 손이 담요 쪽으로 향하다가 중간에 멈추고 다시 자기 옆구리로
내려왔다.

"저 여자가 뛰어나갔고 뉴욕 쪽에서 오던 차가 그녀를 정면으로 쳤어
요. 아마 속도가 50이나 65킬로미터는 됐을 거예요."

"이곳 지명이 뭡니까?"

경찰관이 물었다.

"딱히 지명이라고 할 게 없어요."

얼굴이 창백하고 잘 차려입은 흑인 한 명이 가까이 걸어왔다.

"노란색 차였소. 커다란 노란색이었고 새 차였죠."

그가 말했다.

"사고를 직접 봤소?"

경찰관이 물었다.

"아니오. 하지만 그 차가 나를 지나쳐서 저쪽 길 아래로 갔는데, 속도가 60킬로미터보다는 빨랐소. 아마 80이나 거의 100킬로미터에 가깝게 달리는 것 같았습니다."

"이쪽으로 와서 이름을 알려 주십시오. 잠깐만요, 좀 비켜 주세요. 저사람 이름을 적어야겠습니다."

이들이 나눈 대화 중 몇 마디가 사무실 문가에서 몸을 흔들며 절규하고 있던 윌슨의 귀에도 전달된 것이 틀림없었다. 헐떡거리는 기침 사이로 새로운 이야기가 나왔기 때문이다.

"내게 그 차가 무슨 차인지 말해 줄 필요 없소! 난 이미 알고 있으니까 말이야!"

톰의 외투 아래로 어깨 쪽 등근육이 팽팽해지는 것이 보였다. 그는 윌슨에게 빠르게 걸어가 그 앞에 서서 그의 양쪽 팔뚝을 힘껏 움켜잡았다.

"정신을 놓지 말아야 하네."

그가 무뚝뚝한 말투로 달랬다. 윌슨의 눈이 톰에게 향했다. 그는 발끝으로 겨우 일어서려고 했다. 만약 톰이 똑바로 잡지 않았다면 그는 아마 바닥에 무릎을 찧으며 넘어졌을 것이다.

"잘 들어 봐. 나는 여기 좀 전에 왔어. 방금 뉴욕에서 왔다고. 전에 당신에게 이야기했던 그 쿠페를 가져오는 길이었단 말이야. 내가 오늘 오후에 운전했던 그 노란 차는 내 것이 아냐. 내 말 듣고 있나? 난 그 차를 오후 내내 보지도 못했다고."

톰이 그를 살짝 흔들며 말했다.

흑인과 나만이 그 말을 들을 수 있는 거리에 있었지만, 경찰관은 그의 말투에서 무엇인가를 눈치챘는지 눈을 번뜩이며 훑어보았다.

"도대체 그게 무슨 말입니까?"

그가 물었다.

"난 이 사람 친구요. 이 사람이 사고를 낸 차를 안답니다……. 노란 차 라고 하는군요."

톰은 고개를 돌렸지만 손으로는 여전히 윌슨을 붙잡고 있었다.

경찰관은 어렴풋한 본능으로 톰을 의심스럽게 쳐다봤다.

"그러면 당신 차는 무슨 색깔이오?"

"파란색 쿠페요."

"우리는 방금 뉴욕에서 오는 길이었소."

내가 말했다.

우리 뒤에서 따라오던 차 운전자가 이 사실을 확인해 주자 경찰관은 그제야 몸을 돌려 자리를 떴다.

"자, 이름을 다시 한 번 말씀해 주세요. 정확하게……."

톰은 윌슨을 인형처럼 들어 올려 사무실로 옮긴 후 의자에 앉히고 다 시 나왔다.

"누가 와서 윌슨 씨와 함께 있어 주시오!"

그가 갑자기 명령하듯 말했다. 그리고 자기와 가장 가까이 서 있던 두 남자가 서로를 쳐다보더니 마지못해 안으로 들어가는 모습을 지켜보았 다. 그리고 나서 톰은 사무실 문을 닫고 작업대로 눈길이 가지 않도록 애 쓰며 한걸음에 아래로 내려왔다. 그가 내 옆을 지나치면서 속삭였다.

"이제 가자고."

톰은 다른 이들의 눈을 의식하며 여전히 모여 있는 사람들 사이를 두 팔로 밀치듯 뚫고 나갔다. 30분 전에 혹시나 하는 마음에 불러 두었던 의사가 급히 서두르며 왕진 가방을 들고 스쳐 지나갔다.

톰은 모퉁이를 돌기 전까지는 천천히 운전하다가 그 지점을 지나자 가속 페달을 힘차게 밟았다. 쿠페는 밤을 뚫고 전속력으로 달렸다. 얼마 뒤 나는 그가 낮고 허스키한 목소리로 흐느끼는 소리를 들었고, 그의 얼굴을 타고 내리는 눈물을 보았다.

"제기랄, 겁쟁이 자식!"

그가 간간이 흐느끼며 말했다.

"심지어 차를 멈추지도 않았어!"

바스락대는 검은 나무들 사이로 뷰캐넌 부부의 저택이 갑자기 모습을 드러냈다. 톰은 포치 옆에 차를 멈추고 2층을 올려다보았다. 담쟁이넝쿨 사이로 두 개의 창이 꽃을 피우듯 환하게 빛을 발했다.

"데이지가 집에 왔군."

그가 말했다. 차에서 내리자 그가 나를 보더니 살짝 이마를 찌푸렸다.

"닉, 웨스트에그에 내려 줬어야 했는데. 오늘 밤에는 우리가 할 수 있는 일이 더는 없는 것 같군."

그가 조금 전과 다른 표정으로 진지하고 단호하게 말했다. 달빛에 빛나는 자갈길을 지나 포치로 걸어가는 동안 그는 이 상황을 간단명료한 몇 마디 문장으로 정리했다.

"자네를 집까지 데려다줄 택시를 부르겠네. 기다리는 동안 자네와 조던은 부엌에 가서 저녁을 좀 먹는 게 좋겠어. 물론 원한다면 말이야."

그가 문을 열었다.

"자, 들어가세."

"아니, 택시만 불러 주면 고맙겠네. 밖에서 기다리지."

조던이 내 팔에 손을 얹었다.

"닉, 들어가서 기다리지 그래요."

"미안하오."

나는 몸이 조금 안 좋았던 탓에 혼자 있고 싶었다. 하지만 조던은 조금 더 머뭇거렸다.

"이제 겨우 9시 반이 지났어요."

그녀가 말했다.

난 절대로 그 안으로 들어가지 않기로 작정했다. 이미 하루 종일 그들 모두와 지겹도록 시간을 보냈고, 갑자기 조던도 지겨웠다. 그녀가 별안 간 몸을 돌려 계단을 뛰어올라 집 안으로 들어가 버린 것을 보면 그녀 또 한 내 표정에서 뭔가 눈치를 챈 것이 분명했다. 나는 몇 분 동안 손으로 머리를 감싸고 앉아 있었다. 그때 안쪽에서 집사가 택시를 부르려고 전 화하는 소리가 들렸다. 나는 정문 옆에서 기다릴 생각으로 천천히 차도 를 따라 걸어 내려갔다.

20미터도 채 가지 않았을 때 내 이름을 부르는 소리가 들리더니 개츠 비가 양 덤불 사이에서 길가로 걸어 나왔다. 그때 나는 분명 이상한 기분 을 느꼈던 것 같다. 달빛 아래에서 빛나는 그의 분홍색 양복 말고는 아무 것도 떠올릴 수 없기 때문이다.

"여기서 뭐 하는 건가?"

내가 물었다.

"그냥 서 있네, 친구."

어떤 의미에서는 그가 그렇게 서 있는 것 자체가 악당처럼 보였다. 내가 알기로 그는 한순간 저 집을 털어 버릴 수도 있는 사람이었다. 그의 뒤편 어두운 수풀 속에서 음험한 '울프심 패거리'가 얼굴을 들이민다고 해도 나는 그다지 놀라지 않았을 것이다.

"오는 길에 사고 난 거 봤나?"

잠시 후 그가 물었다.

"그렇네."

그가 머뭇거렸다.

"그 여자는 죽었나?"

"그래, 죽었어."

"그럴 거라 생각했어. 데이지에게도 그렇게 말했고. 충격은 한꺼번에 받는 게 나으니까. 데이지는 꽤 잘 견뎌 내더군."

그는 오로지 데이지의 반응만이 중요하다는 듯 말했다.

"우린 샛길을 통해 웨스트에그로 갔어."

그가 계속 말을 이었다.

"그리고 내 차고에 그 차를 뒀지. 우리를 본 사람은 아무도 없었을 거야. 물론 확신할 순 없지만."

이때만큼은 그가 너무 혐오스러워서 그의 생각이 틀렸다고 말할 필요조차 느끼지 못했다.

"그 여자는 누군가?"

그가 물었다.

"윌슨이라는 여자야. 남편이 정비소를 하고 있지. 대체 어쩌다 그런 일이 생긴 건가?"

"글쎄, 내가 운전대를 꺾으려고 했지만……."

그가 잠시 말을 멈추었고, 순간 나는 사건의 전말을 짐작할 수 있었다.

"데이지가 운전했군?"

"그래, 맞아."

그가 잠시 후 말했다.

"하지만 당연히 내가 그랬다고 말할 거야. 자네도 알다시피, 우리가 뉴욕을 떠날 때 그녀는 매우 불안한 상태였네. 그래서 운전을 하면 마음의 평정을 되찾지 않을까 생각했던 거지. 그런데 맞은편에서 오는 차를 지나치려는 순간 그 여자가 갑자기 우리 앞으로 뛰어든 거야. 모든 일이 한 순간에 일어났네. 그녀는 우리에게 뭔가 말을 하려고 했던 것 같아. 우리를 아는 사람이라고 생각했던 모양이야. 어쨌든, 처음에 데이지가 그 여자를 피하려고 차를 틀었는데 그게 마주 오던 다른 차 쪽이었어. 그러자 데이지는 정신을 놓고 다시 틀었던 거야. 내가 운전대를 잡은 순간 그 여자가 부딪히는 충격이 느껴지더군⋯⋯. 아마 즉사했겠지."

"그 여자는 가슴이 찢겨⋯⋯."

"더 말하지 말게, 친구."

그가 얼굴을 찌푸렸다.

"어쨌든 데이지는 그녀를 치고도 차를 멈추지 못했어. 내가 멈추라고 했지만 소용이 없었네. 그래서 내가 브레이크를 당겼지. 그녀가 내 무릎 위로 쓰러졌고, 그때부터 내가 운전을 했다네."

그가 말을 계속했다.

"내일이면 데이지도 괜찮아질 거야. 나는 여기 있다가 그가 오후 일로 그녀를 괴롭히지 않는지 확인만 할 것이네. 데이지는 지금 방문을 잠그고 있어. 만약 그가 뭔가 잔인한 짓을 하려고 한다면 불을 껐다가 다시 켜기로 약속했네."

"그는 데이지에게 아무 짓도 안 할 걸세. 그는 지금 그녀를 생각할 여유가 없거든."

내가 답했다.

"나는 그를 믿을 수 없네, 친구."

"얼마나 오래 있을 생각인가?"

"필요하다면 밤새도록. 아무튼 저들 모두 잠자기 전까지는 안 갈 생각이야."

그때 문득 새로운 생각이 머리를 스쳤다. 만약 데이지가 운전한 사실을 톰이 알면 어떻게 될까. 그가 그 사고와 데이지 사이에 연관이 있다고 생각할지도 모른다. 그는 어떤 생각이라도 할 수 있을 테니 말이다. 나는 그 집을 쳐다보았다. 아래층 두세 군데에 불이 환하게 켜져 있었고 2층 데이지의 방에서는 분홍빛 불빛이 새어 나왔다.

"여기서 기다려 보게. 소동이 벌어지고 있는지 보고 올 테니."

나는 잔디밭 가장자리를 따라 되돌아가서 조용히 자갈길을 지나 베란다 계단을 발끝으로 살금살금 올라갔다. 응접실 커튼이 열려 있었는데 그 안은 비어 있었다. 석 달 전인 6월의 그날 밤 우리가 저녁을 먹었던 포치를 가로질러 조그만 직사각형 모양으로 불빛이 새어 나오는 곳에 도달했다. 식료품 저장실 창문인 것 같았는데, 블라인드가 내려져 있었지만 창턱에서 작은 틈을 찾을 수 있었다.

데이지와 톰은 식탁 양쪽 끝에 마주 보고 앉아 있었다. 그들 사이에는 다 식은 닭 요리와 맥주 두 병이 놓여 있었다. 그는 식탁 건너편에 앉은 그녀에게 열심히 무언가를 말하고 있었고 진심을 담아 그녀의 손을 감싸 쥐고 있었다. 대화 도중 한 번씩 그녀는 이런 그를 올려다보며 알겠다는 듯이 고개를 끄덕였다.

그들은 행복해 보이지 않았고 닭 요리나 맥주에 손을 대지도 않았지만, 그렇다고 불행해 보이는 것도 아니었다. 분명히 자연스럽고 친밀한 분위기가 흐르고 있었다. 그리고 누군가 이 모습을 보았다면 분명 그들이 함께 무엇인가 음모를 꾸미고 있었다고 말했을 것이다.

포치에서 발끝으로 살살 내려오는 동안 나를 태울 택시가 어두운 길을 따라 집 쪽으로 다가오는 소리가 들렸다. 개츠비는 아까 그곳에서 그대로 기다리고 있었다.

"저쪽은 조용한가?"

그가 걱정스러워하며 물었다.

"그렇다네. 아주 조용해."

나는 주저하며 대답했다.

"자네도 집에 가서 잠을 좀 자는 게 어떤가."

그러나 그는 고개를 저었다.

"나는 여기서 데이지가 잠들 때까지 기다리고 싶어. 먼저 가게, 친구."

그는 손을 외투 주머니에 넣고 다시 그 집을 관찰하기 위해 돌아섰다. 마치 나의 존재가 그의 신성한 보초 임무를 방해한다는 듯이 말이다. 그래서 나는 그가 달빛 아래에서 홀로 아무 것도 아닌 것을 지켜보도록 남겨 둔 채, 그곳에서 걸어 나왔다.

8

If that was true he must have felt that
he had lost the old warm world,
paid a high price for living too long
with a single dream.

나는 밤새 잠들 수 없었다. 해협에서는 끊임없이 안개 주의보가 울려댔고, 나는 괴기스러운 현실과 무자비하고 무서운 꿈 사이를 오가며 반쯤은 앓으면서 이리저리 몸을 뒤척였다. 동이 틀 무렵 개츠비의 차도로 택시가 들어서는 소리가 들렸고, 나는 곧바로 침대에서 뛰어내려 옷을 갈아입었다. 그에게 뭔가 주의하라는 얘기를 해줘야겠다는 생각이 들었기 때문이다. 아침까지 기다리기에는 너무 늦을 것 같았다.

잔디를 가로질러 가면서 보니 그의 집 현관문이 아직까지 열려 있었다. 그는 홀 탁자에 기대고 있었는데 침울함 때문인지 아니면 졸려서 그런지 몸이 무거워 보였다.

"아무 일도 일어나지 않았네. 계속 기다렸더니 4시쯤 되자 그녀가 창문 쪽으로 와 잠시 서 있다가 불을 끄더군."

그가 힘없이 말했다.

담배를 찾아 커다란 방들을 헤매고 다녔던 그날 밤처럼 그의 집이 거대하게 느껴진 적은 없었다. 우리는 커다란 천막 같은 커튼을 젖히고 끝없이 길고 어두운 벽을 더듬으며 전기 스위치를 찾았다. 한번은 튕겨지듯 유령처럼 서 있는 피아노 건반 위로 철퍼덕 넘어지기도 했다. 집 안 곳곳에는 먼지가 상당했고 며칠 동안 환기를 하지 않는지 방에서는 케케묵은 냄새가 났다. 나는 못 보던 탁자에서 담배 상자를 발견했고 그 안에는 오래되어 바싹 마른 담배 두 개비가 있었다. 우리는 응접실로 가서 프랑스식 창문을 활짝 열어젖히고 앉아 어둠 속에서 담배를 태웠다.

"잠시 멀리 가 있어야 할 것 같네. 자네 차를 추적해 올 게 틀림없어."

"지금 가란 말인가, 친구?"

"일주일 정도 애틀랜틱시티 아니면 몬트리올에 가 있게."

개츠비는 전혀 그럴 생각이 없어 보였다. 그는 데이지가 어떻게 할지 알기 전까지 떠나지 못할 것이다. 그는 마지막 희망의 끝자락을 붙들고 있었고 나는 그를 흔들어 그것을 놓게 할 수 없었다.

그가 댄 코디와 함께했던 기이한 젊은 날의 이야기를 들려준 건 바로 그날 밤이었다. '제이 개츠비'라는 존재가 톰의 악의에 찬 공격에 유리처럼 깨지면서 오랫동안 유지해 온 비밀스럽고 화려한 쇼가 막을 내렸기 때문에 내게 그 이야기를 해줄 수 있었던 것이다. 그는 하나도 남기지 않고 어떤 이야기도 다 털어놓을 의사가 있었지만 무엇보다 데이지에 대한 이야기를 하고 싶어 했다.

데이지는 그가 처음 알게 된 '훌륭한' 여자였다. 전에도 그런 부류의 사람들을 접하긴 했었지만 그 사이에는 항상 알 수 없는 철조망이 놓여 있었다. 그러나 데이지는 마음이 두근거릴 정도로 욕심나는 사람이었다. 그가 그녀의 집에 처음 갔을 때는 테일러 기지의 다른 장교들과 함께였지만 나중에는 혼자서 가곤 했다. 그녀의 집은 정말 놀라웠다. 그는 그렇게 아름다운 집을 그전까지 본 적이 없었다. 하지만 그 집이 숨 쉬기조차 힘들 정도로 강렬한 공기를 발산했던 것은 바로 데이지가 살고 있었기 때문이었다. 개츠비에게 야전 텐트가 대수롭지 않은 것처럼 데이지에게도 그 집은 일상의 한 부분일 뿐이었다. 그 집에는 어떤 원숙한 신비로움이 있었다. 위층의 침실은 다른 침실보다 더 아름답고 멋질 것 같았고, 복도를 따라 즐겁고 화려한 일들이 여기저기서 펼쳐질 것 같았다. 이미 라벤더 속에 버려져 케케묵은 냄새가 나는 로맨스가 아닌, 번쩍이는 최신형 자동차처럼 신선하고 생기가 느껴지는 로맨스가 가득하고 좀처럼 시들지 않는 꽃으로 꽉 찬 댄스 파티가 열릴 것만 같았다. 그리고 많은 남자가 데이지를 사랑하고 있다는 사실은 그의 흥미를 더욱 돋우었다. 그 덕에 그의 눈에 그녀의 가치가 더 높아 보였다. 그 남자들의 존재를 집 안 곳곳에서 느낄 수 있었는데, 여전히 생생한 그들의 감정이 그림자와 메아리가 되어 공기 중에 퍼져 있었다.

그러나 개츠비는 자신이 데이지의 집에 오게 된 일이 대단한 우연이라는 사실을 알고 있었다. 제이 개츠비로서 그의 미래는 빛날지 모르지만, 당시 그는 내세울 경력 하나 없는 가난한 청년에 불과했다. 제복이라는 그의 보이지 않는 망토도 어느 순간 어깨에서 미끄러져 떨어질지 모를 일이었다. 그래서 그는 자신에게 주어진 시간을 최대한 이용하기로 했다. 그는 자신이 얻을 수 있는 것이라면 무엇이든 염치없고 탐욕스럽게 얻어냈다. 결국 그는 10월의 어느 고요한 날 밤에 데이지를 차지했다. 사실 그가 그렇게 할 수 있었던 것은 실제로 그에게는 그녀의 손을 만질 권리조차 없었기 때문이었다.

그는 거짓말로 그녀를 차지했기 때문에 스스로를 경멸했을지도 모른다. 그가 있지도 않은 수백만 달러를 이용했다는 말은 아니다. 그는 데이지에게 교묘하게 안정감을 심어 주었다. 자신도 데이지와 사회적으로 같은 계층이며, 그녀를 완전히 책임질 수 있을 거라고 믿게 만들었다. 실제로 그에게 그럴 능력은 전혀 없었다. 뒤에서 밀어 주는 편안한 가족도 없었고, 그저 냉정한 정부(政府)의 변덕스러운 명령에 따라 세계 어느 곳이든 가야만 하는 처지였다.

그러나 그는 자신을 경멸하지 않았고 상황이 그가 예상한 대로 전개되지도 않았다. 아마도 그는 가능한 만큼만 차지하고 말 생각이었을 것이다. 하지만 이제 그는 어느새 자신이 '성배'를 좇는 데에 열심이었다는 것을 깨달았다. 그는 데이지가 특별하다는 것은 알았지만, 이 '훌륭한' 여자가 어디까지 특별해질 수 있는지는 미처 깨닫지 못했다. 그녀는 자신의 화려한 집 속으로, 부유하고 풍족한 삶 속으로 연기처럼 사라져 버렸다. 개츠비에게는 아무것도 남은 게 없었다. 그저 그녀와 결혼한 듯한 기분, 그게 전부였다.

이틀 후 그들이 다시 만났을 때 배신당한 것 같은 느낌을 받고 숨조차 제대로 쉬지 못한 이는 개츠비였다. 그녀의 집 포치는 값비싼 별빛과 함께 밝게 빛나고 있었다. 그녀가 몸을 돌리자 그가 그녀의 신비롭고 사랑스러운 입술에 입을 맞추었고 기다란 고리버들 의자는 멋들어지게 삐걱거렸다. 감기에 걸려 더욱 허스키해진 그녀의 목소리는 훨씬 매력적이었다. 개츠비는 부유함이 가두어 지켜 주는 젊음과 신비로움, 수많은 옷이 주는 산뜻함, 그리고 뜨겁게 몸부림치는 가난한 자들 위에서 은빛으로 빛나며 편안함과 자신감을 드러내는 데이지를 뼛속까지 느낄 수 있었다.

"그녀를 사랑한다는 것을 깨달았을 때 내가 얼마나 놀랐는지 이루 다 설명할 수는 없다네, 친구. 나는 심지어 한동안 그녀가 나를 버리기를 바라기도 했어. 하지만 그녀는 그렇게 하지 않았어. 왜냐하면 그녀도 나를 사랑했기 때문이지. 그녀는 내가 자신이 모르는 것을 많이 알고 있다는 이유로 나를 굉장히 유식하다고 생각했네. 아무튼 나는 야망과는 전혀 다른 길로 들어서서 매순간 더욱 깊이 사랑했어. 어느새 나는 야망을 잊고 있더군. 그녀와 함께 더 좋은 시간을 보낼 수 있는데 대단한 일을 이루는 게 무슨 소용이겠나."

해외로 파견되기 전날 오후에 그는 오랫동안 아무 말 없이 데이지를 팔로 감싸 안고 있었다. 쌀쌀한 가을이어서 방 안에는 화롯불이 피어 있었고 그녀의 볼은 발그레했다. 가끔씩 그녀는 몸을 움직였고 그는 팔을 조금씩 고쳐 안았으며 이따금 어둡게 빛나는 그녀의 머리카락에 입을 맞췄다. 그날 오후는 한동안 그들을 평화롭게 해주었다. 마치 다음 날로 예정된 오랜 헤어짐을 위로할 깊은 추억을 주려는 것 같았다. 그들이 사랑했던 한 달 동안, 그녀의 다문 입술이 외투를 걸친 그의 어깨를 스치고 그가 이미 잠든 것 같은 그녀의 손가락을 부드럽게 어루만져 주었던 그날만큼 서로가 가까웠거나 서로에게 더 큰 의미를 주었던 날은 없었다.

그는 전쟁터에서 탁월한 능력을 발휘했다. 최전선에 배치되기 전에 대위가 되었다. 아르곤 전투 이후에는 소령으로 진급하여 기관총 부대를 총지휘했다. 정전 협정 후 그는 고국으로 돌아가려고 엄청나게 노력했지만 어떤 문제나 오해 때문에 고국이 아닌 옥스퍼드로 보내졌다. 그는 걱정하기 시작했다. 데이지의 편지에 초조함과 절망이 담겨 있었기 때문이었다. 그녀는 그가 왜 돌아올 수 없는지 이해하지 못했다. 그녀는 주위의 압력을 받고 있었고, 그렇기에 더더욱 그의 존재를 옆에서 직접 느끼고 싶어 했다. 그렇게 함으로써 자신의 행동이 결국 옳았다는 확신을 얻고 싶었던 것이다.

데이지는 어렸고 그녀가 속한 인공적인 세계에는 난초 향이 진동했으며 유쾌하고 기분 좋은 속물근성이 가득했다. 그해의 리듬을 선도하는 오케스트라는 인생의 슬픔과 유혹을 새로운 곡조로 요약해 주었다. 매일 밤 색소폰이 〈빌 스트리트 블루스〉의 무기력한 메시지를 구슬프게 불어 댔고, 백여 켤레의 금빛과 은빛 무도화가 그에 맞춰 움직이며 반짝이는 먼지를 날렸다. 어스름한 저녁, 차 마시는 시간이 되면 방들은 항상 나지막하고 달콤한 열기로 끊임없이 고동쳤고, 플로어에서는 새로운 얼굴들이 그곳을 감도는 슬픈 호른 소리를 따라 장미 꽃잎이 날리듯 여기저기 떠돌아 다녔다.

사교 시즌이 되면서 데이지는 황혼의 세계 사이로 다시 움직이기 시작했다. 갑자기 그녀는 하루에 각기 다른 남자들과 대여섯 차례 데이트를 했고 새벽녘이 되어 졸리면 잠에 빠지곤 했는데, 그녀의 침대 옆 바닥에는 구슬이 달린 시폰 이브닝드레스가 죽어 가는 난초들 사이에서 어지럽게 나뒹굴었다. 그러면서도 항상 그녀 안에서는 무엇인가 결정을 해야 한다고 소리치고 있었다. 그녀는 자신의 삶이 지금 당장 안정적인 모습을 갖추기를 바랐고, 그 결정은 어떤 힘에 의해 이루어져야 했다. 그것은 사랑, 돈, 그리고 물을 것도 없이 언제나 손을 뻗으면 닿을 수 있는 현실성이었다.

봄이 한창 무르익던 때에 톰 뷰캐넌이 등장하면서 그 힘은 제대로 된 모습을 갖추었다. 그는 풍채와 지위 모두 건강하고 무게감이 있어서 데이지를 우쭐하게 만들었다. 틀림없이 그녀는 어떤 갈등과 안도감을 동시에 느꼈을 것이다. 이런 사연을 담은 그녀의 편지가 날아온 것은 개츠비가 여전히 옥스퍼드에 있을 때였다.

드디어 롱아일랜드에도 새벽이 왔다. 우리는 아래층을 돌아다니며 나머지 창문을 모두 열어 회색과 금색으로 변하는 빛으로 집 안을 채웠다. 나무 그늘 하나가 갑자기 이슬 위를 스쳐 지나가고 유령 같은 새들이 푸른 나뭇잎 사이로 노래하기 시작했다. 서서히 기분 좋은 움직임이 공기 중에 느껴졌다. 바람이 거의 없어서 그날 날씨가 시원하고 좋을 것임을 예고했다.

"나는 데이지가 그를 사랑한 적이 있다고 생각하지 않네."

개츠비가 창에서 몸을 돌려 나를 도전적으로 바라보았다.

"친구, 오늘 오후 데이지가 매우 흥분했다는 사실을 기억하게나. 그는 그녀를 겁주려고 그런 말들을 했고, 그렇게 해서 나를 싸구려 사기꾼으로 만들었네. 그래서 그녀는 자신이 무슨 말을 하는지도 몰랐던 거야."

그는 침울하게 자리에 앉았다.

"물론 신혼일 때는 아주 잠깐 그를 사랑했을지도 모르지만 그때조차도 그녀는 나를 더 사랑했네, 이해하겠나?"

갑자기 그는 이상한 말을 꺼냈다.

"어떤 경우든 그것은 그저 개인적인 일이네."

판단할 수 없는 일에 대해 그가 너무도 집중한다는 것 외에 이 말을 다른 뜻으로 생각할 수 있을까?

톰과 데이지가 신혼여행 중일 때 프랑스에서 돌아온 그는 군대에서 받은 마지막 월급을 가지고 루이빌로 찾아갔다. 비참한 여행이었지만 그로서는 결코 피해 갈 수 없는 것이었다. 그는 그곳에 일주일 동안 머물면서 그 11월 밤에 그들이 같이 발 도장을 찍었던 거리를 걷고 그녀의 하얀 차로 갔던 한적한 장소를 다시 찾아가 보기도 했다. 그에게 데이지의 집이 다른 집들보다 언제나 더 신비롭고 즐거운 곳으로 보였던 것처럼, 비록 그녀가 떠나고 없는 이 도시에도 그 자체에 우울한 아름다움이 배어 있었다고 느끼게 되었다.

그는 만약 더 열심히 찾았다면 그녀를 찾을 수 있었을지도 모른다고 느끼며 그곳을 떠났다. 그녀를 뒤에 남겨 두고 떠나고 있다는 느낌이 들었던 것이다. 그는 이제 빈털터리였고, 일반실 열차는 더웠다. 그는 객실 사이의 넓은 공간으로 나와 접이식 의자에 앉았다. 기차역이 미끄러지듯 멀어지고 낯선 빌딩의 뒷모습이 스쳐 지나갔다. 그런 다음 기차가 봄의 들판을 지나가자 노란색 전차 하나가 잠시 그들과 나란히 달렸다. 그곳에 있는 사람들은 어쩌면 늘 다니던 거리에서 그녀의 얼굴에서 풍기는 창백한 신비로움을 한 번쯤은 봤을지도 모른다.

기찻길이 방향을 틀면서 태양과 점점 멀어졌다. 태양은 점차 아래로 떨어지면서 한때 그녀가 숨을 쉬었던, 저 멀어져 가는 도시에 축복을 내리듯 쫙 퍼졌다. 그는 마치 한 줌의 공기라도 잡겠다는 듯이, 그녀로 인해 사랑스러웠던 그곳의 한 조각이라도 간직하고 싶다는 듯이 필사적으로 손을 뻗었다. 그러나 그의 흐려진 눈으로 보는 모든 모습은 너무 빨리 지나가 버렸고 그는 그곳에서 가장 생생하고 아름다웠던 부분을 영원히 잃었음을 깨달았다.

우리가 아침 식사를 마치고 포치로 나갔을 때는 9시였다. 밤새 날씨에 큰 변화가 생겨 공기 중에 가을 향기가 완연했다. 개츠비의 하인 중 가장 마지막까지 남았던 정원사가 계단 발치로 왔다.

"개츠비 씨, 오늘 수영장 물을 전부 뺄 생각입니다. 나뭇잎들이 곧 떨어지기 시작할 텐데, 물을 미리 빼지 않으면 파이프에 항상 문제가 생기거든요."

"오늘은 하지 마시오."

개츠비가 대답하고 나서는 내게로 몸을 돌려 사과하듯 말했다.

"친구, 자네도 알다시피 난 저 수영장을 여름 내내 한 번도 이용한 적이 없잖나?"

나는 손목시계를 보고 일어섰다.

"기차 시간까지 12분 남았네."

나는 시내에 가고 싶지 않았다. 내가 근사한 일을 하는 가치 있는 사람이 아니었기 때문이기도 했지만 개츠비를 혼자 두기 싫은 마음이 더욱 컸다. 나는 그 기차를 놓치고 다음 기차 하나도 더 놓치고 나서야 겨우 자리를 뜰 수 있었다.

"이따가 전화하겠네."

내가 마지막으로 말했다.

"그러시게, 친구."

"정오쯤 걸지."

우리는 천천히 계단을 걸어 내려갔다.

"데이지도 전화할 거라 생각하네."

그가 자신의 생각을 확인받고 싶다는 듯 초조하게 나를 바라보았다.

"나도 그렇게 생각한다네."

"자, 잘 다녀오게."

악수를 나누고 나는 걷기 시작했다. 그러다 울타리에 이르기 직전에 무엇인가가 생각나서 뒤를 돌아보았다.

"그들은 썩어 빠진 사람들이라네."

나는 잔디를 가로질러 소리쳤다.

"당신은 그 작자들 모두를 합친 것만큼 가치 있는 사람이야."

나는 늘 그렇게 말하길 잘했다고 생각해 왔다. 그것이 내가 그에게 보낸 유일한 찬사였다. 내가 처음부터 끝까지 그를 인정하지 않았기 때문이었다. 처음에 그는 예의 바르게 고개를 끄덕이더니, 곧이어 그의 얼굴에 이해한다는 듯한 밝은 미소가 번졌다. 마치 우리가 항상 그 사실에 대해 공모해 온 것 같았다. 그가 입은 멋진 분홍색 양복이 하얀 계단을 배경으로 밝은 분홍색 점을 그리고 있었고, 석 달 전 내가 그의 고풍스러운 집에 처음 갔던 그 밤이 떠올랐다. 잔디와 차도는 그의 부정(不正)에 대해 상상하는 사람들로 가득했고 그는 저 계단 위에 서서 깨끗한 꿈을 감춘 채 손님들에게 손을 흔들며 배웅 인사를 했었다.

나는 그의 환대에 고마움을 표현했었다. 우리 모두는 늘 그것을 고마워했었다.

"잘 있게나."

내가 외쳤다.

"아침 잘 먹었네. 개츠비."

시내에 온 나는 한동안 끝이 없는 주식 시세표를 작성하는 일과 씨름하다가 회전의자에서 잠이 들었다. 그러다가 정오가 되기 바로 전에 울린 전화벨 소리에 깨어나 벌떡 일어났다. 이마에 땀방울이 맺혀 있었다. 조던 베이커의 전화였다. 그녀는 호텔, 골프 클럽, 집 사이를 이동하는 일정이 불규칙한 편이어서 연락할 다른 방도를 찾지 못하고 이 시간에 종종 전화를 했다. 보통 전화선을 타고 오는 그녀의 목소리는 마치 골프장에서 스윙하면서 떨어져 나간 잔디 조각이 사무실 창문으로 날아 들어오는 것처럼 상큼하고 시원한 느낌이었지만, 오늘 아침의 목소리는 거칠고 건조하게 느껴졌다.

"데이지 집에서 나왔어요."

그녀가 말했다.

"지금은 헴스테드에 있고 오늘 오후에는 사우샘프턴으로 내려가려고 해요."

데이지 집을 나온 것은 아마도 요령 있는 결정이었겠지만 나에게는 거슬리는 행동이었고, 그녀의 다음 말에 나는 굳어 버렸다.

"어젯밤 당신은 내게 그다지 잘해 주지 않았어요."

"그때 그게 그렇게 중요했단 말이오?"

잠시 침묵이 이어졌다.

"하지만…… 나는 당신을 만나고 싶어요."

"나도 당신을 만나고 싶소."

"사우샘프턴에 가지 말고 오늘 오후 시내로 갈까요?"

"아니, 오늘 오후는 안 됩니다."

"알겠어요."

"오늘 오후는 불가능해요. 여러……."

우리는 한동안 저런 식으로 이야기를 나눴고, 그러다가 갑자기 대화가 끊겨 버렸다. 우리 둘 중 누가 먼저 전화를 뚝 끊어 버렸는지 모르지만 난 상관하지 않았다. 이 생애에서 다시는 조던과 이야기할 기회가 없다고 해도 그날 그녀와 탁자를 사이에 둔 채 한가롭게 이야기를 나눌 수는 없었다.

나는 몇 분 후에 개츠비 집에 전화를 걸었지만 통화 중이었다. 네 차례나 시도한 끝에 마침내 화가 난 교환수가 개츠비 집 전화선은 디트로이트와의 장거리 전화로 계속 사용 중이기 때문에 연결할 수 없다고 알려주었다. 나는 기차 시간표를 꺼내어 3시 50분 기차에 조그만 원을 그렸다. 그런 다음 다시 의자에 기대어 생각을 좀 해보려고 애를 썼다. 그때가 바로 정오였다.

오늘 아침 기차를 타고 재의 골짜기를 지날 때 나는 일부러 그쪽이 보이지 않는 다른 방향의 칸으로 옮겨 앉았다. 분명 그 근처에는 호기심에 모여든 무리가 있을 것이고, 아이들은 먼지 속에서 어두운 핏자국을 찾느라 애쓸 것이며, 말하기 좋아하는 누군가가 그날 사고에 대해 되풀이해서 이야기하고 다닐 것이 분명했기 때문이다. 그러는 사이 사고가 그에게 점점 비현실적인 일이 되면 더 이상은 떠들지 않을 것이고, 그렇게 머틀 윌슨의 비극적 사건은 잊혀 갈 것이다. 나는 이제 조금 앞의 시점으로 돌아가서 그날 밤 우리가 그곳을 떠난 후 정비소에서 어떤 일이 있었는지를 말하려고 한다.

그들은 머틀의 여동생 캐서린을 찾느라 어려움을 겪었다. 그날 밤 그녀는 술을 마시지 않기로 한 원칙을 깬 것이 틀림없었다. 너무 술에 취해 구급차가 플러싱으로 이미 떠났다는 말을 이해하지 못했다. 사람들이 알아듣게 설명해 주자 그녀는 마치 구급차가 떠난 일이 그 사건에서 가장 참을 수 없는 부분인 것처럼 기절해 버렸다. 친절해서인지 아니면 궁금해서인지는 모르지만, 어떤 사람이 그녀를 자기 차에 태워 언니의 시신이 지나간 길을 뒤따라갔다.

자정이 넘어서까지 사람들만 바뀌었을 뿐 무리는 계속 정비소 정문으로 흘러들어 왔고, 조지 윌슨은 안쪽 소파에 앉아 몸을 앞뒤로 흔들고 있었다. 한동안 사무실 문은 열려 있어서 정비소에 들어온 사람들은 모두가 충동을 참지 못하고 그 안을 들여다보았다. 결국 누군가가 창피한 일이라며 문을 닫았다. 마이클리스와 다른 남자들 몇 명이 그와 같이 있었다. 처음에는 네다섯 명이었으나 나중에는 두세 명만 남았다. 좀 더 시간이 흐른 뒤 마이클리스는 마지막까지 남은 누군가에게 가게에서 커피를 좀 만들어 올 테니 15분만 더 기다려 달라고 부탁했다. 그 후 그는 동이 틀 때까지 혼자서 윌슨과 함께 있었다.

새벽 3시쯤이 되자 두서없이 내뱉던 윌슨의 말이 조금 바뀌었다. 그는 조금 침착해졌는지 노란색 차에 대해 이야기하기 시작했다. 노란색 차가 누구 것인지 찾을 방법이 있다고 장담하더니 곧이어 두어 달 전에 자기 아내가 얼굴에 멍이 들고 코가 부어오른 채 시내에서 돌아온 적이 있다는 말을 불쑥 꺼냈다.

그러나 자신이 한 말에 얼굴을 찡그리고 이내 흐느끼면서 "오, 하나님!" 하고 다시 외치기 시작했다. 마이클리스는 서투르지만 그의 관심을 딴 데로 돌리기 위해 애썼다.

"조지, 결혼한 지 얼마나 되셨어요? 진정 좀 해봐요, 잠시만 가만히 앉아 제 질문에 대답해 보세요. 결혼한 지 얼마나 되었냐니까요?"

"12년."

"아이들은 있어요? 조지, 가만히 좀 있어요. 제가 여쭤 봤죠. 아이들은 있나요?"

갈색 딱정벌레들이 희미한 전등에 부딪치며 계속 딱딱 소리를 내고 있었다. 바깥에서 차가 도로를 따라 쌩쌩 달리는 소리가 들릴 때마다 마이클리스는 그 소리가 몇 시간 전 멈추지 않았던 그 차 소리인 것만 같았다. 정비소 차고에는 시체가 누워 있던 바람에 피로 얼룩진 작업대가 그대로 있었기 때문에 그쪽으로 가고 싶지 않았다. 그래서 사무실 주변을 불안하게 서성거렸고, 덕분에 아침이 되기 전까지 사무실 안의 모든 물건을 다 파악할 수 있었다. 물론 때때로 윌슨 옆에 앉아 그를 안정시키려 애썼다.

"조지, 가끔이라도 찾아가는 교회가 있나요? 오랫동안 안 갔어도 괜찮아요. 내가 교회에 연락해 목사님께 여기 와서 당신과 이야기해 달라고 할까요?"

"다니는 곳 없네."

"이럴 때를 대비해서 교회는 다니셔야 해요. 그래도 교회에 한 번은 간 적이 있을 텐데요. 교회에서 결혼하지 않았나요? 제 말 좀 들어요, 조지. 저를 보시라고요. 교회에서 결혼하지 않았어요?"

"그것은 아주 오래전의 일이지."

대답을 하느라 앞뒤로 몸을 흔들던 리듬이 깨지자 그는 잠시 아무 말도 하지 않았다. 그러다 반은 제정신이고 반은 넋이 나간 표정이 그의 흐리멍덩한 눈 속에 다시 나타났다.

"저기 있는 서랍을 보게."

그가 책상을 가리키며 말했다.

"어떤 서랍을 말씀하시는 거예요?"

"저 서랍 말일세, 저거."

마이클리스는 그의 손에서 가장 가까이에 있는 서랍을 열었다. 거기에는 가죽과 은으로 엮은 작고 비싼 애견 줄이 들어 있었다. 얼핏 보기에도 새것이었다.

"이거요?"

그가 그것을 집어 들며 물었다.

윌슨이 빤히 쳐다보며 고개를 끄덕였다.

"어제 오후에 그걸 발견했지. 아내는 그것에 대해 설명하려고 했지만 난 그게 보통 물건이 아니라는 걸 알았어."

"당신 말은 당신 아내가 이걸 샀다는 건가요?"

"아내는 그걸 포장지에 싸서 서랍장 위에 올려났더군."

마이클리스는 그것이 왜 이상한지 알 수 없었고, 윌슨에게 그의 아내가 애견 줄을 살 만한 여러 가지 이유를 제시했다. 그러나 윌슨은 그런 설명을 머틀에게서 이미 들었던 모양인지 다시 "오, 하나님!" 하고 탄식하기 시작했다. 그를 위로하며 던진 몇몇의 말들은 허공으로 날아가고 말았다.

"그래서 그가 아내를 죽인 거야."

윌슨이 말했다. 갑자기 그의 입이 저절로 벌어졌다.

"그가 누굽니까?"

"알아낼 방법이 있어."

"조지, 당신은 지금 정상이 아니에요. 너무 충격을 받아서 지금 무슨 말을 하는지도 모르고 있어요. 아침까지 안정을 취하는 게 좋겠습니다."

마이클리스가 말했다.

"그가 죽였어."

"그건 사고였어요, 조지."

윌슨이 고개를 저었다. 그의 눈이 가늘어지고 입은 뭔가 안다는 듯 "흠!" 소리와 함께 살짝 벌어졌다.

"난 알아."

그가 단호하게 말했다.

"나는 꽤 믿을 만한 사람이고 누군가에게 해를 끼친 적도 없네. 하지만 무언가를 알게 되었을 때는 문제가 달라지지. 범인은 그 차에 타고 있던 남자야. 아내는 그 남자에게 말하려고 달려갔던 거고 그자는 멈추지 않은 거지."

마이클리스 역시 그 사실은 알고 있었지만 거기에 어떤 특별한 의미가 있다고는 생각하지 않았다. 윌슨 부인은 남편에게서 벗어나기 위해 뛰쳐나간 것이었지 특정한 차를 세우려고 그랬던 게 아니었다고 생각했다.

"어쩌다 그런 행동을 한 거죠?"

"앙큼한 여자니까."

윌슨이 마치 이게 그 질문에 대한 대답인 것처럼 말했다.

"아…, 아…."

그는 다시 몸을 흔들기 시작했고, 마이클리스는 손에 든 애견 줄을 비비 꼬며 서 있었다.

"혹시 전화할 만한 친구들 있어요, 조지?"

그것은 헛된 희망이었다. 그는 윌슨에게 친구가 없다고 거의 확신했다. 아내를 감당하는 것만으로도 벅찬 남자였다. 조금 후 방 안 창가에 푸른빛이 살아나는 것이 보이자 그는 동트는 시간이 멀지 않았음에 안도했다. 5시쯤 되자 밖은 전등불을 꺼도 될 만큼 밝아졌다.

윌슨의 화난 눈이 재의 골짜기로 향했다. 그곳에는 작은 회색 구름이 멋있는 모양을 만들면서 희미한 새벽바람을 타고 이리저리 돌아다니고 있었다.

"아내에게 말했네."

그가 오랜 침묵을 깨고 중얼거렸다.

"나를 속일 수는 있지만 하나님을 속일 수는 없다고. 나는 그녀를 창가로 데리고 갔네."

그는 안간힘을 써서 일어나 뒤쪽 창문으로 걸어간 후 그곳에 얼굴을 누르며 기대어 섰다.

"나는 말했다네. '당신이 무슨 짓을 하고 다니는지 하나님은 알고 있어. 당신의 일거수일투족을 모두. 나를 속여도 하나님은 절대 속일 수 없어!'라고 말이야."

뒤에 서 있던 마이클리스는 깜짝 놀랐다. 윌슨이 T. J. 에클버그 박사의 눈을 보고 있었기 때문이다. 사라져 가는 어둠 속에서 창백하고 거대한 에클버그 박사의 눈이 막 모습을 드러내고 있었다.

"하나님은 모든 것을 보고 계시네."

윌슨이 반복해 말했다.

"그건 광고예요."

마이클리스가 그에게 일깨워 주었다. 그리고 무엇 때문인지 창에서 돌아서서 방 안을 둘러보았다. 하지만 윌슨은 창문에 얼굴을 가까이 댄 채 동이 터 오는 모습을 보고 고개를 끄덕이며 그곳에 그렇게 한동안 서 있었다.

6시가 되자 마이클리스는 완전히 지쳐 버렸다. 밖에서 차가 멈추는 소리가 들리자 감사한 마음이 들었다. 전날 밤 다시 오겠다고 약속했던 구경꾼 중 한 명이었다. 마이클리스는 아침 식사를 3인분 준비했지만, 그 남자와만 먹어야 했다. 윌슨이 이제 훨씬 더 조용해진 덕에 마이클리스는 잠을 자러 집으로 갔다. 그가 네 시간 후 잠에서 깨어나 서둘러 정비소로 갔을 때, 윌슨은 이미 사라지고 없었다.

줄곧 걸어 다닌 듯한 그의 행적을 추적해 보면, 그는 루스벨트 항으로 갔다가 개즈힐로 가서 샌드위치와 커피 한 잔을 샀다. 하지만 샌드위치에는 손도 대지 않았다. 정오까지도 개즈힐에 도착하지 않았던 것을 보면 그는 매우 지쳐 천천히 걸었던 것이 분명했다. 여기까지 그가 보낸 시간을 설명하는 데에는 어려움이 없었다. '미친 것 같이 행동하는' 한 남자를 본 아이들과 그가 길가에서 자기들을 이상한 눈으로 빤히 쳐다보더라는 운전자들이 있었다. 그 이후 세 시간 동안 그의 행적은 사라졌다. 경찰은 그가 마이클리스에게 말한 내용, 즉 '알아낼 방법이 있다'고 말한 점에 무게를 두고 그가 주변 정비소마다 기웃거리며 노란 차에 대해 물어보고 다녔을 거라고 추정했다. 다른 한편으로는 그를 본 정비소 사람이 하나도 나오지 않았기 때문에 그는 자신이 알고 싶었던 것을 찾아내는 더 쉽고 확실한 방법을 발견했을 수도 있었다. 2시 30분쯤 그는 웨스트에그에 있었고, 그곳에서 개츠비 집으로 가는 길을 누군가에게 물었다고 했다. 그때 이미 그는 개츠비의 이름을 알고 있었다.

2시에 개츠비는 수영복으로 갈아입은 뒤 집사에게 누군가가 전화를 하면 수영장으로 메시지를 전달해 달라는 말을 남겼다. 그는 차고에 들러 여름날 그의 손님들이 즐겼던 매트리스를 찾았고, 운전기사의 도움을 받아 공기를 넣었다. 그런 다음 어떤 경우에도 차를 꺼내서는 안 된다는 지시를 내렸다. 이상한 일이었다. 오른쪽 앞 흙받기 부분을 수리해야 했기 때문이다.

개츠비는 매트리스를 어깨에 메고 수영장으로 걸어갔다. 도중에 멈춰서서 그것을 조금 옮기려 하자 운전기사가 도움이 필요한지 물었다. 하지만 그는 고개를 젓고 나서 이내 노란 나무들 사이로 사라졌다.

전화는 한 통도 오지 않았지만, 집사는 잠도 자지 않고 4시까지 전화를 기다렸다. 적어도 전화가 오면 받을 사람이 있을 때까지는 기다린 셈이다. 내 생각에 개츠비조차 전화가 올 거라고 믿지 않았고 어쩌면 그는 더 이상 상관하지 않기로 했을지도 모른다. 만약 그것이 사실이라면 그는 자신이 오래 간직해 온 따뜻한 세상을 잃었으며 너무 오랜 시간 꿈 하나만을 가지고 살아온 것에 대한 대가를 톡톡히 치렀다고 느꼈을 것이다. 그는 무섭게 생긴 나뭇잎들 사이로 익숙지 않은 하늘을 올려다보며 한 송이 장미가 얼마나 괴기스러운지, 정리 안 된 잔디 위에 내리쬐는 햇빛이 얼마나 값싼 것인지를 깨닫고 몸서리쳤을 것이 틀림없다. 새로운 세계, 실재성이 부재하는 물질 덩어리에 불과한 이 세계에서 가난한 유령들은 공기처럼 꿈을 들이마시며 되는 대로 떠돌고 있을 뿐이었다. 마치 형체를 알 수 없는 나무 사이에서 그에게로 서서히 다가오는 잿빛 환영처럼.

울프심의 심복 중 한 명인 운전기사가 총소리를 들었다. 후에 그는 그 총소리에 대해 그다지 대수롭게 여기지 않았다고 말할 뿐이었다. 나는 기차역에서 곧장 개츠비의 집으로 차를 몰았고, 내가 조바심을 내며 현관 계단을 급히 올라가자 그제야 그들은 놀라기 시작했다. 그러나 나는 그들이 그때 이미 알고 있었을 거라고 확신한다. 한 마디 말도 없이 운전기사와 집사, 정원사, 그리고 나 이렇게 네 사람은 서둘러 수영장으로 달려갔다.

한쪽 끝에서 흘러나오는 맑은 물이 다른 쪽 배수구를 향해 흘러가면서, 수영장에는 거의 느낄 수 없을 정도로 희미한 움직임이 있을 뿐이었다. 미미하게 일렁이는 물결을 따라 무엇인가를 실은 매트리스가 불규칙하게 수영장을 떠다니고 있었다. 바람 줄기는 너무 미세해서 수면 위로 물결을 만들지는 못할 정도였지만 매트리스가 예상치 못한 방향으로 흘러가는 것을 방해하기에는 충분했다. 매트리스에 닿은 나뭇잎 한 뭉치가 컴퍼스 다리처럼 물 위에 가늘고 붉은 원을 그리며 천천히 그 주위를 회전했다.

우리가 개츠비를 집으로 옮기기 시작한 후에야 정원사가 잔디밭으로부터 조금 떨어진 곳에서 윌슨의 시신을 발견했고, 이로써 참극은 끝이 났다.

9

So we beat on, boats against the current,
borne back ceaselessly into the past.

그로부터 2년이 지난 지금, 그날의 나머지 시간과 그날 밤 그리고 그
다음 날에 대한 기억은 개츠비 집을 들락거렸던 경찰과 카메라맨, 신문
기자의 끝없는 행렬뿐이다. 정문을 가로질러 줄을 쳐놓았고 그 옆에서
경찰관 하나가 호기심으로 가득 찬 사람들을 차단했다. 하지만 아이들은
곧 내 집 정원을 통해 그곳으로 들어갈 수 있다는 사실을 알아냈고, 그래
서 수영장 주변에는 꼭 아이들 몇이 입을 딱 벌린 채 무리 지어 있었다.
그날 오후에 사건 추론을 하는, 아마도 형사였을 듯싶은 누군가가 자신
만만한 태도로 윌슨의 시신 위로 몸을 기울이면서 '미치광이'라는 표현을
했고, 우연찮게 권위를 얻게 된 그 표현은 다음 날 아침 뉴스 기사의 중
요 표현으로 사용되었다.

뉴스 기사는 대부분 악몽 그 자체였다. 기괴했고, 지엽적인 내용을 열심히 다루었을 뿐 사실이 아니었다. 마이클리스가 법정 심리에서 윌슨이 아내를 의심하고 있었다는 사실을 증언했을 때만 해도 이 사건의 전체 이야기가 선정적인 풍자거리가 될 게 뻔하다는 생각이 들었다. 하지만 무슨 말이든 할 것 같던 캐서린은 단 한 마디도 하지 않았다. 그뿐만 아니라 그녀는 깜짝 놀랄 정도의 개성을 선보였다. 그녀는 다듬은 눈썹 아래 단호한 눈빛으로 검시관을 바라보면서 언니는 개츠비를 결코 만난 적이 없다고 맹세했다. 게다가 남편과 행복하게 살았으며 남에게 해가 되는 그 어떤 행동도 한 적이 없다고 단언했다. 그녀는 자신의 증언은 확실하다고 말하며 마치 그 생각을 하면 더 이상 참을 수 없다는 듯 손수건에 얼굴을 묻고 울음을 터뜨렸다. 그 결과 이 일은 그저 단순한 사고로 처리되었고 윌슨은 '비탄에 빠져 미친' 남자가 되어 있었다. 그리고 이 사건은 그렇게 마무리되었다.

그러나 이런 부분은 본질과 동떨어진 이야기이고 그다지 중요하지 않다. 나는 개츠비 편에 선 사람이 나 혼자밖에 없음을 알게 되었다. 내가 이 비극에 관한 뉴스를 웨스트에그 마을에 전화로 알리던 순간부터 그에 관한 모든 추측과 실질적인 질문이 나에게 전달되었다. 처음에는 놀라고 당황스러웠다. 그러다가 그는 움직이지도, 숨 쉬지도, 말하지도 못하고 집에 누워 있었으므로 시간이 갈수록 내가 그를 위해 책임을 져야 한다는 생각이 커져 갔다. 나 말고는 어느 누구도 관심이 없었기 때문이었다. 여기서 말한 관심이란 강한 개인적 관심을 의미하는 것으로 그에 따라 결국에는 미약하게나마 권리까지 행사하는 것을 말한다.

그를 발견한 지 반 시간이 지난 뒤 나는 본능적으로 데이지에게 전화를 걸었다. 그러나 그녀와 톰은 그날 오후 일찍 먼 곳으로 떠났고 여행

가방까지 들고 갔다고 했다.

"주소를 전혀 남기지 않았습니까?"

"안 남기셨습니다."

"언제 돌아오는지 말했나요?"

"아니오."

"그들이 어디 있는지 아시나요? 어떻게 연락할 수 있을까요?"

"잘 모릅니다. 말씀드릴 수 없습니다."

나는 그를 위해 누군가를 데려오고 싶었다. 그가 누워 있는 방으로 가서 그를 안심시켜 주고 싶었다.

"당신을 위해 누군가를 데려오겠네, 개츠비. 걱정하지 말게. 그냥 나를 믿어. 내가 당신을 위해 누구라도 데려올 거니까……."

마이어 울프심의 이름은 전화번호부에 없었다. 브로드웨이에 있는 그의 사무실 주소를 집사에게 받아 안내국으로 전화했지만, 그 전화번호를 손에 넣었을 때는 5시가 한참 지난 시간이었기 때문에 아무도 전화를 받지 않았다.

"다시 연결해 주실 수 있나요?"

"세 번이나 전화했습니다."

"매우 중요한 일입니다."

"죄송합니다. 아무도 없는 것 같아요."

내가 응접실로 돌아왔을 때, 나는 일순간 그 방에 들른 사람들은 모두 공적인 임무 때문에 왔을 뿐이라는 생각이 들었다. 그리고 그들이 개츠비를 덮고 있던 시트를 걷어 올리고 태연한 눈으로 그를 들여다볼 때면 내 머릿속에는 그가 저항하는 모습이 계속 떠올랐다.

"이보게, 친구. 나를 위해 누군가를 데려와 주게나. 좀 더 노력해 달란 말이네. 나 혼자는 견딜 수 없어."

누군가가 내게 질문하기 시작했지만 나는 중간에 말을 끊고 그 자리를 떠나 위층으로 올라갔다. 그리고 그의 책상에서 잠기지 않은 서랍을 급히 뒤져 보았다. 그는 내게 부모님이 돌아가셨다고 확실하게 말한 적이 없었다. 하지만 아무것도 찾을 수 없었다. 오직 잊고 있던 폭력의 증거인 댄 코디의 사진만이 벽에서 내려다보고 있었을 뿐이었다.

다음 날 아침 나는 울프심에게 쓴 편지를 전하기 위해 집사를 뉴욕으로 보냈다. 편지에는 개츠비와 관련된 질문과 함께 다음 기차를 타고 이곳으로 와 달라고 청하는 내용이 담겨 있었다. 편지를 쓰면서도 나는 이 편지를 굳이 보낼 필요가 없을 것 같다고 생각했다. 정오 전에는 데이지에게 전화가 오리라 믿었던 것처럼 그가 신문 기사를 보면 바로 이쪽으로 출발할 것이라고 확신했다. 그러나 전화도 없었고, 울프심 씨도 오지 않았다. 경찰과 카메라맨, 그리고 기자를 제외하고는 아무도 찾아오지 않았다. 집사가 울프심의 답장을 가져왔을 때 나는 그들에게 반발심을 갖게 되었고, 그들 모두를 경멸하면서 개츠비와 강한 유대감을 느끼기 시작했다.

친애하는 캐러웨이 씨. 이 소식은 내가 살아오며 경험한 가장 끔찍한 충격이어서 전혀 사실이라고 믿을 수 없습니다. 그 남자의 미친 짓 때문에 우리 모두가 많은 생각을 하게 되는군요. 저는 지금 중요한 사업에 묶여 있어서 지금 당장은 거기로 갈 수 없고 이 일에 관여할 수 없을 것 같습니다. 나중에라도 제가 조금이나마 할 수 있는 일이 있다면 에드가 편으로 편지를 보내 알려 주십시오. 이런 소식을 들으니 제가 어디 있는지도 모를 지경이며 완전히 기운을 잃고 침울한 상태입니다.

진심을 담아

마이어 울프심

그리고 그 아래 급하게 덧붙인 말이 있었다.

　　장례식 등에 관해 알려 주십시오. 그의 가족에 대해서는 전혀 아는 바가 없
습니다.

　그날 오후 전화벨이 울렸고 장거리 전화국에서 시카고에서 온 전화라
고 알려 주었을 때 나는 마침내 데이지에게서 전화가 온 것이라고 생각
했다. 하지만 연결된 것은 남자 목소리로, 매우 가늘고 아득하게 들려왔
다.

　"슬레이글입니다……."

　"네?"

　처음 들어 보는 이름이었다.

　"전화가 왜 이러지? 내 전보 받았나요?"

　"전보는 전혀 안 왔습니다."

　"파크 녀석에게 문제가 생겼어요. 카운터 너머로 채권을 넘겨주다가
잡혔대요. 5분 전에 뉴욕에서 증권 번호를 알려 주는 회보가 도착했다는
거지요. 여기에 대해 뭐 아는 거 없소? 이런 촌구석에서는 그런 일을 결
코 알 수 없다니까……."

　그는 빠르게 말했다.

　"여보세요!"

　나는 숨 가쁘게 그의 말을 끊었다.

"실례합니다, 나는 개츠비가 아닙니다. 개츠비 씨는 돌아가셨어요."

전화 저편에서는 오랫동안 아무 말이 없었다. 그리고 들리는 절규 소리……. 곧바로 찰칵 하고 전화가 끊겼다.

미네소타의 한 마을에서 헨리 C. 개츠라고 서명된 전보가 도착한 때는 세 번째 날이었던 것으로 기억한다. 발신인은 바로 출발할 테니 자신이 올 때까지 장례식을 연기해 달라는 말만 써놓았다.

그 사람은 개츠비의 아버지였다. 엄숙한 표정의 노인은 매우 무력하고도 놀란 것 같았으며, 9월의 따스한 날씨와는 대조적으로 두툼하고 긴 싸구려 외투를 입고 있었다. 감정이 격해졌는지 눈에서 끊임없이 눈물을 흘려보내고 있었다. 내가 그의 가방과 우산을 받아 들려 할 때 그가 숱이 적은 잿빛 수염을 계속 잡아당기는 바람에 옷을 벗기는 데에 어려움을 겪었다. 그는 쓰러지기 일보 직전이었다. 나는 그를 음악실로 데려가 앉히고, 사람을 보내 먹을 것을 가져오게 했다. 그러나 그는 먹으려 하지 않았다. 손을 떨어서 쥐고 있던 우유도 흘리고 말았다.

그가 말했다.

"시카고 신문에서 그 기사를 보았소. 신문에 대문짝만하게 났더군요. 바로 출발했다오."

"어떻게 연락을 드려야 할지 몰랐습니다."

그의 눈은 쉼 없이 방을 둘러보고 있었지만 아무것도 보이지 않는 듯했다.

그가 말했다.

"범인은 미친 사람이오. 그 사람은 미친 게 분명합니다."

"커피 좀 드시겠어요?"

내가 청했다.

"아무것도 먹고 싶지 않군요. 지금은 괜찮습니다. 이름이……."

"캐러웨이라고 합니다."

"아무튼, 난 지금 괜찮소. 지미는 어디에 있습니까?"

나는 그를 아들이 누워 있는 응접실로 데려가 홀로 남겨 두고 나왔다. 몇몇 아이들이 계단 위를 올라와 홀 안을 들여다보고 있었다. 내가 그들에게 누가 왔는지 알려 주자, 그들은 쭈뼛쭈뼛하면서 자리를 떴다.

잠시 시간이 흐른 후 개츠 씨가 문을 열고 나왔다. 입은 약간 벌어져 있었고 얼굴은 살짝 홍조를 띠었으며 눈에서는 이따금씩 뒤늦은 눈물이 방울지며 흘러내렸다. 그는 이미 죽음을 소스라치게 놀랄 것으로 받아들이지 않을 만한 나이가 되어 있었다. 그는 처음으로 개츠비 주위를 둘러보았다. 화려하고 높다란 홀, 커다란 방들 뒤편으로 또 다른 방이 이어지는 모습을 보면서 그의 슬픔은 경이로운 자부심과 뒤섞이기 시작했다. 나는 그가 위층 침실로 가는 것을 도왔다. 그리고 그가 겉옷과 조끼를 벗는 동안 모든 절차를 그가 올 때까지 연기해 두었다고 알려 주었다.

"어르신이 어떻게 하길 원하실지 몰라서요, 개츠비 씨……."

"개츠가 내 이름이오."

"……개츠 씨. 전 어르신께서 시신을 서부로 운구하고 싶어 하실 거라 생각했습니다."

그가 고개를 저었다.

"지미는 언제나 동부에 있는 것을 더욱 좋아했소. 그 아이는 동부에서 혼자 힘으로 지금의 위치까지 올라섰습니다. 그 아이의 친구였나요, 선생……?"

"가까운 사이였습니다."

"앞날이 창창한 아이였소. 아직 어린 나이였을 때도 여기, 머리가 아주 좋았죠."

그는 자신의 머리를 인상적으로 두드렸고 나는 고개를 끄덕였다.

"만약에 그 아이가 살아 있었다면 위대한 사람이 되었을 겁니다. 이를 테면 제임스 J. 힐[47] 같은 남자 말이오. 이 나라 발전에 큰 힘이 되었을 텐데."

"물론입니다."

나는 마음이 약간 불편했지만 맞장구를 쳐주었다.

그는 수놓은 침대보를 더듬거리다가 침대에서 벗겨 내리려고 애쓰더니 경직된 자세로 누웠다. 그러고는 곧장 잠들어 버렸다.

그날 밤 겁에 질린 기색이 역력한 남자가 전화를 걸어서는 자기 이름을 밝히기도 전에 내가 누군지 물어보았다.

"캐러웨이입니다."

내가 말했다.

"아!"

그는 안도한 듯했다.

"클립스프링어입니다."

나 또한 안도했다. 개츠비의 묘에 또 다른 친구가 온다고 약속할 수 있을 것 같았기 때문이었다. 나는 신문에 그의 부고 소식을 실어 구경꾼 무리를 끌어들이고 싶은 생각은 없었기에 몇몇 사람들에게 직접 전화를 하고 있었다. 하지만 그런 사람들을 찾기는 어려웠다.

"장례식은 내일입니다. 3시에 이 집에서요. 관심 있는 사람이라면 누구에게든 알려 주십시오."

---

47) James J. Hill. 흔히 '제국 건설자'라 불리기도 하는 인물로, 가난한 집안 출신이지만 중서부 철도를 세우면서 큰 성공을 이룬 입지전적 인물이다.

내가 말했다.

"오, 그러겠습니다."

그리고 그가 서둘러 말을 덧붙였다.

"물론 그래야죠. 아무도 만날 것 같진 않지만 만약 만난다면요."

그의 말투에서 미덥잖은 느낌이 묻어났다.

"당신은 당연히 오시겠지요."

"흠, 분명 노력할 겁니다. 제가 전화한 이유는……."

"잠깐만요. 참석할 거라 확실히 말씀해 주시겠습니까?"

내가 그의 말을 끊고 말했다.

"흠, 사실은…… 사실은 제가 몇몇 사람들과 그리니치에 함께 머무는 중인데 내일 일정에 나도 함께하길 원하고 있어요. 사실, 소풍 그 비슷한 게 있거든요. 물론 나는 빠지려고 최선을 다할 겁니다."

"허!" 하고 제어되지 않은 탄성이 내 입에서 튀어나왔고, 그가 신경질적으로 계속 말을 이어 가는 것으로 보아 내 말을 들은 게 틀림없었다.

"제가 전화를 한 이유는 거기에 신발 한 켤레를 놓고 왔기 때문입니다. 너무 수고스럽지 않으시다면 집사 편으로 그 신발을 좀 보내 달라고 부탁할까 해서요. 흠, 테니스 신발인데, 그게 없으면 좀 곤란하거든요. 제 주소는 B. F.……."

전화를 끊어 버렸기 때문에 나머지 주소는 듣지 못했다.

그 일이 있은 후 나는 개츠비에게 어딘가 좀 부끄러워졌다. 내 전화를 받은 어떤 신사는 개츠비의 일에 대해 마땅한 결과라는 식으로 말했다. 그것은 나의 실수였다. 그는 개츠비가 제공하는 술의 힘을 빌려 개츠비를 가장 신랄하게 비웃었던 사람들 중 하나였고 나는 그에게 전화하기 전에 그것을 알았어야 했다.

장례식 날 아침 나는 마이어 울프심을 만나기 위해 뉴욕으로 갔다. 그렇게 하지 않으면 그를 만날 수 있을 것 같지 않았다. 엘리베이터 안내원의 말에 따라 문을 밀어 열었는데, 그 문에는 '스와스티카 지주 회사'라고 표시되어 있었다. 처음에는 안에 아무도 없는 것 같았다. 그러나 내가 허공에 대고 "안녕하세요." 하고 여러 번 외치자 칸막이 뒤쪽으로 무엇인가 싸우는 소리가 들리더니 한 예쁘장한 유대인 여자가 안쪽 문에서 나타나 반감이 담긴 검은 눈동자로 나를 훑어봤다.

"아무도 없어요. 울프심 씨는 시카고에 가셨어요."

그녀가 말했다.

그녀의 첫 마디는 명백한 거짓말이었다. 누군가 안에서 음이 맞지 않는 휘파람으로 〈로자리오〉를 불기 시작했기 때문이다.

"캐러웨이가 만나길 원한다고 전해 주십시오."

"제가 그를 시카고에서 데려올 수는 없잖아요?"

바로 이 순간, 울프심임이 틀림없는 목소리가 다른 쪽 문에서 "스텔라." 하고 외쳤다.

"책상에 이름을 남겨 주세요. 돌아오시면 전해 드릴게요."

그녀가 빠르게 말했다.

"그렇지만 그가 여기 있다는 거 압니다."

그녀는 내게 한 발짝 다가오더니 분개한 듯 손을 자기 허리께에 얹고 위아래로 쓸어내리기 시작했다.

"당신같이 젊은 남자들은 언제나 여기에서 자기 방식대로 할 수 있다고 생각하지."

그녀가 나무라듯 말했다.

"우리는 이제 그런 게 신물 나. 내가 시카고에 있다고 하면 시카고에 있는 거야."

나는 개츠비를 언급했다.

"오!"

그녀가 나를 다시 쳐다봤다.

"당신은 그냥…… 당신 이름이 뭐였죠?"

그녀는 사라졌고 잠시 후 마이어 울프심이 문가에서 양손으로 문을 지탱한 채 근엄하게 서 있었다. 그는 나를 자기 사무실로 끌고 들어가 경건한 목소리로 지금은 우리 모두에게 슬픈 시기라고 말하면서 나에게 담배를 건넸다.

"개츠비를 처음 만났을 때가 생각나는군."

그가 말했다.

"그는 군대를 막 제대한 젊은 소령이었는데 온몸이 전쟁 중에 받은 훈장들로 덮여 있을 정도였지. 그는 평상복을 살 돈이 없을만큼 가난해서 군복만 계속 입고 있어야 했다네. 내가 그를 처음 본 것은 그가 일자리를 찾으러 43번가에 있는 와인브레너의 당구장으로 들어왔을 때였지. 그는 한 이틀 동안 아무것도 먹지 못했다더군. 내가 '자, 나와 같이 점심 먹읍시다.'라고 말했고, 그는 30분 만에 4달러어치도 넘게 먹었다네."

"당신이 그가 사업을 시작할 수 있게 도와주셨습니까?"

내가 물었다.

"그랬지! 내가 그를 키웠지."

"아, 네."

"내가 그를 무일푼에서 벗어나게 했다네. 시궁창에서 빠져나오게 했지. 그를 보는 순간 그가 잘생기고 신사다운 청년이라는 것을 곧바로 알아차렸고, 자기가 오그스포드 출신이라고 나에게 말했을 때에는 그를 잘

활용할 수 있을 거라는 생각을 했지. 내가 그에게 미국 재향 군인회[48]에 가입하라고 했고 그는 거기서 높은 위치까지 갔어. 거기서 나온 후에는 바로 알바니에 있는 내 의뢰인을 위해 일했고. 우리는 모든 면에서 꽤나 가깝게 지냈어."

그가 통통한 손가락 두 개를 치켜세우며 말했다.

"언제나 함께였지."

나는 두 사람의 동업 관계에 1919년 월드 시리즈 조작 사건도 포함되어 있는지 궁금했다.

"이제 그는 죽었습니다."

내가 잠시 후 말했다.

"당신은 그의 가장 친한 친구였으니 오늘 오후 장례식에 오고 싶으실 거라 생각합니다."

"가고 싶다네."

"그렇다면 오세요."

그의 코털이 살짝 흔들리더니 그가 고개를 저었다. 눈에는 눈물이 가득했다.

"나는 못 가. 엮일 수 없어."

그가 말했다.

"엮일 것은 하나도 없어요. 이제 모두 끝났습니다."

"누군가가 살해되면 나는 어떻게 해서든 결코 거기에 엮이지 않으려고 하지. 물러서 있겠네. 내가 젊었을 때만 해도 이렇지는 않았지. 친구가 죽으면 무슨 일이 있어도 그 옆을 지켰어. 자네는 감상적이라고 생각할

---

48) the American Legion. 주로 국제 전쟁에 파견된 미군이 제대 후 가입할 수 있다.

지 모르지만 난 정말 그랬다고. 지옥 끝이라도 같이 갔었지."

나는 그가 자기 나름의 문제 때문에 장례식에 오지 않기로 마음먹었음을 알 수 있었고, 그래서 자리에서 일어섰다.

"자네는 대학을 나왔나?"

갑자기 그가 물었다.

나는 잠시 그가 '연줄'을 제안하려는 것인지 생각했지만 그는 그저 고개를 끄덕이고 악수를 나눌 뿐이었다.

"친구에 대한 우정은 그가 죽고 나서가 아닌 살아 있을 때 보여 주어야 하는 법이라는 걸 배우자고. 그 이후에 대한 나만의 원칙은 모든 것에 상관하지 말자는 것이라네."

그가 말했다.

그의 사무실을 나왔을 때 하늘이 어두워졌고 웨스트에그로 가는 동안 이슬비가 내렸다. 옷을 갈아입은 후 옆집으로 갔더니 개츠 씨가 기분이 약간 고조된 상태에서 홀을 왔다 갔다 하는 것이 보였다. 아들 개츠비와 그가 이뤄 놓은 것들에 대한 개츠 씨의 자부심은 계속 커지고 있었다. 이제 그는 내게 보여 줄 것이 있었다고 했다.

"지미가 내게 이 사진을 보내 줬었소."

그리고 그는 떨리는 손으로 지갑을 꺼냈다.

"여기를 보시오."

그것은 저택 사진이었다. 한쪽 구석이 찢어지고 손으로 여러 번 만져서 때가 타 있었다. 그는 열정적으로 나에게 사진의 각 부분을 일일이 알려 주었다. 그리고 "여기 보시오." 하고서는 내 눈에서 감탄이 나오기를 기대했다. 그 사진을 너무 자주 보여 준 나머지, 이제는 그것을 실제 저택보다 더 현실로 느끼는 것 같았다.

"지미가 보낸 거라고요. 매우 멋진 사진이라고 생각하오. 사진이 잘 나왔소."

"그렇군요. 최근에 그를 보신 적이 있나요?"

"2년 전에 나를 보러 와서 지금 살고 있는 집을 사줬다오. 물론 그 애가 집에서 도망치듯 나갔을 때 우리는 파산 상태였지만, 이제 그럴 만한 이유가 있었다는 걸 알겠소. 그는 자기 앞에 대단한 미래가 있다는 것을 알고 있었던 거요. 그리고 성공을 이루고 나서 그 아이는 내게 많은 것을 해주었다오."

그는 그 사진을 집어넣고 싶지 않았는지 내 눈앞에서 머뭇거리며 조금 더 쥐고 있었다. 그런 다음 곧 지갑에 그것을 넣고 주머니에서 《호펄롱 캐시디》[49]라는 제목의 낡고 너덜너덜해진 책을 꺼냈다.

"여기 보시오. 이건 그 애가 소년이었을 적에 갖고 있던 책이라오. 이걸 보면 잘 알 수 있을 거요."

그는 뒤표지를 열어서 내가 볼 수 있도록 돌려 주었다. 책 맨 뒤의 백지에 '시간표'란 단어가 적혀 있었고, 날짜는 1906년 9월 12일로 되어 있었다. 그리고 그 아래로 다음과 같이 쓰여 있었다.

기상	오전 6:00
아령 운동과 벽 타기	오전 6:15~6:30
전기학, 기타 공부	오전 7:15~8:15
일	오전 8:30~오후 4:30
야구 및 운동	오후 4:30~5:00

---

49) HOPALONG CASSIDY. 동명(同名)의 카우보이를 주인공으로 한 미국 소설이다. 실제 출간 연도는 1910년으로 개츠비가 1906년에 메모를 했다는 점과 맞지 않는 부분이 있다.

웅변 연습, 자세 연습	오후 5:00~6:00
발명에 필요한 연구	오후 7:00~9:00

결심

셰프터스나 ×××(읽을 수 없는 이름)에 시간 낭비하지 말 것

담배를 피우거나 씹지 말 것

이틀에 한 번 목욕할 것

일주일에 교양서나 잡지 한 권씩 읽을 것

일주일에 5달러(줄을 그어 지움) 3달러씩 저축할 것

부모님께 잘할 것

"우연히 이 책을 보게 되었소. 이것이 그 아이에 대해 뭔가 말해 주지 않나요?"

노인이 말했다.

"그대로 보여 주네요."

"지미는 성공할 수밖에 없는 아이였소. 언제나 이런 다짐을 했지요. 능력을 더 발전시키기 위해 그 애가 어떤 노력을 했는지 알겠소? 그러한 점이 늘 훌륭했지요. 한번은 녀석이 내가 돼지처럼 먹는다는 말을 해서 때린 적도 있었죠."

그는 그 책을 덮기 싫은 듯 각 항목을 크게 읽은 다음 내 눈을 간절하게 바라보았다. 내가 그 목록을 그대로 적고 따라 하기를 기대하는 눈치였다.

3시가 조금 안 되어 플러싱에서 루터교 목사가 도착하자 나도 모르게 다른 차들도 왔는지 창밖을 바라보기 시작했다. 개츠비의 아버지도 마찬

가지였다. 시간이 지나 하인들이 들어왔고 이들이 홀에 서서 기다리고 있자, 그는 염려스러운 듯 눈을 깜빡거리기 시작했다. 그리고 비가 내릴까 봐 걱정스러워했다. 목사가 자기 시계를 몇 번이나 보았기에 나는 그를 한쪽으로 데려가 30분만 더 기다려 달라고 부탁했다. 그러나 소용없는 일이었다. 아무도 오지 않았다.

5시쯤 굵은 비가 내리는 가운데 차 석 대가 일렬로 묘지 정문 옆에 섰다. 선두에는 끔찍하게 까맣고 비에 젖은 운구차가 섰다. 그다음으로 개츠 씨와 목사, 그리고 내가 탄 리무진이, 조금 떨어져서 웨스트에그에서 온 하인 네댓 명과 우체부가 탄 개츠비의 스테이션 왜건이 뒤를 따랐다. 모두 비를 흠뻑 맞은 상태였다. 우리가 정문에서 묘지로 움직이기 시작했을 때 어떤 차가 멈추는 소리가 들리더니 우리 뒤에서 누군가가 질퍽한 땅을 철벅철벅 밟으며 쫓아오는 기척이 났다. 나는 뒤를 돌아보았다. 그 사람은 바로 석 달 전 개츠비의 집 서재에서 그의 책을 두고 감탄했던 올빼미 안경을 쓴 남자였다.

나는 그 이후로는 그를 본 적이 없었다. 그가 장례식을 어떻게 알았는지는 물론, 심지어는 그의 이름조차 몰랐다. 그의 두꺼운 안경 위로 비가 쏟아져 내리자 그는 안경을 벗어 빗물을 닦아 내면서 개츠비 무덤을 덮고 있던 천막이 걷히는 것을 보았다.

나는 잠시만이라도 개츠비에 대해 생각하려고 애썼지만 그는 이미 멀리 가버린 뒤였다. 분한 마음도 없이 데이지가 조문 한 줄, 조화 한 송이도 보내지 않았다는 사실만 생각날 뿐이었다. 누군가가 "비가 내리니 고인에게 하나님의 축복이 임하리라." 하고 희미하게 중얼거리는 소리가 들렸고 이어 올빼미 눈의 남자가 우렁찬 목소리로 "아멘." 하고 말했다.

우리는 빗속에서 제각기 흩어져 빠르게 차가 있는 쪽으로 내려갔다.

올빼미 눈의 남자가 정문 옆에서 내게 말했다.

"그 집에는 들를 수 없었소."

"다른 사람들도 마찬가지였나 봅니다."

"말도 안 돼!"

그가 외쳤다.

"어쩌다가, 세상에! 수백 명이나 그 집에 드나들었는데."

그는 안경을 벗더니 다시 안쪽과 바깥쪽을 닦았다.

"불쌍한 인간 같으니라고."

그가 말했다.

내가 생생히 기억하는 것 중 하나는 크리스마스를 맞아 프렙 스쿨[50]에서, 나중에는 대학에서 서부로 돌아오던 때의 일이다. 시카고에서 더 멀리 가야 했던 사람들은 12월 어느 저녁 6시에 어둠침침하고 오래된 유니언 역에 모여서 벌써부터 크리스마스 분위기에 흥겨워하며 몇몇 시카고 친구들에게 급하게 작별 인사를 청하곤 했다. 여러 여학교에서 돌아오던 학생들이 입고 있던 털외투, 추운 입김을 뿜으며 조잘대던 모습, 옛 친구들이 보이면 머리 위로 손을 흔들던 모습, "너 오드웨이 파티에 가니? 허시네는? 슐츠네는?" 하며 초대받은 파티들을 서로 맞춰 보던 모습, 장갑 낀 손으로 꽉 움켜쥐던 길쭉한 초록색 승차권도 기억이 난다. 그리고 마지막으로 입구 옆 선로에 서 있던 탁한 노란색의 시카고 - 밀워키 - 세인트폴행 교외선 열차마저 그 자체로 크리스마스인 양 즐거워 보였던 것이 기억난다.

---

50) prep school. 아이비리그에 진학하기 위해 부유층 자녀들이 다니는 사립 고등학교를 말한다.

기차에 실려 겨울밤으로 나아갈 때 진짜 눈, 바로 우리의 눈이 우리 옆으로 흩날리며 유리창에 부딪쳐 반짝반짝 빛나기 시작했고, 조그마한 위스콘신 역의 희미한 불빛들이 스쳐 지나갔다. 어느 순간 공기 중에는 날카롭고 팽팽한 기운이 감돌았다. 저녁 식사 후 차가운 통로를 지나 자리로 돌아가는 동안 우리는 그 공기를 깊게 들이마셨다. 그 이상하고 묘한 한 시간 동안, 우리가 이 지역과 하나가 됨을 말로 표현할 수 없을 정도로 깊이 깨닫는 것이었다. 그런 뒤에 우리는 다시 한 번 그 속으로 완전히 녹아들어 간다.

이것이 나의 중서부이다. 밀밭이나 초원 아니면 사라져 버린 스웨덴 이민자 마을이 아닌, 어린 시절 가슴을 뛰게 했던 귀향 기차, 차가운 어둠 속에서 빛나는 가로등과 썰매의 벨 소리, 불 켜진 창문이 눈 위에 만든 크리스마스 화환의 그림자이다. 나는 그곳의 일부이다. 긴 겨울날을 겪으면서 조금은 차분한 편이고, 수십 년을 지나오는 동안 집안의 이름으로 주소를 대신하는 도시에서 캐러웨이 가문으로 자라났다는 데에 만족을 느낀다. 이제 나는 이 모든 것이 서부의 이야기임을 깨달았다. 톰과 개츠비, 데이지와 조던, 나는 모두 다 서부 사람이었고, 아마도 우리에게는 공통적으로 어떤 결핍이 있어 미묘하게도 동부 생활에 잘 적응할 수 없었을지 모른다.

동부가 나를 가장 흥분시켰을 때조차도, 제멋대로 뻗어 나가 불어나 버린 오하이오 너머의 지루한 도시들, 어린이와 노인을 제외한 누구에게나 끊임없이 질문하기 바쁜 그 도시들보다 동부가 우월하다는 것을 뼈저리게 느꼈을 때조차도 나에게 동부는 늘 어딘가 뒤틀린 부분이 있었다. 특히 웨스트에그는 내가 몽환적인 꿈을 꿀 때면 여전히 나타난다. 그때의 웨스트에그는 엘그레코[51]가 그린 밤 풍경으로 보인다. 평범한 것 같으면서 동시에 괴이한 느낌이 드는 집 백여 채가 곧 덮칠 것처럼 위협적인 하늘과 빛을 잃은 달 아래 쭈그리고 앉아 있는 그림 말이다. 그림 앞쪽에는 정장 차림의 근엄한 남자 넷이 하얀 이브닝드레스를 입고 술에 취해 누워 있는 여자를 들것에 옮겨 길을 따라 걷고 있다. 들것 밖으로 대롱대롱 흔들리고 있는 그녀의 손은 보석들로 차갑게 빛나고 있다. 그 남자들은 엄숙하게 어느 집 안으로 들어가지만, 잘못 찾은 모양이다. 그러나 어느 누구도 그 여자의 이름을 모르고 아무도 그 사실에 개의치 않는다.

개츠비의 죽음 이후 동부는 내 눈으로는 바로잡을 수 없을 정도로 뒤틀린 이미지로 남아 주변을 맴돌았다. 그래서 바싹 마른 나뭇잎을 태운 푸른 연기가 공기 중으로 타오르고, 빨랫줄의 젖은 옷가지가 불어오는 바람에 빳빳하게 마르던 시기에 나는 고향으로 돌아가기로 결심했다.

떠나기 전에 해야 할 일 하나가 있었는데, 어색하고 유쾌하지 않은 일이어서 어쩌면 그냥 놔두는 게 더 나을 것도 같았다. 그러나 나는 그 일을 깨끗하게 정리하고 싶었고 친절하지만 무심한 저 바다가 내 쓰레기를 쓸어 가 버리게 하고 싶지 않았다. 나는 조던을 만나서 우리 모두에게 일어난 일과 그 이후 나에게 일어난 일들에 대해 이야기했다. 그녀는 큰 의자에 누워 미동도 없이 내 이야기를 들었다.

그녀는 골프복을 입고 있었는데 그 모습이 멋진 삽화 같다는 생각을 했던 것이 기억난다. 턱은 약간 뽐내듯 올라가 있었고, 머리는 가을 나뭇잎 색깔이었으며, 얼굴은 무릎 위에 놓은 벙어리장갑과 똑같은 갈색이었다. 내가 이야기를 마쳤을 때 그녀는 다른 말은 하지 않고 다른 남자와

---

51) El Greco. 16~17세기 그리스 태생의 스페인 르네상스 화가. 사람을 길고 비틀리게, 풍경을 괴기하게 그리는 경향을 보여 준다. 〈톨레도 전경〉이 대표적인 작품이다.

약혼했다고만 말했다. 비록 그녀가 고개를 한 번만 끄덕이면 결혼할 수도 있을 남자들이 여럿이었지만 나는 그녀의 말을 그다지 믿지 않았다. 하지만 나는 놀란 척했다. 내가 잠시 실수하고 있는 것 같기도 했지만 이 일을 전부 빠르게 되짚어 본 뒤 일어나서 작별 인사를 했다.

"어쨌든 당신은 날 찼어요."

갑자기 조던이 말했다.

"당신은 전화로 나를 걷어찼다고요. 지금은 당신에게 욕을 하고 싶진 않지만 내게는 새로운 경험이었고 한동안은 조금 어지럽기까지 했죠."

우리는 악수를 나눴다.

"오, 그리고 기억나세요? 운전에 대해 나눴던 대화 말예요."

그녀가 덧붙였다.

"왜요? 정확히는 안 나는군요."

"당신이 말했죠. 나쁜 운전자는 또 다른 나쁜 운전자를 만나기 전까지만 안전하다고요. 흠, 나는 또 다른 나쁜 운전자를 만난 거 아닐까요? 내 말은, 그런 잘못된 추측을 한 내가 조심스럽지 않았다는 말이에요. 난 당신이 꽤나 정직하고 솔직한 사람이라고 생각했어요. 그것이 당신이 숨기고 있는 자부심이라고 생각했죠."

내가 답했다.

"나는 서른입니다. 스스로에게 거짓말을 하고 그것을 영예로 생각하기에는 당신보다 다섯 살이나 더 많죠."

그녀는 대답하지 않았다. 나는 화가 조금 나기도 했고, 어느 정도는 남아 있는 그녀에 대한 사랑의 감정 때문에 매우 유감스러운 마음까지 느끼며 그 자리를 떠났다.

10월 말 어느 오후에는 톰 뷰캐넌을 보았다. 그는 내 앞에서 그 특유의 경계하는 듯한 공격적인 자세로 5번가를 걷고 있었다. 양손은 몸에서 살짝 띄워 어떤 공격에도 싸울 태세가 되어 있는 듯했고, 고개를 여기저기로 매섭게 돌리고 있었는데 그에 맞춰 두 눈이 쉴 새 없이 움직이고 있었다. 그를 앞질러 가지 않으려고 속도를 줄여 걷던 바로 그때, 그가 멈춰서더니 한 보석 가게 유리창을 들여다보며 얼굴을 찌푸리기 시작했다. 그리고 갑자기 그가 내 쪽으로 돌아와 손을 내밀었다.

"무슨 일인가, 닉? 나랑 악수하는 게 싫은가?"

"그렇다네. 자네도 알지 않는가, 내가 자네를 어떻게 생각하는지."

"닉, 자네 미쳤군. 미쳐도 단단히 미쳤어. 도대체 자네가 왜 그러는지 모르겠군."

그가 재빨리 말했다.

"톰, 그날 오후 윌슨에게 뭐라고 말한건가?"

내가 물었다.

그가 말없이 나를 응시했고, 나는 윌슨이 사라졌던 시간에 대한 나의 추측이 맞았음을 알 수 있었다. 나는 그에게서 등을 돌려 떠나려 했지만 그가 쫓아와 내 팔을 잡았다.

"나는 그에게 사실을 말했을 뿐이네. 우리가 떠날 준비를 하고 있는데 그가 집으로 왔고, 우리가 집에 없다고 전했는데도 하인들을 밀치면서 위로 올라오려 했다네. 그 차 주인이 누구인지 말하지 않으면 나를 당장이라도 죽일 것처럼 완전히 미쳐 있었어. 우리 집에 있는 내내 주머니 속에 넣어 둔 권총을 쥐고 있었단 말이야."

갑자기 그가 말을 멈췄다.

"내가 그에게 말했다고 해도 뭐가 어때서? 그 작자는 벌을 받을 만했어. 데이지를 속인 것처럼 자네 눈도 속였어, 하지만 엄청난 놈이었지.

개를 친 것처럼 머들을 치고서도 차를 결코 멈추지 않았으니."

그것이 진실이 아니라는 것, 차마 말할 수 없는 그 사실 하나를 제외하고는 더 이상 할 말이 없었다.

"그리고 혹시 내가 그 일에 대해 전혀 고통스러워하지 않고 있다고 생각한다면, 들어 보게나. 그 아파트를 정리하러 가서 찬장 위에 놓여 있는 빌어먹을 개 비스킷 상자를 보고 그 자리에 털썩 주저앉아 아이처럼 울었네. 세상에나, 너무나 끔찍했어."

나는 그를 용서할 수도 좋아할 수도 없었지만 그의 입장에서는 자신이 한 짓이 전적으로 정당한 행동이었다. 모두 부주의하고 혼란스러운 일일 뿐이었다. 톰과 데이지, 그들은 무심한 사람들이었다. 그들은 생명체든 뭐든 부숴 버린 뒤 자신의 돈, 어마어마한 무관심 또는 무엇이든 그들을 함께 묶을 수 있는 이름 속으로 숨어 버리고는 자기들이 만든 쓰레기를 다른 이들에게 치우도록 하는 유형이었다.

나는 그와 악수를 했다. 악수하지 않으려고 하는 것이 바보 같다는 생각이 들었다. 갑자기 내가 아이와 이야기하고 있는 것처럼 느껴졌기 때문이다. 그런 다음 그는 진주 목걸이, 아니 어쩌면 커프스단추를 사러 보석 가게 안으로 들어갔고, 이것으로 나는 나의 촌스러운 결벽증에서 영원히 벗어났다.

내가 떠날 때 개츠비의 집은 여전히 비어 있었고, 그의 집 잔디는 내 집 잔디만큼이나 길게 자라 있었다. 그 마을의 택시 운전사 하나는 그 집 정문 앞을 지날 때면 늘 잠시라도 멈춰서 집 안을 손으로 가리키고 나서야 돈을 받았다. 어쩌면 사고가 있던 날 밤에 그가 데이지와 개츠비를 이스트에그까지 태워 주었고 아마도 자기 마음대로 그날 일에 대한 이야기를 지어냈을 것이다. 그 이야기를 듣고 싶지 않아서 기차에서 내릴 때마다 나는 그 운전사를 피했다.

나는 토요일 밤을 뉴욕에서 보냈다. 번쩍번쩍 빛나고 현란했던 파티에 대한 기억이 나에게 여전히 생생했기에 그의 정원에서 울리는 음악 소리와 웃음소리가 희미하고도 끊임없이 들리는 듯했고 그의 차도로 차들이 오고가는 소리가 들리는 것 같았기 때문이다. 어느 날 밤에는 그곳에서 커다란 차가 오는 소리를 들었고 그의 현관 계단 앞에 그 차의 불빛이 멈추는 것도 보았다. 그러나 나는 나가 보지 않았다. 아마도 그 사람은 지구 끝 저 먼 곳에 가 있던 탓에 파티가 영원히 끝났다는 사실을 몰랐던 그의 마지막 손님이었을 것이다.

마지막 날 밤, 가방을 다 싸고 차를 잡화점에 판 후에 나는 그곳으로 가서 한 저택의 거대하고 설명하기 힘든 몰락을 다시 한 번 바라보았다. 하얀 계단 위에는 아이들이 벽돌 조각으로 끄적였을 음란한 단어가 달빛을 받아 확연히 눈에 띄었다. 나는 신발로 돌바닥을 긁어 그 낙서를 지웠다. 그런 다음 해변으로 내려가 거닐다가 모래사장 위에 드러누웠다.

규모가 큰 해변 시설은 이제 대부분 문을 닫았고 해협을 가로지르며 떠다니는 여객선의 아스라한 빛을 제외하면 불빛은 거의 없었다. 그리고 달이 점점 높이 떠오르면서 존재감이 없는 집들이 녹아내리기 시작하였고, 나는 한때 네덜란드 선원의 눈에 꽃처럼 피어났던 이 오래된 섬에 대해 서서히 알아차리게 되었다. 이 섬은 신세계의 새로움이 가득한 초록빛 젖가슴이었다. 이 섬의 사라진 나무들, 개츠비의 집에 길을 내주느라 사라진 그 나무들은 한때 모든 인간의 꿈 가운데 가장 최후이자 원대했던 꿈에 속삭이며 영합했다. 일시적인 그 매혹의 순간에 인간은 틀림없이 이 대륙의 존재 앞에서 숨죽이고 있었을 것이다. 그리고 이해할 수도 바랄 수도 없던 미학적 명상에 빨려 들어가게 된다. 역사상 마지막으로 인간이 느낄 수 있는 최대의 경이감을 직접 대면하면서 말이다.

그곳에 앉아 그 오랜 미지의 세계에 대해 곱씹다 보니 나는 개츠비가 데이지의 선창 끝 초록색 불빛을 처음 발견했을 때의 그 경이로움을 생각하게 되었다. 그는 이 푸른 잔디까지 먼 길을 걸어왔고, 그의 꿈은 아주 가까이에 있는 것처럼 보였기에 그는 그것을 움켜쥘 수 있으리라 여겼을 것이다. 그는 그 꿈이 이미 그가 걸어온 길 위에 있음을, 밤의 장막 아래 공화국의 어두운 들판이 펼쳐진 저 도시 너머 광대하고 어두운 곳 뒤편 어딘가에 있음을 알지 못했다.

개츠비는 그 초록색 불빛을 믿었고 해마다 우리 앞에서 줄어드는 황홀한 미래를 믿었다. 그 미래는 우리를 피해 갔지만 그것은 문제가 되지 않는다. 내일 우리는 더 빨리 달릴 것이고 팔을 더 멀리 뻗을 것이다……. 그리고 어느 날씨 좋은 날 아침에…….

그래서 우리는 조류를 거슬러 가는 배처럼 끊임없이 과거로 밀려가면서도 계속해서 나아가는 것이다.

해설편

| F. 스콧 피츠제럴드

제1차 세계 대전 무렵 환멸과 회의를 느낀 미국의 지식 계급 및 예술파 청년을 가리키는 말인 '잃어버린 세대(Lost Generation)'의 대표 작가이다.

일그러진 미국 개척주의의 표상 《위대한 개츠비》와
잃어버린 세대의 작가 피츠제럴드

탄생한 지 90여 년이 지난 지금까지 스테디셀러로 전 세계 문학인의 사랑을 받고 있는[1] 《위대한 개츠비》는 제1차 세계 대전 이후 1920년대 미국의 사회상을 잘 그려 낸 작품으로 높은 평가를 받고 있다. 전쟁이 끝난 후부터 1930년대 대공황이 오기 전까지 미국은 브레이크 없는 자동차가 달려가듯 급속도의 경제 성장을 이뤄 냈지만 그와 동시에 도덕적 해이와 퇴폐, 사회적 부패 또한 심화되고 있던 시기였다. 그 속에서 미국인들의 근원적인 이상이라고 할 수 있는 청교도 정신과 개척자들의 '아메리칸드림(American Dream)'은 《위대한 개츠비》에서 잿빛 먼지로 묘사되는 자본주의의 어두운 그림자처럼 환상적 허상으로 퇴색해 갔다. 피츠제럴드는 스러져 가는 미국의 신화이자 가치인 희망과 꿈이라는 주제를 주인공 개츠비와 그를 둘러싼 사람들과의 관계를 통해 조망하고 있다.

---

1) 《위대한 개츠비》는 《가디언》 선정 세계 100대 영문 걸작 소설, 《타임》 선정 세계 100대 영문 소설 걸작이다.

I. 왜 '위대한' 개츠비인가?

제이 개츠비는 빈손으로 대륙에 발을 디딘 후 삶터를 일구고 점차 영역을 확대하여 거대한 국가를 건설한 미국의 초기 개척자들을 상징하는 인물이다. 누구나 노력하면 자신이 가진 꿈을 이룰 수 있다는 그곳, 바로 '위대한 미국(Great America)'은 '아메리칸드림'을 탄생시켰고 무(無)에서 유(有)를 창조하려는 이들에게 희망이 되었다.

소년 개츠비는 아무런 야망도 없이 쳇바퀴 돌아가듯 가난한 농부의 삶을 사는 아버지를 결코 존경할 수 없었다. 그래서 이러한 삶에서 벗어나 야망을 실현하기 위해 부단히 노력한다. 우연히 만나게 된 백만장자 댄 코디 밑에서 일하면서, 어린 나이에도 꿈을 키우며 자기 절제와 훈련을 해오던 이 소년은 자신의 꿈을 이루기 위한 기본적인 덕목과 기술을 익히게 된다.

《위대한 개츠비》에서 '초록색 불빛'과 '별빛'이라는 상징으로 표현된 개츠비의 꿈과 이상은 '거대한 부(富)'와 '데이지'였다. 처음에는 단순히 많은 재산을 얻고 성공하는 것을 야망으로 삼았지만, 젊은 장교 시절 흰 드레스를 입고 흰색 소형 자동차를 탄 소녀를 만나게 되면서 그의 꿈은 그 소녀가 된다. 초기 개척자들이 신대륙에 도착해서 제일 먼저 절대적인 아름다움의 대상인 초록빛 자연의 황홀함에 넋을 잃고 한순간 빠져든 것처럼 개츠비는 데이지에게 빠져들었다. 물론 처음 데이지에게 관심을 갖게 된 이유는 풍요로운 그녀의 배경이었지만 개츠비는 곧 그녀가 발산하는 절대적인 아름다움, 특히 그녀의 목소리를 완전히 사랑하게 된다.

개츠비가 데이지라는 이상에 도달하는 데에는 두 가지 난관이 있었다.

우선 개츠비는 데이지의 생각보다 훨씬 초라한 배경에 두 손에 쥔 것이 아무것도 없는 청년이었다. 그나마 장교 시절에는 제복을 내세울 수 있을 뿐이었다. 그러나 이마저도 해외로 나가게 되면서 개츠비는 데이지를 계속 자기 옆에 둘 수 있는 수단을 모두 잃게 된다. 경제적 거리감에 이어 물리적 거리감은 두 사람의 사랑을 방해하는 결정적인 요인이 된다. 오직 사랑이라는 희망 하나에 의지하지만 데이지는 개츠비가 생각한 것보다 훨씬 세속적이고 현실지향적인 여자였다. 자신보다 아는 것이 많고 멋진 제복을 입은 개츠비를 사랑했지만, 그녀가 바란 것은 언제든 닿을 수 있고 실재하는 사랑이었다. 부유한 집안에서 아무 부족함 없이 자란 그녀에게 결핍은 참을 수 없는 것이었고, 연인의 부재(不在) 또한 마찬가지였다. 그녀에게 사랑은 손에 잡을 수 있는 실체와 귀에 속삭여 주는 달콤함이었지 눈에 보이지 않는 저 먼 대상이 아니었다. 따라서 그녀가 개츠비의 빈자리를 톰 뷰캐넌으로 채우게 된 것은 당연한 수순이었을 것이다. 더구나 톰 뷰캐넌은 넘쳐 나는 권력을 자랑하는 집안이라는 배경을 등에 업고 있었으므로 그녀가 추구하는 물질적 아름다움, 풍요로움, 화려함에 상당히 부합하는 인물이다.

전쟁에서 돌아온 개츠비는 데이지가 이미 다른 남자와 결혼해 버렸고 자신의 사랑이 버려졌음을 알게 된다. 그리고 그녀와의 추억이 깃든 공간을 마지막으로 순례하듯 다닌 후 그곳에서의 꿈을 봉인해 둔 채 새로운 곳을 향해 떠난다. 그가 향한 곳은 당시 미국 경제의 용광로라고 불리던 월스트리트(Wall Street)가 있는 뉴욕이었다. 개츠비는 가능한 한 빨리 성공을 거머쥐기 위해 당시 그에게 허락된 최선의 방법으로 막대한 자산을 모았고, 마침내 그의 오랜 꿈인 데이지를 향해 한발 가까이 가게 된다.

긴 시간 잡을 듯 말 듯한 거리에서 그리도 열망하던 데이지를 다시 만나 봉인했던 꿈을 꺼내어 열고 그 꿈의 완성을 향해 나아가려 할 즈음, 개츠비가 숨기고 있던 과거가 드러난다. 그로 인해 데이지와의 관계는 돌이킬 수 없을 정도로 금이 가게 된다. 데이지는 사고를 낸 후 그토록 경멸하고 비웃던 남편 톰의 품으로 돌아가 버린다. 그러나 개츠비는 마지막 순간까지 그녀의 안위를 걱정하며 데이지의 저택 앞에서 밤을 꼬박 새우고 자신의 집으로 돌아온다. 데이지를 향한 개츠비의 꿈은 이렇게 막을 내린다.

개츠비가 '위대한(Great)' 이유는 '위대한 미국'의 정신을 개츠비가 제대로 보여 주기 때문일 것이다. 개츠비는 어떠한 상황에서도 꿈과 희망을 포기하지 않았고 그것을 위해 최선을 다해 나아갔다. 《위대한 개츠비》속 화자 닉은 이와 관련하여 개츠비에 대해 '삶의 가능성을 알아채는 예민한 감각'을 갖고 있다고 표현하였다. 그리고 '그것을 위해 기꺼이 무엇이든 하는 낭만적 감수성'을 갖고 있다고도 말했다. 개츠비는 그 목적을 이루기 위해 노력하는 과정에서 사회적으로 부적절한 행동을 했을 수도 있다. 때로는 어리석게도 이미 과거가 되어 버려 허상 속에만 존재하는 꿈의 실상을 인지하지 못하고 계속 밀어붙이려고 하기도 한다. 데이지에게 톰을 떠나 5년 전 두 사람의 관계로 돌아갈 것을 종용한 것이 바로 그 예이다.

어쨌든 닉은 동부에서 만난 다른 사람들에게서는 발견하지 못했던, 그의 선조들이 갖고 있던 위대한 개척주의 정신을 개츠비에게서 발견한다. 개츠비는 일말의 가능성도 포기하지 않고 끊임없이 앞을 향해 나아갔고, 그렇기 때문에 결국 이루지 못한 꿈이 되었을지라도 깨끗하게 그 결과를 받아들일 수 있었다. 사고가 난 날 데이지의 집 밖에서 하얗게 밤을 지새우고 집으로 돌아온 개츠비는 비로소 자신의 소유임에도 한 번도 즐기지 못했던 수영장을 향해 나서게 된다. 그 위에 누워서 그는 그동안 자신이 좇던 꿈이 허망한 것이었음을 깨달았을 것이다. 추상적인 모습으로 존재하던 주변이 갑자기 구체적인 현실로 인식되기도 하였을 것이다. 만약 윌슨이 개츠비를 방해하지 않았다면 그는 또 다른 꿈을 꾸고 그것을 위해 다음 단계로 나아가지는 않았을까.

개츠비가 위대할 수 있었던 것은 역설적이게도 미국의 개척주의 정신이 일그러지고 비틀어져, 점차 상실되어 가고 있었기 때문이다. 불법적인 방법으로 성공을 이뤄 냈다는 면에서 위대한 제이 개츠비 역시 일그러진 개척주의의 표상이 된다. 다만 피츠제럴드는 닉의 시선을 통해 뒤틀린 20세기의 위대한 미국을 이끄는 주자 중 하나인 개츠비에게서 초기 개척자들의 순수한 열망과 꿈을 발견하였고 그것을 위해 끊임없이 노력하는 모습에서 희망을 끄집어내고 싶었을 것이다.

Ⅱ. 올드 머니와 뉴 머니

미국의 사회, 경제적 기득권층은 닉과는 달리 개츠비 같은 20세기형 개척자들에 대해 부정적 태도를 취한다. 초기 개척자들이 이뤄 낸 '위대한 미국'의 자손들은 거대한 부를 세습받는 '올드 머니(old money)' 세계를 구축하면서, 무에서 유를 창조하려고 발버둥을 치며 꿈을 좇는 개츠비와 같은 사람들에 대해 콧방귀를 뀐다. 그들에게 '뉴 머니(new

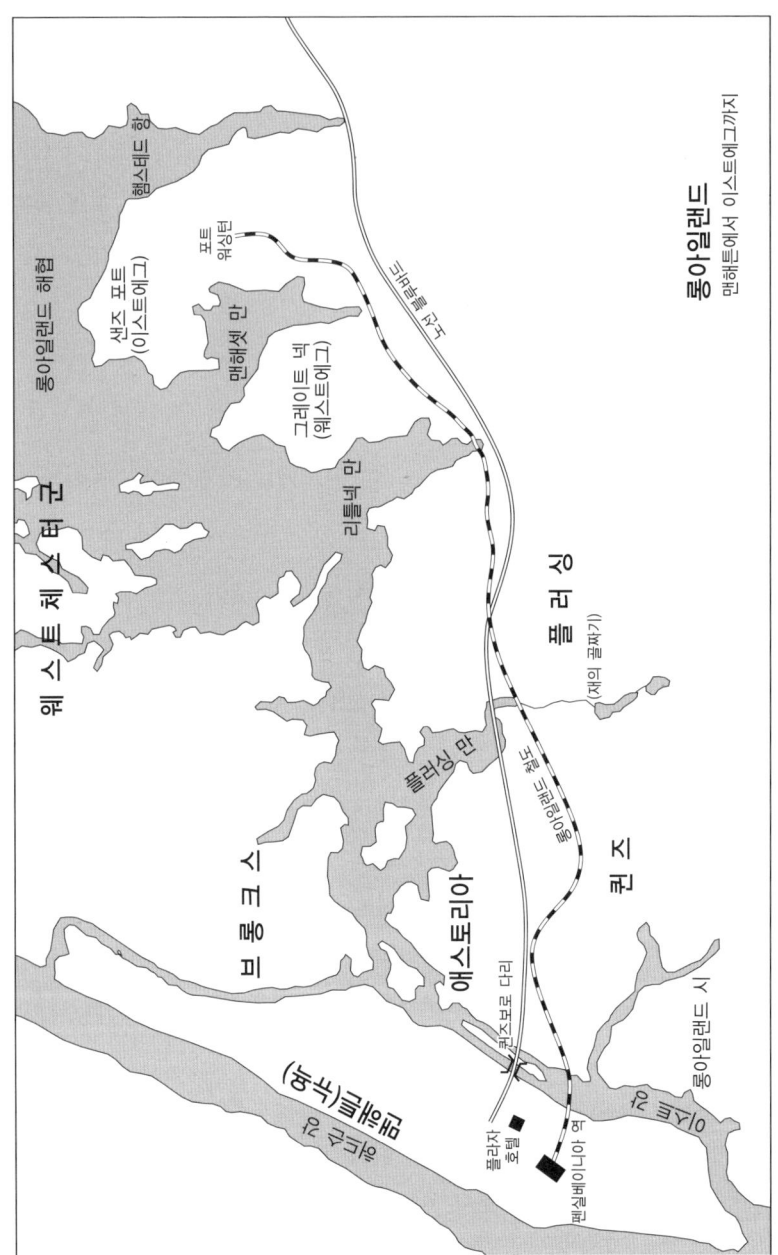

| 롱아일랜드 지도

맨해튼에서 이스트에그까지 나타낸 지도이다. 뷰캐넌 부부가 사는 이스트에그는 재산을 세습받은 전통 부
자들이 사는 곳이고, 웨스트에그는 개츠비로 대표되는 신흥 부자들이 사는 곳이다.

money)' 세계의 사람들은 쓸모없는 짓을 하고 있는 시지프스[2]에 불과했다. 아무리 노력해도 뉴 머니의 세계는 결코 자신들의 세계와 가까워질 수 없을뿐더러 그들이 그러한 열망을 갖는다는 사실 자체가 가소로울 뿐이라고 생각했다.

《위대한 개츠비》는 올드 머니와 뉴 머니에 대한 엇갈리는 시선들을 다채롭게 그리고 있다. 작품 앞부분에서 피츠제럴드는 겉으로는 유사해 보이나 실상은 전혀 다른 두 지역, 이스트에그(East Egg)와 웨스트에그(West Egg)를 소개하고 있다. 맨해튼 옆에 찌그러진 달걀 모양으로 자리한 두 지역 중 이스트에그에는 전통 부자들이 살고, 웨스트에그에는 신흥 부자들과 게토[3]에서 온 가난한 이주민들이 산다.

톰 뷰캐넌과 데이지로 대표되는 이스트에그의 올드 머니 세계 사람들은 오랫동안 부를 축적해 온 집안에서 태어나 그에 기반을 둔 권위와 권력을 자연스럽고 당연하게 여긴다. 그뿐만 아니라 그러한 권위와 권력을 마치 봉건 사회 세습 귀족의 것과 동일하게 여긴다. 그래서 이들은 20세기 초 물밀듯 밀려오는 새로운 문명들 속에서도 귀족들이 즐겼던 문화를 그대로 유지하고 따르는 것을 하나의 덕목으로 삼는다. 한 예로써, 톰 뷰캐넌은 신흥 부자들의 커져 가는 차고와 자신의 마구간을 비교하면서 자랑한다. 일찍이 폴로용 말을 시카고에서 동부까지 데려온 일화가 보여 주듯, 그는 귀족 스포츠인 폴로에 대해서 남다른 애착을 드러낸 바 있다. 데이지와 결혼한 후에도 전 세계를 돌면서 폴로를 칠 수 있는 사람들을

---

2) Sisyphus. 신에게 미움을 받아, 커다란 바위를 산꼭대기로 밀어 올리는 무의미한 일을 영원히 되풀이하는 형벌을 받았다고 전해지는 그리스 신화의 인물이다.
3) Ghetto. 미국에서 흑인이나 소수 민족이 사는 빈민가를 말한다.

만나 같이 경기를 즐겼다는 이야기에서도 톰으로 대변되는 올드 머니 계층이 스스로를 귀족으로 여기며 품고 있는 허영심을 엿볼 수 있다. 말에 대한 톰의 자부심은 그와 친구들이 말을 타고 가다 개츠비의 저택을 우연히, 혹은 우연을 가장하여 방문하는 장면에서도 드러난다. 톰과 친구들은 어딘가 마뜩잖은 파티 초대를 해놓고서는 자동차로 따라가겠다는 개츠비를 뒤에 남겨 둔 채 말을 타고 가버린다.

이와 대조적으로 개츠비가 대표하고 있는 뉴 머니 세계 사람들은 빈손에서 시작해 성공을 이뤄 낸 신흥 부자들로서, 화려한 재력과 인맥으로 자신들이 일구어 낸 부와 격상된 신분을 드러내고 싶어 한다. 개츠비가 자랑스럽게 바라본 자신의 최신식 노란색 롤스로이스는 바로 이러한 화려한 재력의 대표적인 상징물이며 톰이 애착을 갖고 있는 말과 대비된다. 개츠비가 데이지와의 자연스러운 만남을 기대하며 열었던 엄청난 규모의 파티에서는 재즈 음악과 술로 흥이 넘친다. 온갖 화려한 음식, 휘황찬란한 드레스 차림의 손님들, 유명 인사들 사이에서 여기저기 술에 취해 쓰러지거나 수영장에 뛰어드는 사람들도 그려진다. 올드 머니 세계의

| **롤스로이스**(Rolls Royce)
자동차는 1920년대 미국의 향락과 쾌락주의의 상징이며, 특히 노란색 롤스로이스는 개츠비가 가진 화려한 재력의 상징이다.

파티가 초대에 의해서만 참석할 수 있는 것과 달리, 개츠비의 파티는 어디에서 오는지조차 모르는 초대받지 않은 손님들로, 즉흥적이고 일시적인 즐거움에 취하러 오는 사람으로 가득했다. 이 중에는 당시 융성하고 있던 대중문화계 인

사, 즉 영화 관계자나 광고인, 재즈 음악가, 가수들도 쉽게 찾아볼 수 있다. 피츠제럴드는 개츠비의 파티에 대해 작품의 한 장을 할애할 만큼 꽤 많은 정성을 쏟는데, 바로 그의 파티가 개츠비가 살았던 1920년대의 시대상을 극명하게 보여 줄 뿐만 아니라 개츠비 삶의 희비극을 상징적으로 보여 주는 요소이기 때문이다.

뉴 머니 세계는 올드 머니 세계의 모방체라고 볼 수도 있다. 이미 그들만의 세계를 구축해 놓은 이스트에그에 발을 들여놓을 수 없던 신흥 부자들은 그 바로 옆 유사한 모양의 지역인 웨스트에그에 이스트에그의 저택처럼 고풍스럽고 화려한 대저택을 짓고 올드 머니 계층의 삶을 따라하며 살고 있다. 봉건 시대의 영주를 꿈꾸며 개츠비의 저택을 지었다는 옛 주인의 이야기도 이를 증명한다.

그러나 경제적 격차가 좁아지고 외형적으로는 유사해 보인다고 할지라도 두 세계 간 문화적 자본의 차이(distinction)는 근본적으로 존재한다. 그것은 P. 부르디외가 말한 문화 재생산[4]의 과정으로써, 같은 계급 내에서도 문화적 위계질서가 있으며 이 과정은 이전 세대로부터 물려받은 문화 자본을 온전히 자신의 것으로 구축하기 위한 전략적 행위도 수반한다. 예를 들어 옛날 프랑스의 시골에 사는 귀족들이 파리의 귀족 파티에 와서 파리 귀족들의 패션이나 말투 등을 모방하지만, 파리 귀족들은 이내 다른 문화를 생산하고 소비함으로써 시골 귀족들을 좌절시킨다. 개츠비 역시 오랜 자기 절제와 훈련을 통해 올드 머니 계층의 전유물이라고 여겨지는 교양 있는 몸짓과 태도를 어느 정도는 몸에 익히지만, 그

---

4) P. 부르디외, 정일준 옮김, 《상징 폭력과 문화 재생산》, 1995, 새물결.

것을 의식하지 않는 몇몇 순간에는 개츠비 본연의 표정이나 몸짓이 드러
나기도 한다.

차이를 재생산하는 상징들의 또다른 사례로써 작품 속의 언어를 들 수
있다. 앞에 제시한 장면에서 말을 타고 개츠비의 집에 들른 톰과 그의 친
구들이 개츠비에게 행한 언어적 폭력은 바로 그 차이를 이용한 공격이었
다. 개츠비는 파티에 오라는 말을 글자 그대로 해석하지만, 톰과 친구들
은 자신들의 의중을 파악하지 못하고 덥석 그러겠노라고 하는 개츠비를
비웃는다. 표현의 즉각적이고 직접적인 이해가 중요한 뉴 머니 계층에게
언어의 표면적인 의미가 아닌 그 행간을 이해해야 하는 대화법은 낯설고
이해하기 힘들다. 옛날 귀족처럼 여유롭게 앉아 언어유희를 일삼으면서
한가로운 시간을 보내는 올드 머니 계층과, 직접 발로 뛰어 일하면서 효
율적인 소통을 추구하는 데에 익숙해진 뉴 머니 계층 사이에서 대비되어
나타나는 언어적 문화임을 알 수 있다.

개츠비가 말끝마다 덧붙이는 '친구(old sport, '자네'라는 뉘앙스가 담
김)'라는 표현도 좋은 예이다. 이 말은 널리 사용되지는 않았지만 실제로
영국 귀족 사회에서 가까운 사람을 부를 때 쓰인 표현으로써 개츠비가
자신을 옥스퍼드 출신이라고 소개하는 것과 맥락이 연결된다. 이 말을
통해 개츠비는 자신이 옥스퍼드에 있었다는 것을 증명하고 싶었을 뿐만
아니라, 표현 자체가 내포하듯이 자신이 전통적 부자들과 같은 집단에
속해 있다는 소속감이나 연대감을 드러내고 싶었던 것이다. 데이지가 속
한 사회에 끼고 싶은 열망 때문에 개츠비는 데이지의 먼 친척 오빠 닉과
자신의 경쟁자인 톰에게까지 그 표현을 붙인다. 하지만 톰은 '어디서 굴

| 롱아일랜드의 오헤카 성(Oheka Castle)

1920년대 금융가이자 자선사업가로 이름을 날린 오토 헤르만 칸(Otto Hermann Kahn)이 지은 프랑스 스타일의 저택이다. 피츠제럴드가 개츠비의 저택을 구상하는 데에 영감을 준 것으로 유명하다.

러들어 왔는지 모를' 사내에게서 그런 호칭을 듣고 싶어 하지 않는다. 그에게 개츠비는 결코 자신과 같은 계급에 속할 수 없는 비천한 존재일 뿐이기 때문이다.

올드 머니 세계의 사람들은 자신들이 완전하게 통제하고 있던 질서가 와해되고 재편되는 것에 대한 강한 두려움을 느낀다. 닉이 톰과 데이지 부부의 집을 방문한 자리에서 톰이 '유색 인종이 백인이 이룩한 세계를 전복시킬 것'이라는 예언에 대해 정색하며 비판하자, 데이지가 격하게 동조하는 장면이 있다. 뒤이어 그들의 두려움을 비웃기라도 하듯 브로드웨이로 가는 길에서 백인 운전기사가 운전하는 리무진에 한껏 차려입은 흑인들이 앉아 있는 풍경을 그리기도 한다.

마찬가지 맥락으로 작품에는 백인 우월주의적 사고에 따라 다른 인종 간에 결혼을 하는 것에 대한 본질적인 혐오감이 드러난다. 톰의 정부 머틀 윌슨이 산 에어데일같이 생긴 짝퉁 강아지가 그 혐오증을 가장 잘 보여 주는 예이다. 톰은 강아지를 사며 줄곧 순수한 혈통에 대해 고집하는데, 이러한 순수 혈통주의 또는 이종 교배 혐오증과 평행선에 놓이는 것이 바로 다른 계급과의 연애 또는 결혼이다. 톰은 가난한 노동자 계급 출신의 머틀과 정을 통하는 사이지만 결코 기존의 결혼을 깨고 머틀을 자신의 울타리 안으로 들여놓을 생각은 하지 않는다. 마찬가지로 데이지는 첫사랑 개츠비를 만나 다시 사랑에 빠지지만 계급 간의 벽을 넘지 못하고 결국 톰에게 돌아간다.

올드 머니 세계의 사람들은 뉴 머니 쪽 사람들이 자신들의 세계를 전복시킬까 봐 두려워하면서도 그들의 돈을 고상하지 않은 싸구려로만 취급했다. 톰이 개츠비가 돈을 어떻게 벌었는지 그토록 혈안이 되어 캐고 다닌 것도 개츠비가 이룬 부의 정당성을 인정하고 싶지 않은 이유에서였다. 자신과 같은 올드 머니 세계에 속한 친구가 개츠비 일당과 어울려 부적절하게 돈을 벌려다가 감옥에 들어간 것에 대해서는 연민과 이해의 감정을 보이면서 자신과 근본적으로 다른 계층에 속한다고 생각하는 개츠비에 대해서는 경멸의 시선을 던질 뿐이다. 더불어 금주법[5] 시대에 밀주업을 해서 돈을 번 뉴 머니 세계의 벼락부자들을 경멸하면서, 정작 금

5) The prohibition law. 술의 제조, 판매, 운반, 수출입을 모두 금지하는 법으로 미국에서 1922년부터 1933년까지 계속되었다. 경건하고 도덕적인 사회를 만들겠다는 취지였으나, 약국 등에서 밀주가 성행하는 등 성공을 거두지는 못하였다.

지의 대상인 술을 일상 속에서 아주 자연스럽게 마시는 올드 머니 세계 사람들의 모습에서도 그들의 위선을 다시 한 번 엿볼 수 있다.

Ⅲ. 폭주하는 자본주의

3장에서 파티가 끝날 무렵 개츠비의 집 앞에서는 우발적인 자동차 사고가 벌어진다. 이는 머틀 윌슨이 자동차 사고로 목숨을 잃는 비극적인 사건의 복선이다. 자동차는 미국 자본주의의 상징이자 질주하는 본능을 가진 존재이다. 1920년대 전후 미국은 엄청난 경제 성장을 이루고 있었고 월스트리트 주식 시장은 연일 최고치를 경신하는 나날이 계속되고 있었다. 《위대한 개츠비》에 유독 자주 등장하는 노란색과 황금색에 대한 묘사가 바로 1920년대의 경제 황금기를 상징한다고 볼 수 있다. 이와 동시에 사람들 사이에서는 향락주의, 쾌락주의가 극에 달하였고 도덕성과 절제력은 바닥을 치고 있었다. 개츠비가 연 파티에 참석한 이들은 개츠비의 정체에 대해 의구심을 가지면서도 그가 벌이는 파티의 화려함과 향락에 취하기 위해 파티에 온다. 도덕적, 정신적 가치보다는 물질적 즐거움과 향락이 더 우위에 놓이는 것이다. 교통사고에 의한 비극적 죽음은 폭주하는 자본주의와 도덕적 해이의 필연적 귀결을 보여 주는 은유적 장치이고, 어쩌면 이후에 오게 될 대공황을 예고하는 서막일 수도 있다.

재의 골짜기, 잿빛 먼지로 묘사된 공장 지대는 한때는 미국 자본주의의 꽃을 피울 수 있게 한 실질적이고 구체적인 원동력이었지만 이제는 고유의 색깔을 잃고 무채색의 무미건조한 먼지 더미와 같은 곳이 돼 버

| T.J. 에클버그 박사의 눈
신(神)처럼 사람들을 내려다 보는 T. J. 에클버그 박사의 눈은 빛바랜 '미국의 꿈'을 상징한다.

린, 누군가에게는 탈출하고 싶은 공간으로 그려진다. 벽에 설치된 거대한 광고 속 T. J. 에클버그 박사의 안경만이 세월의 흐름과 함께 제 색깔을 잃은 채 그 지역을 계속 지켜보고 있을 뿐이다. 머틀은 먼지 더미 속에서 아무런 야망 없이 하루하루를 살아가는 남편 윌슨과 생기 잃은 그 지역에서 벗어나 화려한 도시 생활과 상류층의 삶을 꿈꾸는 인물이다. 분명히 결혼할 당시만 해도 미친 듯이 사랑에 빠져 있었겠지만 기대와 다른 배우자의 경제력에 그녀는 현실에 안주하지 못하고 남편의 사랑도 참아낼 수 없게 된다. 자본주의의 현란함과 화려함은 재의 골짜기를 더욱 침침한 잿빛 공간으로 대비시키고 실패자의 공간으로 전락시킨다.

개츠비와 머틀은 비슷한 점이 많은 인물이다. 두 사람 모두 방법의 차이는 있었지만 아메리칸드림을 꿈꿨다. 한 사람은 밀주 밀매라는 방법을 동원하였고 다른 한 사람은 대부호의 정부가 되는 방법을 택하였다. 그

럼으로써 상류층의 빛나는 화려함을 향해 불나방처럼 달려갔고 그 사회
의 위선과 허영을 같이 즐기기도 했다. 하지만 두 사람 모두 비극적인 결
말을 맞게 된다. 이 과정에서 올드 머니 세계의 톰과 데이지가 보이는 이
기적이고 비도덕적인 책임 전가는 계급 구조의 하층에 있는 개츠비와 머
틀, 그리고 윌슨을 폭주하는 자본주의의 희생양으로 만든다.

Ⅳ. 판단의 유보와 희망

　《위대한 개츠비》는 액자식 구성을 취한다. 화자 닉 캐러웨이의 눈을
통해 뉴욕이란 도시와 그 안에서 다시 여러 층으로 나뉜 군상을 관찰자
적 시점으로 전하고 있다. 물론 닉이 전하는 이야기 안의 주인공은 제이
개츠비이다. 운 좋게 웨스트에그에 집을 얻어 개츠비를 이웃으로 두게
된 닉은 톰 뷰캐넌처럼 거부(巨富)는 아니었지만 중서부 지역에서 어느
정도 알려진 가문 출신으로, 인간이 지녀야 할 절대적인 도덕적 가치와
품성을 몸에 지니고 있다고 자부하는 청교도적 인물이다. 그의 시선에
비친 제이 개츠비라는 인물은 커다란 저택에서 유명 인사로 가득한 화려
한 파티를 연일 여는 재력가이지만 그 실체를 알 수 없는 신비한 인물이
었다. 파티에 참석한 손님들은 파티를 열어 준 개츠비에 대한 소문을 수
군대고 때로는 자랑처럼 읊어 대지만 거기에 어느 정도의 진실이 담겨
있는지는 알 수 없었다. 사람들은 화려한 파티의 순간적이고 즉흥적인
유흥을 즐기듯 진실보다는 선정적인 가십 자체를 소비할 뿐이다.
　작품에서 개츠비의 진실을 드러내는 과정은 흥미롭다. 개츠비라는 이
름조차 그가 집을 떠나 새로운 삶을 살기 시작하면서 새로 지은 가짜인

것처럼 개츠비라는 인물 자체는 가면을 쓴 인생을 사는 듯하다. 하지만 사실 닉의 말대로 그는 《위대한 개츠비》의 그 누구보다도 가치 있고 진정성 있는 삶을 살았던 인물이다. 피츠제럴드는 닉의 눈을 통해 개츠비의 진실에 다가가는 형식을 취한다. 따라서 개츠비를 설명하는 상황적 요소와 그와 관련된 인물들이 먼저 등장하고, 개츠비의 본격적인 등장은 주인공치고는 비교적 늦게 이루어진다. 닉은 개츠비에 대한 과장되고 꾸며진 소문과 편견을 먼저 접하게 되지만 그러한 정보에 근거해 개츠비에 대한 판단을 섣불리 내리지는 않는다. 대신 개츠비와 지속적인 관계를 맺으면서 새로 얻게 되는 진실의 조각들을 더하여 판단을 완성해 나간다. 이것이 바로 닉이 《위대한 개츠비》 앞부분에서 말한 '판단의 유보와 희망'의 방법론이다. 계속 이야기를 듣다 보면 판단의 대상에 대해 몰랐던 사실과 진실을 알게 될 수도 있다는 희망론은 《위대한 개츠비》가 풍자하고 비판하는 미국 자본주의 사회와 상실되고 퇴색되어 가는 초기 개척주의 정신에도 똑같이 적용된다. 비록 지금은 부정적이고 패배적인 시각이 지배하고 있을지라도 그 안에는 분명히 희망의 가능성이 존재한다는 의미이다. 조류를 역류하는 배를 노 저어 가듯, 개츠비가 자신의 이상을 향해 한 가닥의 희망이라도 잡고 계속 노력하여 갔듯, 닉이 개츠비에 대한 판단을 계속적으로 완성시켜 나가 그의 가치를 발견했듯, 피츠제럴드는 폐허가 된 현실 속에서 삶의 가능성에 대한 예민한 감각이 갖는 중요성을 《위대한 개츠비》를 통해 제시하고 있다.

《위대한 개츠비》 속 인물에 대해 닉이 내린 가치 판단에 정당성을 부여하기 위해 피츠제럴드는 그가 사람에 대한 분별력과 숨겨진 비밀을 밖으로 끌어내는 능력이 남들보다 탁월함을 강조한다. 그렇다고 닉이 완벽하게 객관적인 관찰자, 완전히 제3의 화자로서만 목소리를 내는 것은 아니다. 첫째로 닉 역시《위대한 개츠비》에서 중요 인물 중 한 명으로 이야기 진행에 참여하고 있기 때문이다. 두 번째는 아버지에게 배운 태도와도 관련이 있다. 닉도 인정한 바 있듯이, 그는 사람들을 도덕적으로 판단하거나 가치를 평가할 때 자신이 그들보다 우위에 있다는 것을 전제로 두는 경향이 있다. 실제로 작품 곳곳에는 닉이 사람들에 대해 갖는 생각들에 이러한 태도가 반영되어 있다. 뿐만 아니라 톰과 데이지에게서 풍기는 전형적인 특권 의식은 아닐지라도, 닉에게서도 계급적, 인종주의적인 시각이 무의식적으로 나타나곤 한다. 예를 들어 백인이 운전하는 리무진을 타고 가는 흑인들을 묘사하는 장면에서 닉 또한 그런 상황을 마땅치 않아 한다는 점이 은밀히 드러난다. 즉《위대한 개츠비》 전체적으로는 올드 머니 세계의 위선과 허영을 비웃고 그들이 새로운 문명과 가치 체계를 받아들이지 못하는 점을 조롱하고 있지만, 화자인 닉 역시 은연중에 올드 머니 세계의 속성을 드러냄으로써 그가 완전하게 객관적인 관찰자가 될 수 없음을 보여 준다.

V. 뒤늦게 빛을 본《위대한 개츠비》

《위대한 개츠비》는 출판 당시에는 큰 주목을 받지 못했다. 피츠제럴드가 죽기 전까지 겨우 2만여 권 정도의 판매고를 기록했을 뿐이었다. 평단의 평가 또한 그다지 후하지 못한 가운데《위대한 개츠비》가 갖는 문학적 힘과 독자를 끌어들일 수 있는 잠재력에 대해 예견한 이는 바로 거트루드 스타인[6]이었다. 그녀는 뛰어난 예술적 심미안과 혜안으로 무명의 피카소, 마티스 등의 예술인을 발굴해 세계적인 화가로 발돋움하게 도와준 것으로도 유명하고, 어니스트 헤밍웨이와도 작가적 교감을 나누던 사이였던 것으로도 잘 알려진 인물이다. 그녀는 1933년에 《타임》을 통해 '피츠제럴드의 작품은 그와 동시대를 살았던 유명 작가들이 대부분 잊힐 때에 널리 읽힐 것'이라고 평하였다. 그녀의 예견은 그대로 맞아떨어져서, 《위대한 개츠비》는 피츠제럴드가 세상을 떠난 후에 오히려 더 높은 평가를 받으면서 엄청나게 팔려 나갔다. 이후 최근까지도 영화로 제작되면서 이 작품은 대중적으로 더욱 높은 호응을 얻고 있다.

피츠제럴드, 헤밍웨이, 거트루드 스타인 등의 작가로 대표되는 '잃어버린 세대(Lost Generation)'라는 말은 헤밍웨이가 자신의 작품 《해는 또다시 떠오른다 The Sun Also Rises》(1926)의 서문에 "당신들은 모두 잃어버린 세대입니다(You are all a lost generation.)."라는 거트루드 스타인의 말을 인용한 데에서 유명해졌다. 이후 이 말은 전후 1920년대의 가치와 사상, 정서를 공유한 일련의 예술가군을 통칭하는 표현으로 사용되고 있다. 목가적(牧歌的)이고 평온한 곳에서 살던 미국의 젊은이들이 유례가 없던 규모의 세계 전쟁에서 경험한 무자비한 살상과 폭력은 그들이 이전에 갖고 있던 세계관을 뒤흔들기에 충분했다. 미국은 이들에게 더 이상 세상의 중심도, 자기 삶의 중심도 될 수 없었다. '잃어버린 세대'에 해당하는 예술가들 대부분이 유럽으로 이민을 갔거나 또는 그곳에서 오랫동안 작품 생활을 한 것도 이와 관련이 있었다. 피츠제럴드도 유

---

6) Gertrude Stein. 미국의 시인 겸 소설가. 제1차 세계 대전 이후 미국 문학계에서 큰 영향을 차지했다. 새로운 예술 운동을 이끌었으며, 주요 저서로 《3인의 생애》, 《텐더 버턴스》 등이 있다.

럽에서 《위대한 개츠비》를 집필하였다.

　《위대한 개츠비》는 작가 피츠제럴드의 자전적(自傳的) 이야기라는 말이 있을 정도로 실제 피츠제럴드가 살았던 삶의 궤적이 작품 곳곳에 나타난다. 닉 캐러웨이처럼 피츠제럴드도 중서부 미네소타 출신으로 아이비리그 중 하나인 프린스턴 대학에서 공부하였다. 개츠비가 장교 시절에 처음 데이지를 만난 것처럼 피츠제럴드도 알라바마에서 중위로 복무하던 중 17살 소녀 젤다를 만나 사랑에 빠진다. 그러나 향락과 사치를 꿈꾸던 소녀였던 젤다는 아무것도 없는 피츠제럴드를 받아들이지 않다가, 그가 성공을 이룬 뒤에야 그의 마음을 받아들이게 된다. 또한 작품의 주요 무대인 이스트에그와 웨스트에그는 실제 롱아일랜드의 맨해셋 넥(Manhasset Neck)과 그레이트 넥(Great Neck)에서 비롯된 것으로 볼 수 있다. 피츠제럴드는 실제로 1923년 그레이트 넥에 살았다.

　또한 《위대한 개츠비》에는 20세기 대중문화의 산실이라고 할 수 있는 영화·광고·재즈 음악 등이 자주 등장하는데, 이 역시 피츠제럴드가 실제로 그 분야에서 일을 하며 얻은 경험이나 관련 인사들과의 친분을 통해 얻은 내용들을 바탕으로 하고 있다. 실제로 피츠제럴드는 《위대한 개츠비》를 출간한 후에 영화계에서도 일을 한다. 비록 크레디트에

| 피츠제럴드와 젤다의 묘
피츠제럴드와 그의 아내 젤다의 비문에는 《위대한 개츠비》의 마지막 문장인 "So we beat on, Boats against the current, Borne back ceaselessly into the past."가 새겨져 있다.

그의 이름이 오르지는 않았지만, 1940년 제12회 아카데미 상에서 작품상 외 8개 부문을 수상한 대작 영화 〈바람과 함께 사라지다〉의 시나리오 작업에도 참여한 바 있다.[7]

《위대한 개츠비》는 '위대한 미국'의 초기 개척자들이 가졌던 아름다움에 대한 순수한 반응과 꿈, 희망과 이상을 비관적이면서도 동시에 희망을 잃지 않는 모습으로 그리고 있다. 전후 미국인들이 경험한 혼란과 정신적 피폐, 급속한 경제 발전과 함께 재즈 시대라는 이름 아래 향락과 오락이 난무하는 사회에서 동시대인들이 경험한 물질적 허영과 정신주의의 쇠락, 도덕적 해이 등을 매우 사실적인 묘사와 상징적인 비유, 그리고 이따금씩은 환상적인 기법을 사용해 독자들이 상상력의 지평을 넓혀 나가도록 하고 있다.

《위대한 개츠비》는 1920년대 미국 사회를 배경으로 하지만 그 시대에만 국한되는 것이 아니라 오늘날에도 그대로 적용되는 이야기이다. 자본주의 안에 존재하는 계급, 절대적인 아름다움에 대한 추구와 좌절, 인간 본연의 외로움과 그에 대한 투쟁 등은 우리 삶에서 계속적으로 이어지는 화두이기 때문이다.

– 이수인

---

7) 영화 〈바람과 함께 사라지다〉의 감독에는 빅터 플레밍, 작가는 시드니 하워드가 이름을 올렸지만 실제 작업에는 5명의 감독들과 13명의 작가들이 이 4시간짜리 대서사극을 위한 작업에 참여하였다.

토론·논술 문제편

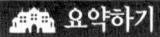 **요약하기**

※ 빈칸을 채워 《위대한 개츠비》의 줄거리를 완성해 봅시다.

> **제1장** 닉은 동부로 가서 증권업을 배우기로 결심하고, 웨스트에그의 개츠비 옆집으로 이사한다. 좁은 만을 사이에 둔 건너편 이스트에그에는 닉의 먼 친척인 데이지 부부가 산다. 데이지의 남편인 톰은 정신적인 가치나 기준보다 물질과 육신(肉身)을 중시하는 세속적 인물이다. 데이지 집을 방문한 닉은 조던을 소개받는다. 그리고 톰이 뉴욕에 애인을 두고 있다는 사실을 알게 된다.

> **제2장** 톰과 함께 기차를 타고 가던 닉은, 웨스트에그와 뉴욕시 중간쯤에 있는 재의 골짜기에서 톰의 애인인 머틀을 만난다. 머틀의 남편인 윌슨이 운영하는 정비소에서 톰은 윌슨을 무시하고 조롱한다. 머틀은 돈 없는 남편을 멸시하며 톰을 수단으로 삼아 상류 계층에 진입할 수 있을 거라고 기대한다. 하지만 머틀이 데이지 이름을 언급조차 못하게 할 정도로 톰에게 머틀은 그저 쾌락을 즐기기 위한 상대일 뿐이다. 머틀의 아파트에서 사진작가인 매키 씨 부부와 머틀의 여동생 캐서린을 만난 닉은 세속에 찌든 그들의 대화를 지켜보며 이질감을 느낀다.

> **제3장**

제4장 개츠비는 닉에게 자신의 출신과 경력을 이야기하지만, 닉은 이를 터무니없다고 생각한다. 닉은 개츠비와 점심을 먹는 자리에서 도박사 울프심을 만나고, 우연히 같은 장소에서 톰을 만난다. 닉은 개츠비에게 톰을 소개하려 하지만 개츠비는 이미 자리를 떠나 버린 후였다. 닉은 조던에게서 데이지와 개츠비가 사랑했던 사이였다는 이야기를 듣게 되고, 개츠비가 파티를 여는 이유가 언젠가는 데이지가 그 파티에 참석할지도 모른다는 기대 때문이었음을 알게 된다.

제5장

제6장 닉은 개츠비의 정체에 대해 혼란에 빠진다. 그러자 개츠비는 자신이 17살 때 댄 코디를 만나 5년간 항해하며, '제임스 개츠'에서 스스로 만든 이상적 모습의 '제이 개츠비'로 변화했다는 이야기를 들려준다. 개츠비가 주최한 파티에 데이지와 함께 참석한 톰은 데이지와 개츠비의 관계를 의심하기 시작한다. 늦은 밤까지 파티에 남은 닉에게 개츠비는 모든 것을 옛날과 똑같이 돌려놓겠다고 말한다.

제7장 데이지와 개츠비의 만남이 잦아지자, 톰은 그들의 관계를 눈치챈다. 톰은 개츠비를 점심 식사에 초대하고, 둘은 신경전을 벌인다. 톰은 닉과 조던을, 개츠비는 데이지를 각각 태운 채 시내로 향한다. 개츠비는 데이지의 목소리가 돈으로 가득 차 있다며 예전과 같지 않음에 실망하면서도, 결코 데이지를 포기하려 하지 않는다. 개츠비와 톰의 신경전은 전면적인 갈등으로 이어지고, 개츠비는 데이지가 톰을 한 번도 사랑한 적이 없다고 말하길 강요한다. 하지만 데이지는 톰을 사랑한 적이 있으며 개츠비도 사랑했었다고 말하고, 개츠비는 이에 충격을 받는다. 한편 윌슨이 머틀의 외도를 알아채고 말싸움을 벌이던 중, 머틀이 데이지가 운전하던 자동차에 치어 사망한다. 그날 밤 닉은 개츠비를 만나는데, 개츠비는 데이지 대신 죄를 뒤집어쓰고도 그녀만을 걱정한다.

제8장 개츠비는 닉에게 데이지를 만나 사랑에 빠지게 된 과정을 이야기한다. 그녀와 같은 계층에 속하고 싶었다는 것과, 자신이 군대에 가 있는 동안 데이지가 사랑이 아닌 현실적인 이유로 톰을 만나 결혼한 것에 상처받은 이야기를 들려준다. 한편 윌슨은 혼란 끝에, 개츠비가 머틀의 외도 상대이며 그녀를 죽인 것 또한 개츠비라고 생각한다. 결국 윌슨은 개츠비 집을 찾아내 그를 총으로 쏴 죽이고 자신도 자살한다.

제9장

Theme 01_ 서구 사회와 타자(他者)

에드워드 사이드(Edward Said, 1935~2003)는 그의 저서 《오리엔탈리즘》(1978)에서 서구인은 식민지인을 자신과 다른 '타자(他者, the other)'로 취급하고, '차이(difference)'를 우열의 개념으로 본다는 점을 지적한다. 그 바탕에는 서구인은 우월한 문명인인 반면 비(非)서구인은 열등하고 미개하다는 편견이 자리 잡고 있다. 서구는 비서구를 교화하고, 문명화하고, 지배해야 할 타자로 여겼다. 따라서 서구 제국주의자들은 식민지를 개척하는 일이 오히려 식민지인들의 미개한 삶을 발전시키는 일이라고 생각했다. 이러한 합리화를 통해 제국주의의 실천을 오히려 자랑스럽게 여겼던 것이다.

'타자'라는 개념이 서구인과 비서구인 사이의 권력관계에서만 나타나는 것은 아니다. 타자의 구분은 인종과 성별, 지역, 계급, 사회적 지위 등에 따라서도 생겨난다. 즉 타자는 중심부에서 밀려나 주변으로 소외된 존재를 의미한다. 《위대한 개츠비》에서도 백인 우월 의식을 바탕으로 한 중심부 권력이 주변부 타자에게 폭력을 가하는 모습이 나타난다. 유색인종에 대한 차별과 무시, 여성에 대한 남성의 우월적 자세, 경제적 능력에 따른 상하 관계, 출신에 따라 배척하는 행태 등의 사례가 작품 곳곳에 은연중에 드러난다. 일단 작품 속 화자가 '닉'이라는 백인 남성으로 설정되어 있기 때문에 작품 전반에서 타자는 절대적으로 다른 존재라는 인식 속에 왜곡된 이미지로 제시된다.

미국은 자유와 평등이라는 민주적 이상을 꿈꾼 세계 최초의 탈식민 국가였다. 그러나 노예제도, 인종 학살, 여성 억압 그리고 이주민에 대한 차별 등과 같은 물리적 폭력을 통해 백인 남성에 의한 지배체제를 끊임없이 재생산한 나라이기도 하다. 중심부를 향한 타자의 끊임없는 저항은 결국 실패로 돌아간다. 이것은 인종, 성, 계급적 타자를 사회로부터 격리하고 봉쇄함으로써 체제를 유지하기 위한 전략이다. 우리는 《위대한 개츠비》에 나타난 성적, 인종적, 계층적 타자의 모습에서 이 같은 국가적 폭력의 신화가 문화적으로 더욱 내면화되어 있음을 알 수 있다. 이는 미국 대륙이 가진 무한한 꿈과 자유가 결국은 '앵글로 색슨의 백인 남성'만을 위한 꿈이었다는 점을 보여 준다.

1. 다음 설명에 해당하는 인물을 〈보기〉에서 찾아 써 봅시다.

┤ 보기 ├

| 제이 개츠비 | 닉 캐러웨이 | 데이지 뷰캐넌 | 톰 뷰캐넌 |
| 머틀 윌슨 | 조지 윌슨 | 조던 베이커 | |

(1) 여성 프로 골퍼이다. 데이지와는 어릴 때부터 친한 친구였으며, 닉의 연인이기도 하다. 부도덕하고 허위의식에 빠져 있는 여성이다.

....

(2) 자동차 정비공이자 개인 정비소를 운영하는 인물이다. 아내에 대해 순진한 사랑을 갖고 있는 소박한 인물이다.

....

(3) 자동차 정비소를 운영하는 윌슨의 아내이자 톰의 정부이다. 뺑소니 사고로 사망한다.

....

(4) 부유한 뷰캐넌 가(家)의 자손이며 닉과는 예일 대학교 동창생이다. 대학생 때는 잘나가는 미식축구 선수였으며, 아직도 폴로 등의 스포츠를 즐기는 1920년대 올드 머니 계층의 대명사이다.

....

(5) 부유한 페이 가문의 딸로 태어나 평생을 소녀같이 살아 온 여자이다. 닉 캐러웨이와는 먼 친척이다.

....

(6) 이 작품의 주인공으로, 오로지 순수하게 한 사람만 사랑하고 그녀를 위해 모든 것을 참아 내고 희생하는 인물이다. 롱아일랜드 대저택에서 매일 밤 호화로운 파티를 벌이는 엄청난 부자이지만, 막대한 재산과 관련된 소문도 많은 인물이다.

....

(7) 작품의 화자로 제1차 세계 대전에 참전한 적이 있으며, 예일 대학교를 졸업한 엘리트이다. 증권 투자에도 관심이 많다. 작품 속에서 개츠비와 그 주변 인물을 관찰하는 역할이다.

....

2_ 빈칸에 공통으로 들어갈 단어를 써 봅시다.

> • 나도 무심결에 바다를 응시했지만 아무것도 보이지 않았다. 다만 저 멀리 미세하게 빛나는 한 줄기 (　　　　　)이/가 보였는데, 아마도 선착장 끝에서 나오는 것 같았다. 다시 개츠비를 보려고 그가 있던 자리로 고개를 돌렸을 때 그는 이미 사라지고 없었고, 불안한 어둠 속에 나만 혼자 덩그러니 남았다.
>
> • "안개가 없었다면 만 너머에 있는 당신 집을 볼 수 있었을 것이오. 당신은 밤새 선창 끝에 (　　　　　)을/를 켜놓더군." / 개츠비가 말했다. (중략)
> 하지만 이제 저 불빛은 선창에 켜진 한낱 (　　　　　)에 불과할 뿐이었다. 마법에 걸려 있던 대상 하나가 줄어들었다.
>
> • 그는 그 꿈이 이미 그가 걸어온 길 위에 있음을, 밤의 장막 아래 공화국의 어두운 들판이 펼쳐진 저 도시 너머 광대하고 어두운 곳 뒤편 어딘가에 있음을 알지 못했다. 개츠비는 그 (　　　　　)을/를 믿었고 해마다 우리 앞에서 줄어드는 황홀한 미래를 믿었다.

....

3_ 다음은 닉과 개츠비가 만났을 때 나눈 대화의 일부입니다. 이 대화 이후에 개츠비가 자신을 소개한 내용으로 적절하지 않은 것을 골라 봅시다.

> "흠, 내가 어떻게 살았는지 몇 가지 이야기를 해드려야겠군."
> 그가 내 말을 가로막았다.
> "자네가 들은 이런저런 이야기로 나를 오해하지 않길 바라네."
> 그렇다. 그도 자기 집에서 오고 가는 이상한 소문에 대해 알고 있었던 것이다.
> "하나님께 맹세컨대 진실만을 말하겠네."
> 만약 거짓을 말한다면 천벌이라도 받겠다는 듯 그가 갑자기 오른손을 들었다.

① 거액의 유산을 상속받았다.　　② 동부 롱아일랜드 출신이다.

③ 옥스퍼드 대학교 출신이다.　　④ 몬테네그로에서 훈장을 받았다.

⑤ 가족들이 모두 죽은 뒤 유럽에서 살았다.

4_ 개츠비가 재산을 축적한 수단 중 하나인 '약국 사업'의 구체적 의미와 그러한 현상이 나타나게 된 사회적 배경을 간략히 써 봅시다.

• '약국 사업'의 의미 :

• 사회적 배경 :

5_ 빈칸에 공통으로 들어갈 단어를 써 봅시다.

> 거의 5년이라는 세월이 흘렀다. 그날 오후만 해도 데이지가 그의 꿈에 미치지 못했던 순간이 분명히 있었을 것이다. 그러나 그것은 데이지 때문이 아니라 그가 만든 어마어마한 (   ) 때문이었다. 그 (   )은/는 그녀를, 그리고 모든 것을 초월했다. 그는 창조적 열정으로 그 (   )에 스스로 뛰어들어 항상 그것을 키워 나갔고, 가는 길마다 반짝이며 떠다니는 깃털로 그것을 장식해 왔던 것이다. 어떤 뜨거운 불도, 어떤 생생함도 한 남자가 유령 같은 심장에 차곡차곡 쌓아 온 것과 대적할 수 없었다.

....

6_ 빈칸에 공통으로 들어갈 단어를 써 봅시다.

> "데이지의 목소리에는 조심성이 없지. 뭔가로 가득 찬……."
> 내가 머뭇거렸다.
> "그녀의 목소리는 (   )(으)로 충만해."
> 그가 갑자기 말했다.
> 바로 그것이었다. 예전에는 전혀 이해하지 못했는데 데이지의 목소리는 (   )(으)로 가득 차 있었다. 그 안에서 오르내리는 무한한 매력, 딸랑거리는 소리, 심벌즈의 노래 같은 소리……. 저 높은 곳 하얀 궁전의 공주, 황금빛의 소녀…….

....

7_ 제시문을 참고하여 개츠비가 자신의 성장 과정을 계속 숨겨 온 이유를 간략히 서술해 봅시다.

> 제이 개츠비로서 그의 미래는 빛날지 모르지만, 당시 그는 내세울 경력 하나 없는 가난한 청년에 불과했다. 제복이라는 그의 보이지 않는 망토도 어느 순간 어깨에서 미끄러져 떨어질지 모를 일이었다. (중략)
>
> 그는 거짓말로 그녀를 차지했기 때문에 스스로를 경멸했을지도 모른다. 그가 있지도 않은 수백만 달러를 이용했다는 말은 아니다. 그는 데이지에게 교묘하게 안정감을 심어 주었다. 자신도 데이지와 사회적으로 같은 계층이며 그녀를 완전히 책임질 수 있을 거라고 믿게 만들었다.

....

....

....

....

....

8_ 다음을 읽고, 작품의 내용과 맞으면 ○표, 틀리면 ×표를 해 봅시다.

(1) 제이 개츠비의 본래 이름은 제임스 개츠이다.   (   )

(2) 톰 뷰캐넌과 조던 베이커는 한때 연인이었다.   (   )

(3) 개츠비의 운전 실수로 머틀 윌슨이 사망했다.   (   )

(4) 윌슨이 하나님이라고 말한 T. J. 에클버그 박사는 사실 광고판 속 거대한 눈이다.

     (   )

(5) 개츠비의 장례식은 닉과 울프심, 데이지가 주도했다.   (   )

(6) 데이지는 개츠비 장례식에 조문 전보도, 조화도 보내지 않았다.   (   )

Theme 02_ 재즈 시대

《위대한 개츠비》는 1920년대, 더 자세히 말하면 1919년 노동절 폭동으로 시작하여 1929년 10월 경제 대공황 직전까지의 10여 년을 시대적 배경으로 하고 있다. 이때를 일컬어 '재즈 시대'라고 한다. 제1차 세계 대전 직후 사람들은 전쟁에 대한 환멸과 이에 대한 반작용으로 경제적 성공과 쾌락을 추종하는 분위기에 젖어 들었고, 이것은 재즈 시대만의 속성이 되었다. 이러한 분위기에서 황금만능주의 풍조가 만연했고 청교도 정신은 붕괴되었다.

먼저 재즈 시대의 문화적 풍토를 이해한다면 당시의 시대적 특징을 이해하는 데에 도움이 될 것이다. 파티에서는 재즈 음악과 찰스턴 춤이 유행하였고 사람들은 자동차가 주는 속도감과 술이 주는 환각 상태를 즐겼다. 청년들 사이에서도 '미덕은 돈을 얻음으로써 보상받고 악덕은 돈을 잃음으로써 벌 받는다'고 믿거나 일확천금을 인생 목표로 삼을 정도로 경제적 성공을 추구하는 경향이 퍼져 있었다. 사치스러운 생활과 흥겨운 파티가 성행하는 시대적 분위기 속에서 재즈 시대는 돈과 환락을 뒤쫓았다.

사람들의 배금주의(拜金主義) 사고방식과 더불어 군수산업이 호황을 누린 것역시 미국 사회에 물질주의가 확산된 또 다른 요인이다. 또한 전쟁의 여파로 청교도주의는 공격받고 있었고 기독교는 입지를 잃어 갔다. 이런 상황을 타개하기 위해 미국 정부는 건국 정신의 토대인 청교도주의를 굳건히 하고자 했다. 이 과정에서 마련한 방책 중 하나가 금주법의 시행이었다. 그러나 오히려 이는 사람들에게 밀매를 부추겨 그들을 환락의 지하 세계로 끌어내렸을 뿐이었다. 금주법의 부작용 외에도 불법 도박, 매수, 극심한 노동쟁의 등의 문제가 발생하여 사회는 혼란스러워졌으며, 사람들은 경제 공황의 공포감에 떨고 냉소주의에 빠지게 되었다.

《위대한 개츠비》는 파티가 성행하는 풍경 등을 묘사하여 재즈 시대를 현실감 있게 그렸으며, 이와 동시에 개츠비의 약국 사업이나 울프심의 월드 시리즈 승부 조작 등을 언급하며 당시의 사회적 부조리를 꼬집었다. 이처럼 《위대한 개츠비》는 재즈 시대의 다양한 모습을 보여 주는 대표적인 작품이다.

Step 1 제시문을 읽고 물음에 답해 봅시다.

가 1920년대 전후 미국은 엄청난 경제 성장을 이루고 있었고 월스트리트 주식 시장은 연일 최고치를 경신하는 나날을 보여 주고 있었다. 《위대한 개츠비》에 유독 자주 등장하는 노란색과 황금색에 대한 묘사가 바로 1920년대의 경제 황금기를 상징한다고 볼 수 있다. 이러한 예는 개츠비 파티에 온 손님들이 입고 있는 노란 드레스, 개츠비의 노란 롤스로이스 등에서 찾아볼 수 있다.

이와 동시에 사람들 사이에서는 향락주의, 쾌락주의가 극에 달하고 있었고 도덕성과 절제력은 바닥을 치고 있었다. 개츠비가 연 파티에 참석한 이들은 개츠비의 정체에 대해 의구심을 가지면서도 그가 벌이는 파티의 화려함과 향락에 취하기 위해 파티에 온다. 도덕적, 정신적 가치보다는 물질적 즐거움과 향락이 더 우위에 놓이는 것이다.

– F. 스콧 피츠제럴드, 이수인 옮김, 《위대한 개츠비》

나 닉 캐러웨이는 개츠비의 장례를 치르고 그의 집 앞 해변에 앉아 300여 년 전 부푼 가슴을 안고 미국 땅에 처음 도착한 네덜란드 상인의 눈에 비쳤을 '신세계의 싱그러운 초록빛 가슴'을 떠올린다. 이렇게 물질적 풍요와 안락을 찾아 초록의 꿈을 간직한 채 신대륙에 도착한 사람들은 비단 네덜란드 상인들만이 아니었다. 1607년에 오늘날 버지니아 주 제임스타운에 최초로 식민지를 개척한 영국 사람들도 마찬가지였다. 비록 실패로 끝났지만 제임스타운 식민지는 그 이후 미국 중부와 남부 식민지 개척에 첫길을 열어 주었다는 점에서 큰 의미를 지닌다. (중략)

사람들은 '미국의 꿈'을 자칫 물질적인 것으로 보기 쉽다. 그러나 물질적 성공은 어디까지나 변질된 '미국의 꿈'이거나 기껏해야 그 꿈의 작은 일부에 지나지 않는다. 참다운 '미국의 꿈'은 뭐니 뭐니 하여도 다분히 정신적인 것이었다. 메이플라워호에 청교도들을 이끌고 뉴잉글랜드에 처음 도착한 윌리엄 브래드 포드가 말하는 '위대한 계획'이 바로 이 꿈의 정수라고 할 수 있다. 세상 사람들이 모두 바라보고 본받을 수 있도록 신대륙에 '언덕 위의 도시'를 세우는 것이 그 위대한 계획이었다. '미국의 꿈'은 궁극적으로 새로운 가능성의 발견, 낭만적 개인주의, 그리고 행복과 자유의 추구와 맞닿아 있었다.

– 곽차섭 외, 《서양의 고전을 읽는다 4》

다 뉴잉글랜드에 정착한 청교도들도 정신적인 것에 못지않게 물질적인 것에 관심을 보였다. 비유적으로 말해서 한 손에는 성경책을 들고 다른 손에는 금화를 들고 있었다고 할 수 있다. 실제로 청교도들 사이에는 부자는 하나님의 축복을 받았기 때문에 부자가 되었고 가난한 사람은 하나님의 저주를 받았기 때문에 가난하게 되었다는 생각이 널리 퍼져 있었다. 이러한 상황에서 사람들은 온갖 희생을 무릅쓰고라도 하나님의 축복을 받았다는 증거를 보이고 싶었을 것이다. 막스 베버를 비롯한 몇몇 사회학자들이 미국이 200년도 채 되기 전에 자본주의 사회로 눈부시게 발전할 수 있었던 원동력을 다름 아닌 청교도 윤리에서 찾은 것은 바로 그 때문이다. — 김욱동, 《소설의 제국》

1_ 1920년대 미국 사회상을 말해 봅시다.

....

....

....

2_ 초기 개척자들이 품었던 '미국의 꿈'은 무엇인지 말해 봅시다.

....

....

....

3_ 초기 개척자들의 꿈이 변질된 이유를 말해 봅시다.

....

....

....

가 "문명이 산산조각 나고 있네."

톰이 격분하며 말을 시작했다.

"지금 벌어지는 일들을 보면서 난 완전히 비관론자가 되어 버렸어. 고다드가 쓴 《유색 인종 제국의 발흥》이란 책 읽어 봤나?"

"아니, 아직 안 읽어 봤는데. 그런데 왜?"

나는 그의 격앙된 말투에 다소 놀라며 대답했다.

"좋은 책이야. 모두 읽어야 할 책이고. 우리가 주의하지 않으면 백인들은…… 백인들은 완전히 좌초될 거라는 내용이네. 매우 과학적인 데다 증거까지 제시하고 있어."

"톰은 생각이 점점 난해해지고 있어요."

데이지는 슬픈 표정으로 아무렇지 않게 말했다.

"긴 단어가 나오는 심오한 책만 읽고 있죠. 그게 무슨 단어였더라? 우리……."

"다 과학적인 책들이야."

톰은 거듭 강조하면서 참을 수 없다는 듯 그녀를 쳐다보았다.

"작가 양반이 전체 상황을 잘 분석했어. 우리에게 달렸다는 거야. 지배 인종이 주의하지 않으면 다른 인종이 모든 것을 지배한다는 거지."

"우리가 그들을 쳐부숴야 해요."

뜨겁게 작렬하는 태양 탓인지 데이지가 심하게 눈을 깜박거리면서 속삭였다. (중략)

"요지는 우리가 북유럽 인종이라는 거야. 나도 그렇고 자네와 베이커 양도 그렇지. 그리고……."

그는 잠시 망설이다가 고개를 약간 끄덕이며 데이지까지 포함시켰다. 그러자 데이지는 나를 보며 다시 눈을 깜박였다.

"그리고 문명을 이루는 모든 것을 우리가 만들어 냈다는 거야. 과학과 예술, 학문 등 모든 것을 말이야. 그렇다고 생각하지 않나?"

나 그는 쌓여 있는 셔츠 한 무더기를 꺼내 우리 앞으로 하나씩 던지기 시작했다. 속이 훤히 비치는 린넨 셔츠, 도톰한 실크 셔츠, 고운 플란넬 셔츠는 잘 접혀 있던 형태가 흐트러지면서 탁자 위를 여러 색으로 어지러이 덮었다. (중략) 그런데 갑자기 데이지가 셔츠 더미에 얼굴을 파묻으며 격하게 울기 시작했다.

"정말 아름다운 셔츠네요."

그녀가 흐느꼈지만 그 말은 여러 겹의 셔츠에 파묻혀 들리지 않았다.

"지금까지 이렇게, 이렇게 아름다운 셔츠들을 본 적이 없어서 무척 슬프네요."

다 "나는 동생과 하룻밤을 같이 보낼 생각으로 뉴욕에 가던 길이었어요. 그는 신사복 차림에 에나멜가죽 구두를 신고 있었는데 난 그런 그에게서 눈을 뗄 수가 없었어요. 그가 나를 볼 때마다 나는 그의 머리 위로 보이는 광고를 보는 척했죠. 기차가 역에 도착했을 때 그는 내 옆에 있었고 하얀 셔츠 앞가슴으로 내 팔을 누르고 있었죠. 난 경찰을 부르겠다고 했지만 그는 그게 거짓말인 걸 알고 있었어요. 난 너무나 흥분해서 그와 택시를 탔을 때조차 내가 지하철역으로 가고 있지 않다는 걸 깨닫지 못했어요. 그 순간에 떠오른 것은 '어차피 한 번 사는 인생이야. 어차피 한 번 사는 인생이라고.' 하는 생각뿐이었어요."

라 그러자 문득 데이지의 집에 갔을 때는 떠오르지 않았던 그녀에 대한 소문이 생각났다. 그녀가 처음 참가한 경기에서 거의 신문에 실릴 뻔할 정도로 시끄러웠던 사건이 있었다. 그녀가 준결승전 때 불리한 위치에 놓인 공을 옮겨 놓았다는 소문이었다. 그 일은 굉장히 불명예스러운 사건이 될 뻔했지만 곧 사그라들었다.

마 "과거를 되돌릴 수 없다고?"

그가 믿을 수 없다는 듯이 소리를 높였다.

"당연히 되돌릴 수 있다네!"

그는 마치 과거가 그의 집 그림자 뒤, 그의 손에 닿지 않는 어딘가에 숨어 있기라도 하다는 듯 주위를 거칠게 둘러보았다.

"나는 모든 것을 예전 모습 그대로 돌려놓을 걸세. 그러면 데이지도 알게 되겠지."

그가 작정한 듯 고개를 끄덕이며 말했다. (중략)

그는 거짓말로 그녀를 차지했기 때문에 스스로를 경멸했을지도 모른다. 그가 있지도 않은 수백만 달러를 이용했다는 말은 아니다. 그는 데이지에게 교묘하게 안정감을 심어 주었다. 자신도 데이지와 사회적으로 같은 계층이며, 그녀를 완전히 책임질 수 있을 거라고 믿게 만들었다. 실제로 그에게 그럴 능력은 전혀 없었다.

바 "그들은 썩어 빠진 사람들이라네."

나는 잔디를 가로질러 소리쳤다.

"당신은 그 작자들 모두를 합친 것만큼 가치 있는 사람이야."

나는 늘 그렇게 말하길 잘했다고 생각해 왔다. (중략)

나는 그와 악수를 했다. 악수하지 않으려고 하는 것이 바보 같다는 생각이 들었다. 갑자기 내가 아이와 이야기하고 있는 것처럼 느껴졌기 때문이다.

– F. 스콧 피츠제럴드, 이수인 옮김, 《위대한 개츠비》

1. 1920년대 미국의 사회상이 각 제시문의 인물들을 통해 어떻게 반영되고 있는지 파악해 봅시다.

• **가**의 톰 뷰캐넌

....

....

• **나**의 데이지 뷰캐넌

....

....

• **다**의 머틀 윌슨

....

....

• **라**의 조던 베이커

....

....

• **마**의 제이 개츠비

....

....

• **바**의 닉 캐러웨이

....

....

2 인물 분석을 바탕으로 1920년대 미국 사회의 가치관을 성별, 계층별로 정리해 봅시다.

(1) 성별

• 여성 : ....

....

• 남성 : ....

....

(2) 계층별

• 상류층 : ....

....

• 하류층 : ....

....

Step 3 제시문을 읽고 물음에 답해 봅시다.

가 개츠비는 격하게 흥분하며 자리에서 벌떡 일어났다.

"데이지는 당신을 사랑한 적이 없소, 알아들어요? 그녀는 가난한 나를 기다리다 지쳐서 당신과 결혼한 것뿐이오. 그것은 끔찍한 실수였지만, 그녀 마음에 나 말고 다른 사람은 결코 없었단 말이오!" (중략)

"당신은 미쳤어! 나는 5년 전에 무슨 일이 있었는지 말할 수 없소, 그때 나는 데이지를 몰랐으니까. 그리고 당신이 뒷문으로 식료품 배달 따위를 한 게 아니라면 어떻게 데이지 근처에 얼쩡거릴 수 있게 되었는지 알 수가 없군. 그러나 나머지 이야기는, 빌어먹을 다 새빨간 거짓말이야. 데이지는 나와 결혼했을 때 날 사랑했고 지금도 사랑한다고."

그가 폭발했다.

"그렇지 않소." / 개츠비가 고개를 저으며 말했다.

"글쎄, 데이지는 날 사랑한다니까. 때때로 자기가 어리석은 생각을 하고도 뭘 하고 있는지 모른다는 것이 문제지만."

톰이 사려 깊은 척하며 고개를 끄덕거렸다.

"그리고 무엇보다 나도 데이지를 사랑하오. 어쩌다 한 번씩 흥청망청 마시고 노는 자리를 벌여 내 자신을 조롱거리로 만들기는 하지만 나는 언제나 돌아왔고, 마음속으로는 그녀를 늘 사랑하고 있소."

"구역질 나는 소리 그만해요." / 데이지가 말했다. (중략)

"당신은 그를 전혀 사랑하지 않았소."

그녀는 주저했다. 그녀의 눈이 무언가를 호소하며 조던과 내게 머물렀다. 마치 이제야 자신이 무슨 짓을 하고 있는지 깨달았다고, 그동안 무슨 짓을 해보겠다는 생각은 없었다고 말하는 듯했다. 그러나 이미 엎질러진 물이었다. 너무 늦어 버린 것이다.

"나는 그를 사랑한 적이 없어요."

그녀는 딱히 내켜서 말하는 것 같지는 않았다. (중략)

"오, 당신은 너무 많은 것을 원해요! 나는 지금 당신을 사랑해요. 그것으로 충분하지 않나요? 과거에 있었던 일은 어쩔 수 없잖아요."

그녀가 개츠비에게 소리를 질렀다. 그리고 절망에 휩싸여 흐느끼기 시작했다.

"그를 한 번쯤은 사랑했단 말이에요. 하지만 당신도 사랑했어요."

– F. 스콧 피츠제럴드, 이수인 옮김, 《위대한 개츠비》

나 톨스토이의 소설 《안나 카레니나》는 주인공 안나 카레니나의 열정을 다룬 작품이다. 그러나 그녀의 이러한 열정은 사회의 인습과 안나 개인의 죄책감에 의해 희생된다.

브론스키 백작과의 사랑은 곧 상트페테르부르크의 상류 사회로 빠르게 번져 나가고, 사교계 사람들은 안나를 점차 멸시하기 시작한다. 여기에 사랑하지는 않지만 존경하던 남편 카레닌과 그와의 사이에서 낳은 아들 세료자에 대한 죄책감으로 그녀의 마음은 점차 복잡해진다.

브론스키와의 사랑이 점점 식어 가는 데에서 오는 불안, 진정으로 사랑하는 아들에 대한 모성애와 죄책감으로 안나는 더욱 피폐해지고, 그녀의 절망감이 점차 광기로 변하면서 결국 그녀는 달리는 화물 열차에 몸을 던진다.

작품 속에서 안나는 상류층으로서의 도덕적 품위를 지키지 못한 대가로 사교계에서 추방된다. 이처럼 사회적으로는 철저히 유죄 판결을 당했지만, 그녀는 인습에 얽매인 삶을 사는 것을 거부하였다. 대신 그녀는 자신이 할 수 있는 최선의 표현으로 브론스키와의 사랑을 선택했다. 그러나 결국 안나의 행동은 모든 사람들을 파멸로 몰고 갔고, 안나 자신도 죄책감과 사회의 시선을 이겨 내지 못하고 비극적 최후를 맞이하게 된다.

다 일반적으로 인간은 사랑하는 사람과 성적인 것을 공유하고 싶어 한다. 보통은 사랑하는 사람과 신체적으로 결합하고자 하는 감각적 사랑을 원한다. 그런데 인간은 감각적 사랑만을 원하지 않는다. 사랑하는 상대방과 신체적으로뿐만 아니라 정신적으로도 결합하고 싶어 한다. 또 자신의 자유 의지에 의해 상대방을 자신과 동등하게 존중하는 사랑을 경험하고자 하며, 나아가 사랑하는 상대방과 상호 존중하는 관계에서 상대방을 위해 기꺼이 자신을 희생한다. 우리는 이를 성숙한 사랑이라고 한다.

• 사랑에 대한 프롬의 견해
  ① 관심과 배려 : 사랑하는 상대방의 생명과 성장에 대해 적극적으로 관심을 갖고 그를 돌본다.
  ② 책임감 : 자발적으로 자신의 행동에 대해 책임을 진다.
  ③ 존경 : 사랑하는 상대방을 있는 그대로 바라보며 존중한다.
  ④ 지식 : 사랑하는 과정에서 상대방을 알아 가면서 그를 이해한다.
  － 교학사, 《고등학교 생활과 윤리》

1_ 제시문 **㉮**와 **㉯**의 인물들이 겪고 있는 내적 갈등의 양상을 정리해 봅시다.

· **㉮**의 데이지와 **㉯**의 안나

....

....

· 개츠비와 톰

....

....

2_ 제시문 **㉰**의 관점에서 인물들의 내적 갈등 상황을 평가해 봅시다.

....

....

....

3_ 자신이 위 인물들 중 한 사람이라면, 어떤 선택을 할지 이유와 함께 말해 봅시다.

....

....

....

Theme 03_ 톨스토이의 《안나 카레니나》

러시아의 작가 톨스토이(Tolstoy, 1828~1910)의 장편소설로 19세기 러시아 귀족계급의 결혼 생활이 그려져 있다. 1872년 1월, 톨스토이는 이웃에 살던 비비코프의 아내가 남편과 미모의 가정교사 사이를 질투한 나머지 달리는 기차에 뛰어들어 자살한 사건을 접하게 되었다. 이 사건이 《안나 카레니나》의 집필 동기 중 하나가 되었다고 한다.

정부 고관 카레닌의 아내인 미모의 여성 안나는 오빠인 스테판 부부의 다툼을 중재하기 위해서 모스크바에 왔다가 젊은 장교 브론스키 백작과 만나 사랑에 빠진다. 한편 지방의 순박한 지주인 레빈은 스테판의 부인 돌리의 여동생 키티에게 구혼하지만, 브론스키와의 결혼을 기대하는 키티에게 거절당한다. 실의에 빠진 레빈은 영지로 돌아와 농지 경영 개선에 열심히 힘쓴다. 그러나 브론스키는 안나와 연인 사이가 되고, 이것을 계기로 키티는 병이 들어 버린다.

안나는 남편과 어린 외아들이 기다리는 페테르부르크로 돌아가지만, 브론스키는 그녀를 쫓아간다. 두 사람의 관계는 급속히 깊어지고 카레닌은 이 사실을 알고도 세간에 대한 체면 때문에 이혼에 응하지 않는다. 안나는 브론스키의 아이를 낳은 후 사경을 헤매게 된다. 그 모습을 보면서 카레닌은 안나를 동정하며 관대한 태도로 용서한다. 그의 관용에 놀란 브론스키는 권총으로 자살을 시도하지만 미수에 그친다. 그 후 브론스키는 은퇴하고, 건강을 회복한 안나를 따라 외국으로 떠난다.

귀국한 안나는 브론스키와의 허락되지 않은 사랑 때문에 사교계에서 배척당하고 그의 영지에 머무르게 된다. 게다가 안나의 이혼은 카레닌의 반대와 외아들을 빼앗길 것이라는 그녀의 우려로 인해 좀처럼 진행되지 않는다. 자신의 처지에 불만이 쌓인 안나는 시골에서 농장 경영에 열중하면서 소일거리를 찾는 브론스키와 점차 다투는 횟수가 늘어나고, 그의 마음이 다른 여자에게 가버리지는 않을까 걱정하며 그를 의심까지 하게 된다. 절망한 안나는 마침내 열차에 몸을 던진다. 삶의 목적을 잃은 브론스키는 사비를 털어 의용군을 편성하여 터키와의 전쟁터를 향해 간다.

Step 4 작가가 작품의 제목을 '위대한 개츠비'라고 한 이유를 생각해 봅시다. 그리고 그 이유가 타당한지 토론해 봅시다.

㉮ 개츠비에게는 매혹적인 무엇인가가 있었다. 마치 1만 6천 킬로미터 밖에서 일어난 지진을 감지하는 정교한 기계에 연결된 것처럼 그에게는 삶의 가능성을 알아채는 예민한 감각이 있었다. 이 고도의 감각은 '창조적 기질'이라는 이름으로 높이 평가받는 과도한 감상주의적 감수성과는 전혀 다른 것이었다. 그것은 희망을 찾아내는 특별한 재능이자 그것을 위해 기꺼이 무엇이든 하는 낭만적인 감수성이었다. 결코 다른 사람들에게서는 찾아볼 수 없었고 앞으로도 없을 그런 것이었다. 그렇다. **결국 개츠비가 옳았다.** 나는 인간이 겪는 실패로 인한 슬픔과 순간 사라져 버리고 말 기쁨에 관심을 갖고 있었지만, 개츠비를 희생양으로 삼고 그가 꿈꿨던 것들이 떠난 자리에서 흩날리는 더러운 잿빛 먼지들을 보면서 그 관심을 일시적으로 거두었다.

㉯ "이건 그 애가 소년이었을 적에 갖고 있던 책이라오. 이걸 보면 잘 알 수 있을 거요."

그는 뒤표지를 열어서 내가 볼 수 있도록 돌려 주었다. 책 맨 뒤의 백지에 '시간표'란 단어가 적혀 있었고, 날짜는 1906년 9월 12일로 되어 있었다. 그리고 그 아래로 다음과 같이 쓰여 있었다.

기상	오전 6:00
아령 운동과 벽 타기	오전 6:15~6:30
전기학, 기타 공부	오전 7:15~8:15
일	오전 8:30~오후 4:30
야구 및 운동	오후 4:30~5:00
웅변 연습, 자세 연습	오후 5:00~6:00
발명에 필요한 연구	오후 7:00~9:00

결심

셰프터스나 ×××(읽을 수 없는 이름)에 시간 낭비하지 말 것
담배를 피우거나 씹지 말 것
이틀에 한 번 목욕할 것
일주일에 교양서나 잡지 한 권씩 읽을 것
일주일에 5달러(줄을 그어 지움) 3달러씩 저축할 것
부모님께 잘할 것

– F. 스콧 피츠제럴드, 이수인 옮김, 《위대한 개츠비》

다 이때쯤 나의 마음에는 완전한 도덕적 인간이 되자는 무모하고도 어려운 계획이 자리 잡고 있었다. 나는 한 치의 잘못도 없는 완벽한 삶을 살고자 했다. 원래 타고난 것뿐만 아니라 친구들을 통해 물들 수 있는 성향이나 습관까지도 모두 뛰어넘고 싶었다. 나는 무엇이 옳고 무엇이 그른지 확실하게 알고 있었다. 아니 그렇다고 믿었다. 그래서 그른 것을 피하고 옳은 것만 행하는 일이 쉽게만 보였다. 하지만 이내 나는 이 일이 내 상상보다 훨씬 더 어려운 일이라는 사실을 깨닫게 되었다. 한 가지 잘못을 저지르지 않으려고 거기에만 온통 신경을 기울이는 사이에 불쑥 다른 잘못을 저질러 버리는 것이었다. 소홀해진 틈을 타서 나쁜 습관이 튀어나왔고 이성으로 이기기에 성향은 너무 강했다. 그렇게 얼마를 보낸 뒤 완벽한 덕인(德人)이 되겠다는 마음속 신념만으로는 실수를 막을 수 없다는 결론을 내렸다. 늘 정확하고 일관된 행동을 하려면 그와 반대되는 습관들은 없애고 좋은 습관을 몸에 익혀야만 한다. 이런 목적으로 다음과 같은 방법을 생각해 냈다.

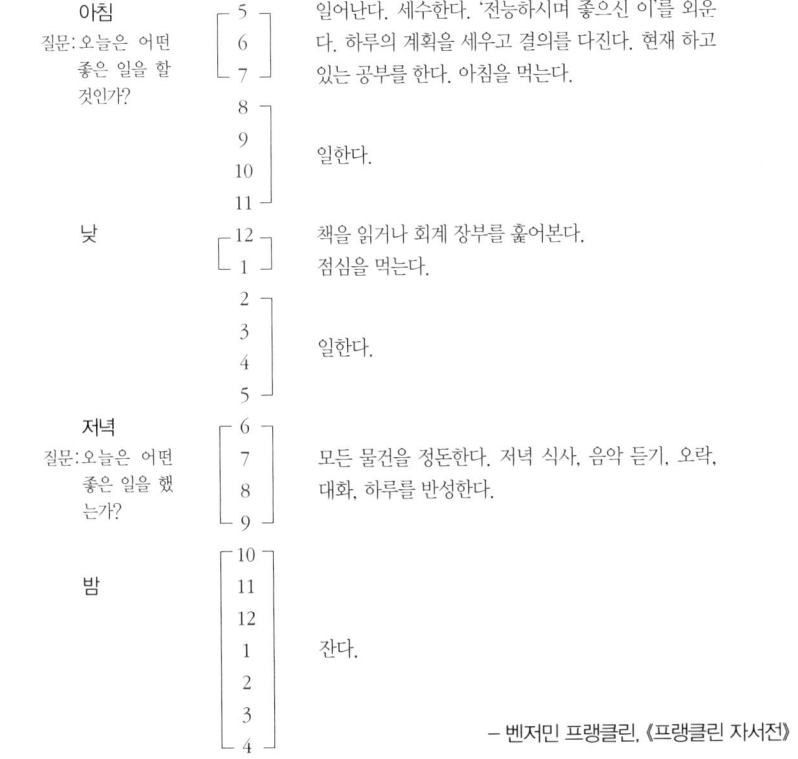

아침 질문:오늘은 어떤 좋은 일을 할 것인가?	5 6 7	일어난다. 세수한다. '전능하시며 좋으신 이'를 외운다. 하루의 계획을 세우고 결의를 다진다. 현재 하고 있는 공부를 한다. 아침을 먹는다.
	8 9 10 11	일한다.
낮	12 1	책을 읽거나 회계 장부를 훑어본다. 점심을 먹는다.
	2 3 4 5	일한다.
저녁 질문:오늘은 어떤 좋은 일을 했는가?	6 7 8 9	모든 물건을 정돈한다. 저녁 식사, 음악 듣기, 오락, 대화, 하루를 반성한다.
밤	10 11 12 1 2 3 4	잔다.

– 벤저민 프랭클린, 《프랭클린 자서전》

라 개츠비의 꿈과 환상은 지나간 시간을 다시 돌려놓으려고 하는 데에서 잘 드러난다. 환상과 이상에 젖어 있는 개츠비는 지나간 과거를 다시 돌이킬 수 없다는 닉의 말이 믿기 어려웠다. 이렇게 과거를 반복할 수 있다고 굳게 믿는 점에서 개츠비는 낭만적 이상주의자로 볼 수 있다. 닉이 그를 적잖이 경멸하면서도 다른 한편으로는 그를 동정할 뿐만 아니라 그에게 끝까지 유대감을 느끼는 까닭이 바로 여기에 있다. 개츠비는 '삶의 약속에 대한 높은 감수성'과 '희망에 대한 탁월한 재능'을 지니고 있다. 비록 그의 이상은 도덕적으로 타락하고 윤리적으로 부패한 것일지는 모르지만 그 꿈을 성취하기 위한 헌신적 노력은 톰과 데이지를 비롯한 다른 작중 인물들의 이기적이고 무책임한 행동과 비교해 볼 때 차라리 숭고하게 느껴진다.
                                                                    − 김욱동, 《소설의 제국》

1. 제시문 **가**에서 닉이 '개츠비가 옳았다'고 말한 이유를 써 봅시다.

2. 작가는 주인공 개츠비에게 '위대한'이라는 수식어를 붙였습니다. 그 수식어에 대한 자신의 생각을 말해 봅시다.

S^{tep} 5 다음 주장을 참고하여 개츠비의 이상과 선택에 대해 토론해 봅시다.

> 주장 1 : 개츠비는 인생의 가장 아름다운 꿈을 이루기 위해 전력으로 질주하였고, 죽음에 이르기까지 그 꿈에 충실한 이상주의자이다.
>
> 주장 2 : 개츠비는 과거 순수한 사랑을 되돌리기 위해 수단과 방법을 가리지 않았고, 결과적으로 비참한 죽음을 맞이한 불행한 인물이다.

PROS&CONS

주장 1	
주장 2	

1 제시문 **가**와 **나**를 근거로, '미국의 꿈'이 제시문 **다**와 같은 결과를 초래한 이유를 논술해 봅시다.

> **가** 의무론적 윤리관에서는 목적이 수단의 성격까지 규정해야 한다고 말한다. 예를 들어 10명밖에 탈 수 없는 구명보트에 11명이 매달린 경우, 1명을 희생시키면 10명을 살릴 수 있다. 그러나 의무론적 윤리관에서는 다수의 목숨을 구하는 선한 목적을 이루기 위해 한 명을 희생하는 악한 수단을 써서는 안 된다고 말한다. '사람을 죽여서는 안 된다.'라는 명제는 언제든 지켜져야 할 절대 원칙으로 예외를 허용하지 않기 때문이다.
>
> 반면 목적론적 윤리관에서는 좋은 목적을 위해서라면 다소 옳지 않은 수단을 쓸 수도 있다고 말한다. 앞의 예에서라면, 1명을 희생하고 10명이 살아남는 것을 택하는 쪽이다. 이러한 입장에서는 절대적인 도덕은 없고 상대적인 도덕만을 인정하므로 다수의 행동을 선의 판단 기준으로 삼는다.
>
> 이처럼 의무론적 윤리관은 행위의 동기를, 목적론적 윤리관은 행위의 결과를 중시한다. 단, 목적론적 윤리관의 중요한 전제 조건은 나쁜 방법을 써서라도 반드시 이루어야만 하는 목적이라면 반드시 그만큼 가치가 있어야 한다는 것이다.
>
> **나** 우리는 다음 진리를 명백한 진실로 간주한다. 모든 인간은 평등하게 태어났으며, 조물주로부터 몇몇 양도할 수 없는 권리를 부여받았는데, 그중에는 생명, 자유, 행복의 추구가 있다. 이러한 권리를 확보하기 위해 인류는 정부를 조직했으며, 정부의 정당한 권력은 인민의 동의에서 나온다. 어떤 정부든 이러한 목표에 반할 경우, 그 정부를 교체하거나 폐지하고 인민에게 안전과 행복을 가져다줄 수 있는 새 정부를 수립하는 것은 인민의 권리이다. 가볍고 일시적인 이유로 오랫동안 유지되어 온 정부를 교체하는 것은 현명치 못한 처사일 것이다. 그러나 지속적으로 인민을 학대하고 착취하면서 전제정치에 예속시키려는 의도를 분명히 드러냈을 경우 미래의 안보를 위해 새로운 보호자를 선출하는 것은 인민의 권리이자 의무이다. 바로 이것이 식민지인들이 견뎌 온 고통이며, 이러한 이유로 과거의 정부 체제를 교체할 필요를 느끼게 되었다.

현 영국 왕의 재위 기간은 거듭되는 위해와 권리 침해의 역사이며, 이 모든 행동은 본 식민지들에 폭정을 휘두르기 위한 것이다. 이러한 점을 증명하기 위해 다음 사실들을 공정한 세계에 제출하는 바이다.

— 미국 독립선언서, 1776. 07. 04.

다 ① About half way between West Egg and New York the motor road hastily joins the railroad and runs beside it for a quarter of a mile, so as to shrink away from a certain desolate area of land. This is a valley of ashes—a fantastic farm where ashes grow like wheat into ridges and hills and grotesque gardens; where ashes take the forms of houses and chimneys and rising smoke and, finally, with a transcendent effort, of men who move dimly and already crumbling through the powdery air.

② But above the gray land and the spasms of bleak dust which drift endlessly over it, you perceive, after a moment, the eyes of Doctor T. J. Eckleburg. The eyes of Doctor T. J. Eckleburg are blue and gigantic—their retinas are one yard high. They look out of no face, but, instead, from a pair of enormous yellow spectacles which pass over a nonexistent nose.

③ There was music from my neighbor's house through the summer nights. In his blue gardens men and girls came and went like moths among the whisperings and the champagne and the stars. (omitted) Every Friday five crates of oranges and lemons arrived from a fruiterer in New York— every Monday these same oranges and lemons left his back door in a pyramid of pulpless halves.

④ "Who are you, anyhow?" broke out Tom. (omitted) "I found out what your 'drug stores' were." He turned to us and spoke rapidly. "He and this Wolfshiem bought up a lot of side-street drug stores here and in Chicago and sold grain alcohol over the counter. That's one of his little stunts. I picked him for a bootlegger the first time I saw him, and I wasn't far wrong."

— F. Scott Fitzgerald, 《The great gatsby》

아로파 세계문학을 펴내며

一日不讀書口中生荊棘

흔히 책 한 권이 한 사람의 운명을 바꿀 수 있다고 한다. 훌륭한 책을 차분하게 읽는 것이 개개인의 인생 역정에 지대한 영향을 미친다는 의미이다. 특히 젊은 날의 독서는 읽는 그 순간으로 그치는 것이 아니라, 독자의 인생 전반에 걸쳐 그 울림의 자장이 더욱 크다. 안중근 의사가 형장의 이슬로 사라지기 전 후대를 위해 남긴 수많은 경구 중 특히 '일일부독서구중생형극(一日不讀書口中生荊棘)'이라는 유묵이 전하는 바는 지금 이 순간에도 절절하게 다가온다.

고전은 시대와 세대를 뛰어넘어 당대를 사는 독자에게 언제나 깊은 감동을 준다. 시간이 흘러도 인간이 추구하는 근본적이고 보편적인 가치는 변하지 않기 때문이다. 이러한 고전 읽기는 가벼움과 효율성을 중시하는 담론이 지배하고 있는 시대에 우리의 삶을 다시 한 번 돌아보게 한다.

아로파 세계문학 시리즈는 주요 독자를 청소년으로 설정하였다. 번역 과정에서도 원문의 맛을 잃지 않는 한도 내에서 최대한 청소년의 눈높이에 맞추고자 노력하였다. 도서 말미에는 작품을 읽고 토론하는 데 도움을 주는 '깊이 읽기' 해설편과 문제편을 각각 수록하였다.

열악한 출판 현실에서 단순히 차려진 밥상에 숟가락을 얹는 것이 아닌, 청소년들이 알을 깨고 나오는 성장기의 고통을 느끼는 데에 일조하고 싶었다. 아무쪼록 아로파 세계문학 시리즈가 청소년들의 가슴을 두드리는 북이 되었으면 하는 바람이다.

옮긴이 **이수인**

　서강대학교를 졸업하고 미국 노스웨스턴 대학에서 커뮤니케이션학과 박사과정을 수료했다. 현재 중앙대학교에서 강의하고 있고, 번역가로도 활동 중이다. 옮긴 책으로 《행복의 역습》이 있다.

아로파 세계문학 **02**
위대한 개츠비

1판 1쇄 인쇄 2015년 12월 01일
1판 2쇄 발행 2023년 5월 31일

지은이 F. 스콧 피츠제럴드 | 옮긴이 이수인 | 펴낸이 이재종
책임편집 윤지혜 | 편집 김다애, 정경선 | 디자인 정은숙

펴낸곳 도서출판 **아로파**
등록번호 제2013-000093호
등록일자 2013년 3월 25일
주소 서울시 강남구 도곡로 63길 23, 302호
전화 02_501_0996
팩스 02_569_0660
이메일 rainbownonsul@daum.net
ISBN 979-11-950581-8-1
　　　979-11-950581-6-7(세트)